# 回忆·自我·书写

## 《蜻蛉日记》叙事艺术研究

楚永娟 ◎ 著

中国书籍出版社
China Book Press

图书在版编目（CIP）数据

回忆·自我·书写：《蜻蛉日记》叙事艺术研究 / 楚永娟著. —北京：中国书籍出版社，2021.1
ISBN 978-7-5068-8255-2

Ⅰ.①回… Ⅱ.①楚… Ⅲ.①日记—古典文学研究—日本—平安时代（794-1192）Ⅳ.①I313.076

中国版本图书馆CIP数据核字（2020）第260548号

## 回忆·自我·书写：《蜻蛉日记》叙事艺术研究

楚永娟　著

| 责任编辑 | 王星舒 |
|---|---|
| 责任印制 | 孙马飞　马　芝 |
| 封面设计 | 中尚图 |
| 出版发行 | 中国书籍出版社 |
| 地　　址 | 北京市丰台区三路居路97号（邮编：100073） |
| 电　　话 | （010）52257143（总编室）（010）52257140（发行部） |
| 电子邮箱 | eo@chinabp.com.cn |
| 经　　销 | 全国新华书店 |
| 印　　刷 | 河北盛世彩捷印刷有限公司 |
| 开　　本 | 710毫米×1000毫米　1/16 |
| 字　　数 | 220千字 |
| 印　　张 | 17.5 |
| 版　　次 | 2021年1月第1版　2021年1月第1次印刷 |
| 书　　号 | ISBN 978-7-5068-8255-2 |
| 定　　价 | 59.00元 |

版权所有　翻印必究

# 前　言

　　日本平安时期（794—1192年）的文学是日本古典文学史中大放异彩的一页，其中，以女性为创作主体的王朝文学更是绚丽多彩。中层贵族女性们在脱离政治的封闭空间内，用假名散文形式鲜明描述自我情感与人生样态的"女性日记文学"系列作品诞生。女性日记文学不仅助推了平安文学的繁荣，在日本文学史上占有举足轻重的地位，在世界古代文学史上也是独树一帜的存在。成书于10世纪70年代的《蜻蛉日记》被誉为女性日记文学的嚆矢与代表作，作者藤原道纲母出身于地方官阶层的中层贵族，具有极高的和歌造诣与文学素养，后与上层贵族藤原兼家结婚并生有儿子藤原道纲，故被称为藤原道纲母。藤原道纲母采取融合和歌在内的日记体散文形式，叙写了自己自天历八年（954年）至天延二年（974年）21年间的婚姻经历。文本分为上、中、下三卷，内容基本被统一在道纲母与兼家感情处于虚渺（はかない）不稳状态的主题意识之下。《蜻蛉日记》作品名中"かげろふ"（かげろう）一词虽然通常标记为汉字"蜻蛉"，但学界多取自然现象，与主题相呼应。《蜻蛉日记》对其后出现的女性日记文学作品，以及后世的物语文学、私小说都有着深远影响。

本书绪论部分，对日本平安时期日记文学及《蜻蛉日记》的作者、作品内容、作品题名等做了解析，并对先行研究做了梳理与综述。纵观已经取得的研究成果，中国学界目前对日本日记文学的研究尚属起步阶段。日本的研究成果较为丰硕，但实证性研究与社会历史研究的研究方法依然占据着主流，近年来逐渐开始关注文本自身。在对《蜻蛉日记》叙事方面的先行研究中，已取得少量涉及文本的第一人称叙事、作者与人物的区别等叙事表现的成果，但未对现象背后的叙事理论做探讨，研究缺乏系统性，无论深度还是广度都有很大的研究空间。因此，利用叙事学理论对《蜻蛉日记》进行文本细读，能为日本平安朝日记文学的研究提供新视角与新方法。本研究在吸收已有研究成果的基础上，通过对《蜻蛉日记》的文本细读，援用西方叙事学、比较文学、文体学、社会学等方面的理论，从文体形式、交流模式、时间特征与空间形态等方面探析《蜻蛉日记》文本的叙事艺术，并兼与同时期其他日记文学作品、记录性日记、随笔文学、物语文学等做了关联性比较。力求微观上对主要分析对象鞭辟入里，宏观上兼顾日记文学作为一种文学体裁的叙事特征。

第一章主要结合当时的社会文化语境，从假名书写、散文体与韵文体并融的文体语言形式角度，分析了《蜻蛉日记》如何从应用性日记发展为文学性日记，并成为女性日记文学的开山之作。日本日记文学在汉文日记的基础上发展而成，因此第一节首先溯源日本古代的记录性日记，梳理了男性日记到《蜻蛉日记》的发展脉络，并对纪贯之假托女性所作《土佐日记》在日记到女性日记文学发展过程中起到的作用，以及《蜻蛉日记》如何体现日记记录事实的真实性与文学艺术的虚构性做了分析。第二节探讨《蜻蛉日记》叙事文体中和歌与散文在叙事上的功用与效果，以及作者藤原道纲母为何选择日记体散文的形式来表述自我。汉文日记的流行、和歌盛行下培养起来的贵族审美情绪与文学素养、假名文字的出现、物语文学的启发、散文文学的发展，为《蜻蛉日记》的出现与日记文学的发展提供了文学土壤。《蜻蛉日记》的诞生，更源于创作主体内在的那种对生命主体性与自我意义的探求。《蜻蛉日记》作者最终借助日记的形式，将生活中的和歌、信件、纪行、记录性日记等作为素材，以假名散文与和歌韵文并融的文体语言形式进行自我表述。《蜻蛉日记》中的和歌承载了人物的情感，增添了文学色彩，散文体则促成了叙事的完整性与连贯性，和歌与散文合力生成了独特的文学表现形式，成为书写主体抒发私人情感的载体。

第二章剖析了《蜻蛉日记》叙事交流的情境模式，包括叙述者人称、叙述视角问题。第一节针对先行研究中通常模糊日记文学作者、叙述者、人物的现象，厘清叙述主体与被叙述对象之间的距离，界定"说者"。《蜻蛉日记》属于作者讲述自我故事的真实叙事，叙述者道纲母是真实作者在执笔写作时的分身，作者是作品中叙述声音的真正来源。《蜻蛉日记》尽管以"某个人"开篇，通常被认为是第三人称叙述，但笔者分析认为属于隐性的第一人称叙述模式，并分析了回顾性叙事中不同时期的"我"的重合与分离。作品中的人物是作者创作时有意选择、塑造的婚姻不如意的贵族之妻形象，是真实作者的一部分，但不能完全等同，故本论中用"道纲母"（藤原道纲母）、"我"来指涉人物，与"作者道纲母"加以区分。《蜻蛉日记》因为和歌技巧的运用、"序"与"跋"的存在、少量向读者倾诉的语言表述等，通常被视为作者预想到真实读者而创作的表现。笔者论证发现，所谓读者意识表现，是源于"隐身听者"的叙事策略，是作者为掩饰自我告白而采取的一种文学手段。作者设想的能够理解自己的"读者"，是作者借由"隐含作者"透露出的"隐含读者"意识，是无形的，并非真实读者。《蜻蛉日记》中的话语表面上具有对他者倾诉与自我对话的双重交流模式，实际上对他者的倾诉还是源于希望自我心情能得到释然与慰藉，归根到底还属于作者的内心独白，自言自听。

第三章探析了《蜻蛉日记》叙事中的时间问题。从话语时间对故事时间的承袭与错位两个层面，历史的线性时间、自然的循环时间、内在的心理时间三个维度，探索《蜻蛉日记》作者如何在时间流中展现、拼接自己的人生经验与履历。《蜻蛉日记》自兼家求婚的正文部分起，基本依循着故事时间的自然时序推移事件进展，叙事时间具有线性的纵向延伸性。同时，每年的叙事又以春始冬终、昼夜更替、草木荣枯、四季流转的循环与不可逆转的线性时间并置交错。外部的历史与自然时间却都隐藏在故事中人物的感情主线之下，叙事时间又出现插叙、倒叙、概述、减缓等细部的时间"变形"，使叙事具有节奏感。心理与现实、回忆与现在交叉，构成了《蜻蛉日记》多重的叙事时间维度。不止《蜻蛉日记》，其他的女性日记文学中也有明确的月历或日历的历法时间标识，这成为它与同为非虚构文学的《枕草子》等随笔文学的显著不同之处。女性日记文学中的时间不仅为故事发展提供时间背景，还起到了将和歌、书信、纪行等零散的素材与叙事相衔接的作用，文本由此呈现出内容的连贯性与主题的约束性。

第四章考察的是《蜻蛉日记》叙事中的空间形态与叙事功能，这在现有研究中较为薄弱。主要从故事中实体空间的位移，以及梦境、"雨"意象所映射的心理空间两个层面做了探析。《蜻蛉日记》属于非虚构叙事，作品以作者道纲母的生活经历为情节建构，因此对文本中空间问题的分析，离不开作者生存的实体空间。首先结合时代背景，分析了《蜻蛉日记》中体现的平安京这一地域空间的光与影，然后具体分析"我"的空间转换与叙事主题、叙事时间等的关联。女方在自己家中等待男方造访的走婚制与一夫多妻的婚姻状态下，夫妻间感情好坏的程度与空间距离成正比。故事中当兼家对"我"情浓意切时，"我"便搬至离兼家较近的府邸；相反，感情出现隔阂时，"我"便远离兼家的住处；最终在夫妻感情名存实亡的状态下搬至京郊广幡中川的父亲处，从此夫妻不再相见。居无定所，加重了生活中的不安，婚姻的状态一直处于序文所言的"はかない"（虚渺）状态。当陷入与丈夫的感情危机而无助苦闷时，闭足于"家"中的道纲母，只有通过不断外出参诣神社、拜访寺院来逃避"家"中的哀愁，并试图通过寻求神灵相祐，以及在外部的自然观照中短暂地舒缓身心。心理空间中，虚幻的梦境喻示着前世与今生，而现世的雨境又为人物回忆与沉思提供了虚化的封闭空间，对梦境与雨境叙事态度的不同，映射了作者执笔时不同时刻的心境历程。故事中，道纲母与丈夫感情稳定时，道纲母无意于参拜神佛，雨也只是为故事发展服务的客观"自然雨"；当因陷入与丈夫的感情危机而无助苦闷、思念的丈夫不在场时，雨就变成了孕育凄凉与孤寂的"哀怨雨"，她只有寄希望于神佛，希望自己的虔诚感动神佛，从而在灵梦中给自己谕示；当道纲母对丈夫失望、对灵梦表示怀疑时，丈夫兼家、外出参拜、灵梦等的叙事都逐渐从日记文本中消失，取而代之的是身边的自然、日益成人的子女以及自己的人生感悟，"雨"也变成可以静心沉思的"宁静雨"。故事中道纲母在俗世的家中与神圣空间的寺院、神社之间往返，地理空间与心理空间相互关联与渗透。

结语部分对《蜻蛉日记》的叙事特征做了总结性概述。文学创作与研究所关涉的，无非是世界、作品（文本）、作者与读者四个要素，而作品中的故事又离不开人物、事件、时间、空间等要素。本书对《蜻蛉日记》的叙事研究涵盖了作品外部的社会文化语境、被经典叙事学排斥在外的作者与读者，以及文本内部的时态、语式、语态等问题。作为贵族女性的作者藤原道纲母，闭居在帷幔遮掩下的"家"中或者偶尔参拜的寺院内，回顾往事、关注自我、观照自然，以第一人称叙述视角在文本的世界抒发着私人的情感与思悟。《蜻蛉日记》作者将偶然的、分散的人生经历以融合和歌在内的散文形式表达出来，以时间连续的形态从内部统合，并运用文学手段对场景、时序等适度调度，对素材进行取舍整合。《蜻蛉日记》既具有应用性日记的纪实性、时间性以及私人日记的私语性，又因为回顾性叙述、"隐含听者"的存在等体现出独特的文学性格。

# 目 录

## 绪 论 ……… 001

### 第一节 《蜻蛉日记》及日本平安朝女性日记文学概述 ……… 001
一、《蜻蛉日记》的作者及作品 ……… 003
二、日本平安朝女性日记文学 ……… 011

### 第二节 《蜻蛉日记》研究综述 ……… 019
一、日本的研究历史与现状 ……… 019
二、中国的研究历史与现状 ……… 032

### 第三节 本研究的意义与方法、思路 ……… 034
一、研究的意义 ……… 034
二、研究理论与方法 ……… 035
三、研究思路 ……… 038

## 第一章 《蜻蛉日记》叙事的文体形式：散韵并融 ……… 041

### 第一节 假名日记文学的文学性 ……… 043
一、记录性日记的出现 ……… 043
二、散韵并融的假名日记文学形成 ……… 049

三、日记文学的事实与虚构——以《蜻蛉日记》为例　　……053

第二节　《蜻蛉日记》散韵并融的叙事文体　　……059
　　一、《蜻蛉日记》的和歌功能　　……059
　　二、《蜻蛉日记》的散文叙事　　……072

## 第二章　《蜻蛉日记》叙事的交流模式：自言自听　　……084

第一节　《蜻蛉日记》的叙述者　　……086
　　一、《蜻蛉日记》作者、叙述者、人物之位相　　……086
　　二、《蜻蛉日记》的第一人称双重叙述聚焦　　……102

第二节　《蜻蛉日记》的受述者　　……110
　　一、《蜻蛉日记》中的"读者意识"　　……112
　　二、作者的自言自听　　……122

## 第三章　《蜻蛉日记》叙事的时间特征：昔今交织　　……131

第一节　历史时间流中的循环更迭　　……133
　　一、历史时间流逝中的人情琐事　　……133
　　二、自然时间流转中的哀怨情愁　　……141

第二节　心理时间中的记忆与书写　　……147
　　一、心理时间流淌下的时间倒错　　……148
　　二、回忆叙事中的昔今交织　　……162

## 第四章　《蜻蛉日记》叙事的空间形态：实虚相映　　……180

第一节　实体空间的位移　　……182
　　一、花与影的平安京　　……184

二、居所的变迁 ....... 188
　　　三、灵山佛寺之纪行 ....... 196

　第二节　心理空间中的梦信仰与雨意象 ....... 205
　　　一、梦里倾心语 ....... 206
　　　二、雨中见心像 ....... 214

# 结　语 ....... 227

# 附　录 ....... 235

　附录1　《蜻蛉日记》人物关系略图 ....... 235
　附录2　《蜻蛉日记》编年叙事表 ....... 236
　附录3　《蜻蛉日记》日语引文 ....... 238
　附录4　《蜻蛉日记》以外的日语文献引文 ....... 244

# 参考文献 ....... 245

# 后　记 ....... 261

# 绪 论

## 第一节 《蜻蛉日记》及日本平安朝女性日记文学概述

　　日本平安朝时期（794—1192 年），文学上从对汉文学的表面吸收到深层消化，完成了本土文字与文学的创立，和汉文学的共荣，迎来了日本民族文学的辉煌时期。随着假名的普及和发展，意蕴深远的和歌、情节曲折的物语①、自然清新的随笔、倾诉私情的日记文学等，共铸了王朝文学的繁荣与多彩。"日记文学"用语，是近代研究者对适合于此称呼的系列作品的命名，从 20 世纪 20 年代开始使用以来逐渐定型。久松潜一的《日记文学与女性》被指是"日记文学"用语最早出现的文献，其对日记文学的描述为："从记录日记的心境来看，并未预想到读者与批评。与巧妙地描述相比，更加准确如实地叙述成为作者创作动机的中心。因此，将这类并非在文学创作意识下进行叙写，结果上却具有文学鉴赏价值的作品称为日记文学。"②

---

① 物语（ものがたり），意为故事、传说、杂谈、小说，将发生的事讲给人们听的意思，是形成于日本平安时期的一种文学体裁。分为传奇物语（作物语）与和歌物语（歌物语），前者为虚构故事，如《竹取物语》《源氏物语》，后者以和歌为主，并用"歌书"作解释与补充，大多以真实故事为素材，但缺乏内在的统一性，如《伊势物语》。后文为保持词语原义，直接引用"物语""物语文学"的说法。
② 久松潜一. 日記文學と女性 [A]. 日本文学講講 第一期 [C]. 藤村作編. 东京：中兴馆. 1927：239。

关于"日记文学"定义与文学特质的界定并没有统一标准，总体来说，异于中日古代的汉文"日记"、近代西方"diary"概念影响下的"日记"，具有自己独特的文学特性，同时又兼具记录性"日记"的一些特征。"平安时代成立的日记文学，作为一种文学体裁，不同于通常所言的日记，指基于某个人一生或者特定阶段的人生经历，作者用来再建人生、表述内心的系列作品。"①

日本的日记文学形成并发展于平安朝时期，在平安朝特殊的社会与时代背景下，贵族女性才媛辈出，留下了诸多传世佳作，同样也是日记文学的创作主体，因此日记文学在日本常被称为王朝或者平安"女流日记文学"（女流日记文学）。其中"女流"一词，如宫崎庄平在《王朝女流日记文学的形象》"后记"中所言，"近年来，也有从性别差异（gender）视点对'女流'一词提出异议的。但是，'王朝女流'一词，是指这个时代觉醒的、通过自我表现来成功实现启发的女性们，包含着敬意与称赞，所以才积极采用的。"②但是在翻译成中文的时候，"女流"一词略含妇道人家的轻视之感，翻译成"女性日记文学"较为可行和常见，故本书统一称之为"女性日记文学"。成立于10世纪70年代的《蜻蛉日记》（かげろうにっき），是第一部真正出自女性之手的日记文学作品，被视为女性日记文学的嚆矢与代表。《蜻蛉日记》不仅对其后的女性日记文学系谱作品，而且"作为王朝女性文学的启点作品获得了很高的评价，给予其后的平安女性文学很大影响"③，故为本研究的重点。

---

① 木村正中.日本古典文学大辞典　第四卷［K］.东京：岩波书店.1986：608.
② 宫崎莊平.王朝女流日記文学の形象［M］.东京：おうふう.2003：527.
③ 沢田正子.蜻蛉日記の美意識［M］.东京：笠間書院.1994：259.

## 一、《蜻蛉日记》的作者及作品

### (一) 作者藤原道纲母

《蜻蛉日记》作者藤原道纲母，与大多数平安时期的女性作者一样，实名不详，于承平六年（936年）出生。根据《小右记》长德二年五月二日条中"新中纳言道冈亡母周忌"，推测于长德元年（995年）去世。也就是说作者在《蜻蛉日记》叙事中最终年的天延二年（974年）后，继续生活了约二十年间。据《和歌色叶集》以及《尊卑分脉》等，藤原道纲母有"本朝三美人"之称。而且才貌双全，拥有卓越的艺术天赋和丰富的教养，日本平安后期历史小说《大镜》中记有"道纲母，极擅和歌，集与兼家殿下往来之事、和歌于文章，名之为蜻蛉日记流传于世。"[①] 天历八年（954年）与右大臣藤原师辅的三男藤原兼家结婚，并于翌年生了儿子藤原道纲，故通常被称为藤原道纲母，或者简称道纲母。在《八云御抄》《拾遗集》《拾遗抄》等书中，根据其子藤原道纲的官名也被称为"右大将道纲母""中纳言道纲母""东宫大夫道纲母""大纳言道纲母"等。与道纲母结婚时的藤原兼家26岁，官职还是职位不高的右兵卫佐[②]，但从康保四年（967年）冷泉帝即位以来，官位逐渐上升，开始活跃于政界，历经曲折，最后终于位居最高职位的摄政太政大臣。藤原兼家在与道纲母结婚时已有妻子时姬（藤原中正女），并与其生有长男藤原道隆。时姬后来又为兼家相继生了道兼、道长、超子、诠子多位子女，而且这些子女后来多在政治上担当重要角色。道纲母一生只与兼家生有一个儿子，从《蜻蛉日记》中可知，后于天禄三年（972年）收养藤原兼家与源兼忠女所生女儿为养女。另外，兼家的妻

---

① 松村博司校注.大镜 日本古典文学大系［M］.东京：岩波书店.1960：174。原文：この母君、きはめたる和歌の上手にておはしければ、この殿の通はせ給へりけるほどのこと、歌など書き集めて、かげろふの日記と名付けて世に広め給へり。

② 律令制下保护皇族职能的右兵卫府的辞官次官，正六位下。

妾还有《蜻蛉日记》中登场的町小路的女人、近江（藤原国章女）、源兼忠女，以及文中未提及的藤原忠干女、保子内亲王、大辅、中将的御息所等。

《蜻蛉日记》作者也被称为"藤原伦宁女"，因其父名为藤原伦宁。父亲在《蜻蛉日记》中经常被称之为"可靠的人"（たのもしき人），属于藤原氏北家，因为是旁流，所以落入地方官的"受领"[①]阶层，常于各地方任职，最终职位为正四位下的伊势守。其母为春道之女，是藤原伦宁的两位妻子之一，出生年约为承平六年（936年），具体不详，逝于长德元年（995年），在日记中被称为"保守的人"（古代なる人）。藤原伦宁另有妻子源认之女，为擅长和歌的"歌人"[②]藤原长能之母。《蜻蛉日记》中登场的还有道纲母的姐姐、藤原为雅之妻，初次在《蜻蛉日记》上卷天历十年（956年）三月桃花节的片段中出现，后在中卷康保二年（965年）与随夫远行的姐姐分别的场景，被描述为"可靠的人"（たのもしき人）。另外，中卷安和二年（969年）新年祈福时，以"はらからとおぼしき人"（同胞的兄弟姐妹）身份登场，在"我"鸣泷蛰居时前来看望，天禄元年12月以"住在南面屋的人"（南面に）身份出现，被推测为作者同父同母的妹妹，但是《尊卑分脉》[③]中未出现此人信息。据《尊卑分脉》等史料，《蜻蛉日记》作者的亲族关系中有多位平安文学的女作者，如道纲母同母同父的哥哥藤原理能之妻，是《枕草子》作者清少纳言的姐姐；藤原道纲母的姐夫藤原为雅的弟弟藤原为信，是《紫式部日记》作者紫式部的外祖父；《更级日记》的作者菅原孝标女是道纲母同父异母妹妹的女儿。藤原道纲母的家族简略

---

① 受领：平安时代"国司"的别称，一般指到地方任职，实际上担任负责行政的国守、权守或权介的职务。
② 擅长写和歌、或者以和歌为职的人称为歌人，与诗人相对。
③ 尊卑分脉：南北朝时代末期的族谱集，在诸多宗谱中最具权威性。洞院公定编辑，收录源、平、藤、橘、菅原等主要姓氏宗谱。

关系，以及与道纲母有交涉的藤原兼家家族关系略图，请参考本论附录1"《蜻蛉日记》人物关系略图"。

### （二）作品内容与作品名解析

作者藤原道纲母以自己与藤原兼家的婚姻生活为中心，诉说了天历八年（954年）至天延二年（974年）21年间的生活与情感经历。《蜻蛉日记》以上、中、下三卷，付卷末歌集（他者撰）的形式流传下来。虽然成书于12世纪的日本现存最古的书籍目录《本朝书籍目录》中记有"蜻蛉记三卷"，是否最初由作者分卷尚不明确，但从各卷卷头和卷尾的叙述来看，相对自成一体，因此推测并非后人在抄写传本时所分，而是作者自身分卷。《蜻蛉日记》开篇包含了作者的执笔意图、人物身份等信息，通常被认为是上卷乃至整卷的"序"[①]。上、中、下的叙事横跨了道纲母[②]的半生，不同时间的叙事与感慨，形成了各卷不同的表述特征，投射出了作者执笔时与经历事件时的不同心态，但是与兼家的情感纠葛一直是叙事的基调。接下来简略了解三卷所描述的故事世界[③]。

上卷记录了自天历八年（954年）至安和元年（968年）十五年间的生活。故事从兼家求婚写起，记录了结婚前后的经过，可以感受到一夫多妻婚姻形态下道纲母的无助、不安与痛苦。以结婚为转折点，男女主人公立场发生了逆转，道纲母开始处于等待兼家到来的被动状态。后来因为兼家

---

[①] "序"的日语原文见附录3·1，汉语译文见本书第一章第42页。
[②] 如在本论第二章所分析，《蜻蛉日记》作者以自己的真实经历为基础书写自我故事，但第一人称"我"，属于作者在回忆叙述时在某主题下有意选择、安排的形象。作品中的主人公道纲母与组织安排文章的叙述者道纲母，都属于真实作者的不同分身，但不能完全等同。故本文中用"道纲母""我"来指代作品中的人物形象，强调作者与叙述者时，分别用"作者道纲母"与"叙述者道纲母"指代。
[③] 内容的详细解析将渗透到后续各章的论述中。按编年顺序的叙事内容，参考本书附录2"《蜻蛉日记》编年叙事表"。

新妻町小路的女人夺走了丈夫原本对自己的爱，文中的"我"数年间都生活在苦闷之中。虽然不久町小路女人便失宠零落了，可并不意味着自己重返幸福，因为兼家依然不常造访，道纲母时常被期待落空的失望所扰。上卷还穿插了与章明亲王、兼家妹妹贞观殿登子等上层贵族的和歌赠答、兼家病后让道纲母去自己府邸看望的特殊经历，为上卷带来一抹明亮的色彩。另外，还记录了父亲伦宁远赴陆奥、母亲去世、姐姐远行、初濑参拜等。上卷卷末"跋文"中的"<u>ものはかなきを思へば、あるかなきかのこころちする、かげろふの日記といふべし</u>"①，与开篇"序"中的"时光荏苒，人世虚渺"（かくありし時過ぎて、世の中にいともものはかなく）相呼应，强调主人公命运的虚渺（はかない）。"はかない"（はかなし）成为理解文本内容与书名的关键词，在古代日语中，这个词语有无关紧要、毫无要领之意，但更多的是无常、短暂、虚幻、不可靠、脆弱等之意，并成为日本平安时代女流日记文学的文学理念之一。平安时代女性文学中的"はかなし"意识，更多源于男女关系的不稳固而带来的不安与无助感。

《蜻蛉日记》的作品名"かげろふのにき"源于卷末"跋文"，为后人所题②。日语假名"かげろふ"（かげろう）（kagerou），在日语中汉字可以借字为"蜻蛉""蜉蝣""遊糸""陽炎"，故"かげろふのにき"有不同的标记。藤原定家的《明月记》宽喜二年（1230 年）六月十七日条记为"蜻蛉日记"。镰仓（1192—1333 年）初期的和歌论书《八云御抄》第一（正义部）中记作"遊士日記"，"遊士"是"遊糸"的假借字。镰仓中期成书

---

① 藤原道綱母.蜻蛉日記（新編日本古典文学全集）[M].木村正中、伊牟田経久（校注）.东京：小学馆.2000：167。
下划线笔者加。本文对《蜻蛉日记》的原文引用，若无特别说明，皆出自此版本，下文同，仅标注为：藤原道綱母.蜻蛉日記。笔者译文：想到自己命若浮萍，夫妻之情亦不稳定，如同那虚幻的阳炎，似有若无、脆弱无力。此日记该称之为阳炎之记吧。

② 关于"题名为后人所附"的分析，参考本书第二章第二节，第96页。

的《本朝书籍目录》记为"蜻蛉记",江户时期(1603—1868年)日本国学者清水滨臣手抄本标作"遊糸日記",江户后期国学者田中大秀记作"遊絲日記""陽炎日記"。诸种传本与研究成果的题签多标记为"蜻蛉日記",也有采用假名标记为"かげろふのにき""かげろふの日記"等。中国国内的译文、学术论文等一般根据日本学界习惯译为《蜻蛉日记》,散见《蜉蝣日记》[①],鲜有学者对题名之意进行特别解释。"书名中的'蜻蛉'一词有两种解释:1.'阳炎',春和日丽之时,原野上袅袅升起的水气,亦称游丝。2'蜻蛉'为「とんぼ」的古名,这是一种比蜻蜓更小的昆虫,生存期极短,常用来比喻短暂的人生。总之,'蜻蛉'一词寄托了作者人生苦短、万事无常的哀感,具有象征意义"[②]。此段表述,虽对题目作了简略解释,但"阳炎"与"游丝"混淆,"蜻蛉"与"蜉蝣"混同。因此需要对"蜻蛉"的语义指向作以说明,也关系到对作品主题的理解。

"かげろふ"(かげろう)对应的语义有:类似蜻蜓的体态柔弱的昆虫蜻蛉、有"朝生暮死"之称的短命昆虫蜉蝣、初春季节蜘蛛幼虫浮于蛛丝迎风而舞的"遊丝"(Gossamer)现象、春夏晴日阳光折射下气流飘动的阳炎现象。平安时代人们有将无法捕捉、把握、不明确之物比作"かげろふ"的习惯,蜻蛉的柔弱无力、蜉蝣的短命无常、蛛丝的若隐若现、阳炎的虚幻缥缈,都有轻渺无力、飘忽不定的特征,因此都被用于无常、虚幻(かげろう)之物的意象。目前并无实际史料证实《蜻蛉日记》中的"かげろふ"该如何取义与标记,学者们只能根据作品当时的语境、借用汉字的语义资料、作品内容等进行推测。正如坂征在《蜻蛉日记解环》中所言,"世上流行的印本将之题为《蜻蛉日记》,概是源于《源氏物语》的'かげろ

---

① 叶渭渠 唐月梅.日本古代文学史 古代卷(下册)[M].北京:昆仑出版社,2004:417。
② 刘德润 张文宏 王磊.日本古典文学[M].北京:外语教学与研究出版社,2003:70。

ふ'卷，一般标记为'蜻蛉'"①，并最早提出《蜻蛉日记》中的"かげろふ"当解为"阳炎"。"阳炎"在中日都常作虚幻无常之寓意，在中国"阳炎"最早见于《尔雅》，后世用来比喻一切虚假不实的东西。"阳炎说"在日本受到柿本奖、上村悦子、村井顺等多数学者肯定，现在成为最有力的观点。上村悦子在《蜻蛉日记的研究》第一章"蜻蛉日记名义考"②中对阳炎、蜉蝣、游丝、蜻蛉进行了系统的语义考证，证实了"阳炎说"。当然，此"かげろふ"并非指阳炎现象自身，而是作者道纲母利用其若有若无、缥缈不定感，用以表述自我命运的无常与不安。因为作者在文中并没有感叹自己生命的短暂，蜉蝣意象并不符合。将上卷卷末的"かげろう"译为"女人命苦如蜉蝣，故以此命书名"③ "我的笔记下了命若蜉蝣的女人的日记"④，是否恰当值得商榷。尽管游丝的脆弱之感与缥缈之态符合道纲母对命运与感情的哀叹，但道纲母作为生活在宫廷的贵族女性，罕见民间的"游丝"，同时期和歌中的"かげろふ"也少有"游丝"之意。而且"いとゆふ"的"'遊絲'—'絲遊'—'かげろふ'的训读也是镰仓期以后"⑤，"かげろう"不符合当时平安日记对"游丝"的训读表记方式，因此概非游丝之意。而蜻蛉形态的柔弱与瞬间飞去，更多的只是能暗喻作者难以抓住丈夫的心和全部的爱而产生的无力感，缺乏那种似有若无的无常、虚渺感，并不能完全阐释道纲母的心境与作品主题。由此可见，"かげろうのにき"在日本通常标记为"蜻蛉日記"，但实际取义阳炎。《蜻蛉日记》上卷跋文中的

---

① 坂徵.かげろふの日記解環[M].国文註釈全書第九巻所収.東京：すみや書房.1968。卷一"凡例"的"題号弁"部分"今世流布ノ印本、蜻蛉日記ト題書セリ。蓋是源氏物語ニカゲロフノ巻アリテ、多クハ蜻蛉トカケルニオノツカラ習ヘルニヤト思ハル"。
② 上村悦子.蜻蛉日記の研究[M].東京：明治書院.1972：93。
③ 叶渭渠，唐月梅.日本古代文学史 古代卷（下册）[M].北京：昆仑出版社.2004：417。
④ 藤原道纲母等著.王朝女性日记[M].林岚译.石家庄：河北教育出版社.2002：69。
⑤ 犬養廉（校注）.新潮日本古典集成 蜻蛉日記[M].東京：新潮社.1982：139。

"あるかなきか"（似有若无）作为"かげろふ"的枕词①，既描绘了阳炎的虚幻存在特征，映衬命运的无常与夫妻之情的不可靠，也是作者思绪的聊赖状态，从而与前文序的"はかない"主题呼应。这种"はかない"（无常、虚渺）主题在中卷得到了淋漓的诠释。

与内容杂多的上卷相比，中卷记录了安和二年（969年）到天禄三年（971年）的三年间，"我"与兼家的感情关系，展示了"我"的心境历程，通常被认为是《蜻蛉日记》三卷中最具"日记性"的一卷。安和二年从新年的许愿"每月三十日三十夜都在我身边"开始叙事，随后记录了社会事件"安和之变"中源高明被追放的悲剧，借观自己命运的悲苦。随着天禄元年（970年）时姬与子女代被迎入兼家的新府邸、天禄二年兼家新情人近江的出现等一系列的不幸，"我"与兼家关系陷入恶化期，更加不稳，"我"陷入痛苦的深渊。为了排解这种近乎绝望的忧郁之情，道纲母只好踏上旅途，前往唐崎与石山参拜，寄希望于佛灵相助，并在与自然的交融中思考人生。甚至最后意欲出家，天禄二年六月于鸣泷般若寺闭居修行，但不到一个月便被兼家强行带下山。中卷唐崎被、石山参拜、鸣泷闭居的叙事占了很大篇幅。宫崎庄平认为"中卷世界的基础构造，从结论上而言在于鸣泷蛰居前的经过以及下山后的心境"②。道纲母在日常与非日常、静与动的反复中观照内心，或许是经过鸣泷的闭关修行，道纲母意识到与兼家的感情已经无法挽回，求助神佛也无济于事，于是试图努力放弃对兼家的执着，到了卷末叙事笔调渐趋温和。

下卷记录了天禄三年（972年）到天延二年（974年）的三年间的生活，依然以道纲母与兼家的感情为主线，但已不见上、中卷所流露出的强烈爱

---

① 枕词，又称冠辞。日本古代和歌中，冠于特定词语前起倒入作用，用于修饰或调整句调的固定词语。
② 宫崎莊平.平安女流日記文学の研究［M］.东京：笠間書院.1977：100。

憎之情。首先延续了中卷末部舒缓的气氛，开始将兼家视为客观存在远距离观察。道纲母对于兼家升为权大纳言的事情，如同与自己的世界毫不相关，淡淡而叙，不同于上卷为他的荣升而悲喜交加，既有夫贵妻荣的荣耀又担心丈夫对自己的远离。虽然也几次记录附近起火时兼家来看望自己的事，但总体来说心理距离已经增大。最终天延元年（973年）八月，迁居至广幡中川的父亲家，意味着夫妇关系的貌合神离，更多围绕的是身边的杂事、儿子、养女等。比如记录了道纲与"大和女"的和歌赠答，常被评价具有私人和歌集[①]性质，记录了收养兼家与源兼忠女所生女为养女事件，以及兼家的异母弟弟藤原远度向养女求婚的经过，情节性较强，并穿插和歌，被指具有"歌物语"的性质。如守屋省吾在《蜻蛉日记的形成》中提出，下卷分为"成熟的自照文学部分、收养养女以及远度求婚的物语部分、记录道纲爱慕之情的私家集·歌物语部分三种形态。上、中卷的主题并未得到统一，甚至可以说是主题的分裂。"[②] 木村正中也将下卷的内容分为：承接上卷；记录与兼家关系的私人日记（日记式）；有关养女的记事（物语式）；有关成人后的道纲的私事（私家集式）；具有"主题的分裂"性。[③]

《蜻蛉日记》中道纲母无法把握与兼家的感情，随着两人关系的时近时远而一喜一悲，深感不安，于是猜疑、使性、嫉妒，文中多次出现对"无依靠感"（頼りなし）的哀叹。"我"的心境从对丈夫"三十日三十夜都陪在我身旁"的全部爱的渴望，因为生活中的种种不如意而失落、愤恨、嫉妒，到下卷带着情念的余烬，意识到自己只是兼家妻妾之一，将希望转至

---

[①] 和歌集，即和歌总集，既有私人性质的私家和歌集，简称私家集，如《金槐集》，进一步分为自撰和他撰；也有奉天皇、皇上命令撰写的勅撰和歌集，如《古今和歌集》。和歌为主，穿插有少量用散文表述来交待和歌背景的"歌书"。
[②] 守屋省吾.蜻蛉日記形成論［M］.东京：笠間書院.1975：375。
[③] 木村正中.蜻蛉日記下卷の構造［J］.日本文学.1961（4）。

儿子道纲与养女身上,从"妻"转换到"母"。《蜻蛉日记》既是一部心理描写细致生动的人生自白书,同时对风俗例事、自然风景的叙事,又是一部描绘了那一时期多彩的风情画卷,为其后女性文学的发展奠定了基础。"《蜻蛉日记》三卷,上卷探求和歌与散文的新关系,中卷确立了'日记'文体,下卷展示了新物语创作的萌芽。各卷文体的推移,可以说表明女性获得了假名散文文学的道路,给以后女性文学的展开提供了框架。"①

## 二、日本平安朝女性日记文学

《蜻蛉日记》开创了女性用假名散文体日记抒发自我的道路,对后来的女性日记文学作品有着直接或间接的影响。《和泉式部日记》(いずみしきぶにっき・和泉式部日记・和泉式部物语)约成书于宽弘四(1007年)年,究竟是和泉式部(生卒年不详)所写的日记,还是其他第三者所写的歌物语尚存在争议,既有今井卓尔、川瀬一马等的他人写作说②,又有铃木知太郎等的和泉式部本人写作说③。在没有确切的史料证实前,只能从作品本身去推断,"现在抛开作者来研究作品的倾向占主流"④。从内容上来说记录了长保五(1003年)年四月到宽弘元年(1004年)一月,约10个月间"女人"与帅宫敦道亲王的书信往来、独吟和歌、情感哀怨。与作者论相关,对其究竟该属于日记文学,还是物语文学也存在争议,因为作品既按照历法的月历与日历时间叙事,交织着叙述者的自我观照,因此定位为"日记",又时常以第三者的全知视角描述主人公感知外的世界,具有物语作品的虚

---

① 铃木一雄. 王朝女流日记论考[M]. 东京:至文堂. 1993:67.
② 今井卓尔. 平安朝日记の研究[M]. 东京:启文堂. 1935;川瀬一马. 和泉式部日记は藤原俊成の作[J]. 青山学院女子短大纪要 第二辑. 1953(9).
③ 铃木知太郎.『和泉式部日记』解说[M]. 东京:古典文库. 1948.
④ 秋泽亙.『和泉式部日记』研究の展望と問題点[A]. 女流日记文学讲座 第三卷[C]. 东京:勉诚社. 1991:141.

构性。"虽然没有汲取《蜻蛉日记》的直接源流，但是又具有日记文学的逻辑与方法，可以认为是日记文学领域具有独特个性的作品"[①]，故将其归入"日记文学"，此观点目前得到多数学者认可。同时期的《紫式部日记》（むらさきしきぶにっき・紫式部日记），约成书于宽弘七年（1010年），作者为写有巨著《源氏物语》的紫式部（约973—1014年）。作者在过早丧夫寡居后，进宫侍从于藤原道长的女儿、一条天皇的中宫[②]彰子。作者在日记中既从作为中宫彰子女房[③]的视角记录了彰子所生皇子诞辰的庆事，详述了当时的仪式盛况、人们的服饰等；又冷静地凝视自我和周边世界，以私人的视角来记录人物与事件，诉说着华丽世界中自我的孤独，触探人的社会存在性。这种相对的两面性构成了此作品的最大特色。卷首描写中自然与人事相融合的美的情趣、藤原道长的普通人性形象、对同辈女官（和泉式部、赤染卫门、清少纳言）等的尖锐评价等，从中可见紫式部的内心世界，以及作为《源氏物语》作者的资质、能力。紫式部在《源氏物语》中将日记中所展示的贵族社会的人性百态引向更加广泛的规模与视野。

平安时代鼎盛的藤原道长摄关[④]政治时期过后，宫廷文学也日趋衰微。《更级日记》（さらしなにっき・更级日记・更科日记）为菅原孝标之女（生年1008年，卒年不详）所作，约于康平三年（1060年）成立。作品从"我"13岁随父赴京的旅途写起，回想叙述了约四十年间的精神历程。

---

[①] 宫崎庄平.王朝女流日记文学の形象［M］.东京：おうふう出版社.2003：21.

[②] 中宫：皇后、皇太后和太皇太后三宫的总称。平安中期后，指比皇后晚入宫的皇妃，身份与皇后同。

[③] 女房属于当时的"职业女性"，指在宫廷中或上层贵族的家中奉职，并被赐予独立房间的高级女官，凭才艺为主人服务，诸如紫式部、清少纳言、和泉式部。

[④] 摄关，即摄政与关白。888年宇多天皇即位时，对群臣说："政事万机，概关白于太政大臣"。关白之称由此而来。当时的关白是藤原基经。以后凡幼君即位后，以太政大臣摄政，都叫关白。幕府制兴起后，权移将军，关白失去作用。

"我"少女时代迷恋物语，憧憬物语所描述的世界，中年经历过实际婚姻生活与宫廷供职生活后，才逐渐从现实中觉醒，意识到物语作品所描述的那些虚幻浪漫的东西，并不是真实人生中的幸福，佛教信仰才能给现世的人带来幸福。《更级日记》中作者自我凝视所透露出的无力的忧郁，也是平安晚期时代精神的缩影。其后的日记文学作品中，作者深刻的自我凝视、批判精神也逐渐变成微弱的哀叹与感伤。约成立于1110年的《赞岐典侍日记》（さぬきのすけにっき・讃岐典侍日記・讃岐典侍の書たる堀川院日記），作者为堀河天皇的典侍①藤原长子（生卒年不详）。前半部分以宫侍日记的形式生动地描述了堀河天皇从生病到驾崩的过程，读者可明显感觉到作者对君主悲切真挚的不舍。下卷将作者对已故天皇的追慕扩展到内心世界，并且交织着侍奉鸟羽新帝的新时光。虽然作者追慕日夜照顾的先皇的悲切之情跃然纸上，但缺乏以前日记文学中自我的反思与评判，也渗透着进入平安朝的院政期②后贵族社会的颓废与虚无。含有174首和歌的"私家和歌集"③《成寻阿阇梨母集》（じょうじんあじゃりのははのしゅう・成尋阿闍梨母集），约成立于1073年，上下两卷。作者成寻阿阇梨之母当时已80余岁，叙写了爱子成寻阿阇梨入宋后母子分离的哀伤，倾诉了对儿子渡宋的欣喜与不舍交错的矛盾心语，展现了因为自己的老去以及爱子离去而造成的封闭的内心世界。虽说是家集，但是极具日记文学性格的作品，不仅记录和歌创作背景的"词书"④增多，而且具有时间连续性的和歌较多，

---

① 典侍（すけ・ないしのすけ），日本古代内侍司中女房（女官）的职位。
② 院政，平安朝晚期，上皇或法皇已经退位，但仍然掌握实权在院厅摄政的政治形态。始于1086年白河上皇，形式上一直持续到1840年光格上皇去世。
③ 和歌集，即和歌总集，既有私人性质的"私家和歌集"，如《金槐集》，进一步分为自撰和他撰；也有奉天皇、皇上命令撰写的"勅撰和歌集"，如《古今和歌集》。和歌为主，穿插有少量用散文表述来交待和歌背景的"歌书"。
④ 詞書（ことばがき），和歌集中说明创作该和歌的时间、地点、背景等的题词、前言。

"集"的题名本身也非作者所赋，故也被有的学者归入日记文学范畴。[①]但是总体来看，《成寻阿阇梨母集》中的和歌依然担负着作者情感输出的主要途径，支撑着全文的框架，因此笔者更倾向于视其为具有日记文学性格的私人和歌集。

日记文学作者藤原道纲母、和泉式部、紫式部、菅原道标女、藤原长子等都是父亲为地方官"受领"阶层的中下层贵族女性。中下层贵族女性不仅担当了日记文学的书写主体，还创作出和歌、随笔、物语等绚丽多彩的文学，与男性文学共同构建了平安贵族文学的绚烂，成为日本平安王朝文学的主要承担者。女性文学可谓铸造了平安文学的巅峰，而女性文学的繁荣既取决于创作主体的创作意识及文学素养，也离不开当时的社会文化语境。藤原家族为中心的摄关政治的确立，使得平安贵族十分重视女性的教育。摄关家族这样的高层贵族为使自己的女儿获得天皇宠爱，提高在宫中的地位，以便维护与天皇的外戚关系，来巩固自己的政权，积极致力于把女儿打造成高雅、富有情趣的人，因此身份高贵的女子的婚姻担负着家族的命运，责任重大。虽然女子教育被官学所禁止，但多在自己家庭中进行。"有资格的贵族家庭中如果生有女子，会成为重要的财产。家人积极期待着女儿将来能够成为天皇或皇太子的妻子，并为此做着尽可能充分的准备。父母以及家庭全体成员都倾力于女孩的教养。"[②]中下层贵族则为了自己的女儿能与上层贵族结缘，也注重让女孩在家中从小跟父亲或者兄长学习。紫式部在《紫式部日记》中写到自己从小在家跟随父亲与兄长学习，因为汉文优秀于兄长，被父亲哀叹"可惜为女子"。中下层贵族出身的女子，正是凭借自己的才能或嫁给权贵，或做女房，从而得以接触上层贵族

---

① 宫崎莊平.平安女流日记文学の研究　続編[M].东京：笠间书院.1980：245-263.
② 西村亨.王朝人の恋[M].东京：大修馆.2003：2.

社会，最终创作出多彩的女性文学。如《蜻蛉日记》作者藤原道纲母凭以和歌造诣高的名声，吸引了高层贵族藤原兼家的注意，最终成为显贵之妻，并且婚后在与显贵们社交性的和歌赠答中游刃有余，为自己赢得了社会地位；《源氏物语》作者紫式部、《枕草子》作者清少纳言，凭着颇具声誉的文学才艺作为女房进入上层贵族社会。虽然为了自己的政治生涯，公卿贵族会召才女封为女官，从小培育自己的女儿以期得到天皇的宠爱，但是纵使女性博学多才，也只能生活在幽闭的帷帐空间内。她们虽置身于华丽的上层社会，却被挡在政权体制之外，无权过问政治，男女关系便几乎是"世"（よ）的全部。《蜻蛉日记》作者道纲母在日记中稍微牵涉一下宫廷政治的事，便立即解释妇人本不该论朝政，只因为是发生在身边的人与事，出于人情而记录。在男尊女卑的社会，女性的教育是生活的技能，是为了更好地迎合男性，而且只被允许活跃在文艺领域。另一方面，封闭的空间却也使她们得以聚焦私人世界，进行自我观照。在对上层贵族社会的憧憬和批判的交错中，切实感触到现实残酷的中下层受领阶层出身的女子们在孤寂与不安中创造出人性鲜活的日记文学。

另外，一夫多妻的婚姻状态下，男性可以与多名女子保持情爱关系，女人却不可能得到自己依赖的男人全部的爱，总是生活在不安中。贵族男女结婚后，通常双方依然住在各自家中，晚上丈夫才到妻子身边，有了孩子后，继续分居或者男方住进女方处，少数能荣幸地入住丈夫府邸。这种"走婚制"又加深了女性的孤独与苦闷，女性只能在狭小的空间内被动等待丈夫的到来。为了留住男人的脚步，她们祈祷多生子、嫉妒诅咒其他女性、给男子送去饱含深情的诗歌，或者在文字的世界中倾诉自己的嫉妒、愤恨、不安、无助之情。这些心理与行为在中日古代女性中是类似的。但是日本平安朝的贵族女性不必如中国古代女性般受着严格的礼教束缚，也不必入住夫家处理复杂的婆媳关系、妻妾关系，有着独立思考的时间与空间，满足女人进行创作的基本需求，"一定要有钱，还要有一间自己的屋子"①。

随着社会环境的变化，文学世界也在逐次渐变。到了中世，日记文学依然受到中下层贵族女性的欢迎，但是逐渐衰微，更多只是模仿了形式，多数让位于纪行文学。镰仓时代（1185—1333年）的《建春门院中纳言日记》（けんしゅんもんいんちゅうなごんにっき·建春門院中納言日記·たまきはる）、《弁内侍日记》（べんのないしにっき·弁の内侍日記）、《中务内侍日记》（なかつかさのないしにっき·中務内侍日記）、《竹向记》（たけむきがき·竹むきが記）等，这些日记文学作品都是宫中女官所记，采取的也是和歌韵文与散文体并融，详细记录了某段时期宫内的生活风俗和事件，但作为女性日记文学的文学价值已经很低。诸如阿仏尼的《十六夜日记》（じゅうろくやにっき）（约1279年）作者没有写贵族社会本身，而是以遗产继承的诉讼为契机，记录了1277年前往镰仓的道中见闻，以及与儿子、友人的心情交流，自我告白的文学价值已经很薄弱。其中，十四世纪初源雅忠之女用和文与汉文混写的《不问自答》（とわずがたり·後深草院二条日記），是不容忽视的佳作。作者回想了自己与多名男性的性经历与生子经历，主旨似乎在为自己和相关男子的行为祈祷减罪，具有因为佛教信仰而忏悔的色彩，又夹杂着对武士生活多方面的描写。镰仓期过后，天皇与高层贵族的经济基础变得衰弱，时代已经从公家支配的社会向武家支配的社会转变，女官制度衰退，以女房为主体的文学也逐渐衰微。大多数日记文学从不同侧面传承了平安女性日记文学的特点，但止步于对贵族往昔繁华的留恋与感伤，缺乏直面现实的态度，被动地感受人生，作者试图在作品中探寻自我的精神弱化。其后江户时代（1603—1868年）的漫长时

---

① 弗吉尼亚·伍尔夫.一间自己的屋子［M］.王还译.上海：上海人民出版社.2008：2。

间，女性社会地位较低，女性文学在文学史上几乎空白。鲜有柳沢吉保的侧室、正亲町町子（1678—1725年）的《松荫日记》（まつかげにっき）、川合小梅（1804—1889年）的《小梅日记》等女性日记作品，重点在于见闻与经历，具有重要的史料价值，但是作为文学作品缺乏私人感情的抒发。取而代之，男性歌人、连歌师、俳人的纪行之作盛行，如宗祇（1421—1502年）的《白河纪行》（しらかわきこう）、宗长（1448—1532年）的《宗长手记》（そうちょうしゅき），尽显漂泊之思，后被松尾芭蕉（1644—1694年）的俳文纪行所继承与发展。到了近代，受西方个人主义、自然主义的影响，也有吐露个人隐私的作品，如樋口一叶的《一叶日记》（一葉の日記）、国木田独步的《诚实日记》（欺かざるの記）、石川啄木的《罗马字日记》（ローマ字日記）等，内容以近代的自我为主，无论是叙事形式还是内容，都更趋同于近代的私小说。

　　从上述日记文学的发展过程亦可见，日本文学史上的日记文学，主要指平安及中世时期的女性日记文学作品，尤以平安时期的为主。"文学意义上的日记指平安中期出现的大多出自女性作者之手的多部作品，女性日记到了镰仓时代依然受欢迎，但是逐渐衰退，多数让位于纪行文学。室町时期至近世的主要日记文学，可以说全都应该称之为纪行文学"[①]。被称为"日记文学"的一系列作品，编织着作者的独特人生，加上时代发展背景的不同等，在内容乃至叙事特征上呈多样化倾向，所呈现文学性格也各不相同，存在纪行性质、物语性质、自叙传性质、和歌集性质等不同风格。《蜻蛉日记》与《和泉式部日记》侧重个人的情感经历，《紫式部日记》与《赞岐典侍日记》侧重于作者的宫廷侍职体验，而《更级日记》则兼具两方面特点，且以个人生活经历为主。尽管如此，将系列作品作为日记文学这一种文学

---

① 久潜松一.日本文学大辞典　第五卷［K］.东京：新潮社.1951：191.

体裁来看，必然有其共性，在心情表述与事实叙述的方法上有共通之处。正如中野幸一在《女性日记文学的条件与特色》一文中所说，"作为女性日记共有的最大公约数，经常指出的有：出自女性之笔、主要用假名文字书写、融入和歌、具有时间意识、尊重事实性、有自我观照性等"①。

　　以《蜻蛉日记》为代表的平安朝女性日记文学，既是某些作家的个人之作，亦为一个时代的艺术风貌所现，作为一种独特的文学形式，不仅在日本文学史上占有举足轻重的地位，在世界古代文学史上也是独树一帜的存在。《蜻蛉日记》作为事实上的第一部真正女性日记，具有极高的完成度，"这种完成度与创造出的内在特质，成为衡量其后日记作品价值评价的尺度，同时也是解析女性日记文学形式特征时的总括性基准"②。故本书欲以女性日记文学的代表作《蜻蛉日记》为中心，探析日本平安时期女性日记文学的叙事表现特征，平安时期以后的日记文学暂不在本研究的探讨范围之内。对《蜻蛉日记》单部作品的研究同样也离不开对日文学研究的这一大背景，接下来主要对近代以来有关《蜻蛉日记》的先行研究做梳理与综述，来把握学界对《蜻蛉日记》乃至日本平安朝女性日记文学的研究特征与动向。

---

① 中野幸一.女流日記文学の条件と特色［A］.新編日本古典文学全集第［M］.东京：小学馆.1994：5。
② 宮崎荘平.平安女流日記文学の研究［M］.东京：笠間書院.1977：18。

## 第二节 《蜻蛉日记》研究综述

### 一、日本的研究历史与现状

#### （一）《蜻蛉日记》的文本校注与作者考证研究

日记文学作品早在日本平安、中世时期便受到了关注，但因为是女性用假名书写所以并未引起重视，无法登大雅之堂，与作品相比，更多的是对作者的关心，所以主要以对歌人纪贯之以及物语作者紫式部的日记为对象。如《土佐日记》自作品成立便不断被传阅、抄写，现存平安时代最早的历史小说《荣花物语》（约成书于1028—1107年间）中采录了《紫式部日记》的内容。《大镜》可谓言及《蜻蛉日记》的最早文献，但从内容来看，更多是对兼家及其妻子的言行感兴趣，而非作品的文学性。可以说包含《蜻蛉日记》在内的贵族女性用假名所写的作品，在中世之前都没有成为真正的研究对象，几乎未被纳入文学批评的视野，仅仅停留在根据写作需要出现作品的名字，或者简单介绍，或者出于对作者的关注。近世时期以对日记文学的研究以出典考证、语义注释为中心，注重实证性，成为以后研究的出发点。

文本的溯源问题一直是《蜻蛉日记》研究的困难点，现在最早只能追溯到日本近世时期的写本。江户时代，诸作品的注释与考证盛行，《蜻蛉日记》即使关注度不如《土佐日记》以及《紫式部日记》，但也成为作品研究的对象。"最早认识到日记价值的是国学家契冲，其《蜻蛉日记考证》（1696年）八卷以水户家本为底本进行了校注……荻原宗固草稿本的《蜻蛉日记草稿》可以视为最初的注释书"[①]。但是《契冲全集》中没有收录此注释书，只在第八卷的《杂记》中，记载了有关日记的解释、疑问，《蜻蛉日记草稿》也未曾刊行。因此坂徵的《蜻蛉日记解环》[②]（1782年）被公认为是《蜻蛉日记》最初的真正注释书，整理了错误较多的写本本文，还就书名"かげろふ"释作"阳炎"还是"遊丝"做了解析，并对作者道纲母的生平及周围人状况进行解说，成为之后《蜻蛉日记》研究的起点。

日本1868年明治维新后，随着民族意识的觉醒，确立"国语"与"国文学"的呼声较高，倡导"文言一致"，尤其明治二十年以后掀起了古典重读热。这种社会文化背景下，日记文学作品也在很大范围内引起了人们的关注，日记文学作品的注释类书籍增加，但研究方法并没有急剧的变化，多是在江户时期研究基础上的介绍与考证。《蜻蛉日记》的注释类研究在坂徵的《蜻蛉日记解环》中没有特别明显的进展，即使到了大正年代（1912—1926年），单行本也只有大正四年（1915年）今园国贞的《新译蜻蛉日记》（文洋社）出版。

对《蜻蛉日记》的校注类研究起步较晚的一个重要原因，是近世以前写本的失传。吉川理吉在《蜻蛉日记之本》[③]一文中，将契冲以前的《蜻蛉日记》诸传本分为三大类；川口久雄在《蜻蛉日记写本考》[④]一文中进一步将诸写本分为古本系和契冲校本系两大系统，是当时传本研究的重要成果。另一方面，喜多义勇的《蜻蛉日记讲义》[⑤]翻刻了被称为最善本的书陵部本。进入昭和后期（1945—1989年）急切需要对《蜻蛉日记》原文的整

---

① 大倉比呂志.蜻蛉日記の研究史[A].一冊の講座 蜻蛉日記[C].東京：有精堂.1992：359.
② 坂徵.かげろふの日記解環.1782.被收录到：室松岩雄編.国文註釈全書 九.東京：国学院大学出版部.1913.
③ 吉川理吉.かげろふの日記の本について[J].国語国文.1936（9）.
④ 川口久雄.蜻蛉日記写本考[J].国語.昭和38（1）.
⑤ 喜多義勇.蜻蛉日記講義[M].东京：武蔵野書院.1944.

校，文本的原型溯源研究成果以柿本奖与木村正中的最具代表性，两人从如何"读"文本、理解文本出发进行校订。柿本奖先后发表了《蜻蛉日记考》(1956年)、《蜻蛉日记本文整理试案撮记》(1956年)等十余篇涉及文本原型的研究论文，后年被整理收录到《蜻蛉日记全注释》（上、下卷）[①]。木村正中在《蜻蛉日记本文批判的一个前提》《蜻蛉日记本文批判的方法》[②]中，指出了《蜻蛉日记解环》以前的古注文本改订的界限，以宫内厅书陵部本为底本，以接近的同类语为例，结合日记独特的表现进行了本文的校订。

现存《蜻蛉日记》诸种写本也存在多处讹误、脱落，存在解读的困难，且都没有书写日期、文本由来等的补注，难以了解文本间的相互关联。柿本奖在《蜻蛉日记的传本与书名》中整理了传本的先行研究，对现存诸本的分类比较具有代表性[③]，在传统的"甲类本"（最接近原本形态）"乙类本"（中卷缺失）"丙类本"（甲类本基础上的改订本）的基础上，根据是否有改订等与文本原有形态关系的远近，又分为"第几种本"。因为"丙类本"

---

① 柿本奨.蜻蛉日記全注釈 上・下［M］.東京：角川书店.1966.
② 木村正中.蜻蛉日記本文批判の一前提［J］.国語と国文学.1957（11）；蜻蛉日記本文批判の方法［J］.国語と国文学.1959（3）.
③ 柿本奨.蜻蛉日記の伝本と書名［A］.一冊の講座 蜻蛉日記［C］.東京：有精堂.1992：273-274.分类如下：甲类本：第一种本 宮内厅書陵部本；第二种本 阿波国文库旧藏鹈饲五郎氏藏本・国会图书馆本・岛原文库本・大东急纪念文库本・彰考馆文库本・无穷会神习文库本・神宫徵古馆本・冈山大学本；第三种本 吉田幸一博士藏本・山胁毅博士旧藏柿本奨藏本・板本（元禄・宝历・文政・无刊记）。乙类本：第一种本 松下见林旧藏本・荻野由之博士旧藏东京大学本「甲」・黑川真道旧藏宫内厅書陵部本（据《日本古典文学全集》）；第二种本 东京教育大学旧藏清水浜臣书写本・京都大学藏清水浜臣书写本。丙类本：冈仓由三郎氏旧藏吉田幸一博士藏本・学习院大学本・吉沢义则博士旧藏京都女子大学本・国学院大学本・荻野由之博士旧藏东京大学本「乙」・南葵文库旧藏东京大学本・多和文库本・永森直次郎氏旧藏日本大学本・青木信寅旧藏静嘉堂文库本・大久保忠寄旧藏静嘉堂文库本。但是同时指出，诸本一个系统，没有异本。

属于改订本，所以通常不将其称为传本，而将甲类本与乙类第一种本称为"古本"。现存诸本中以缺陷最少的"甲类本"中的宫内厅书陵部藏本[①]为最善本是学界的一般共识。当然也有认为阿波国文库本优于书陵部的观点。[②] 其评价依据主要是从两本中可见的脱文衍文数比较来看，从全体来看书陵部本优于其他诸本的通说应该是不可动摇的。关于《蜻蛉日记》传本的诸多调查研究，都是为了文本的整理与复原。

随着对《蜻蛉日记》原文的溯源与整定，校本的制作也日益必要。玉上琢弥、柿本奖两人在以彰考馆文库本为底本，于昭和三十二年（1957年）出版了《蜻蛉日记本文篇》[③]，收录了五本校对过的甲类本本文校本。本文研究的集大成之作，当属上村悦子的《蜻蛉日记校本・注写・诸本的研究》[④]，以宫内厅书陵部本为底本，综合对照12本校本，收录了学习院本之外5本的"注写比较表"（書き入れ比較表），成为诸文本研究所不可缺少的基础资料。伴随着本文研究的进展，制作总索引的必要性也提上日程。佐伯梅友、伊牟田经久的《蜻蛉日记总索引》[⑤]刊行，由本文篇和索引篇组成，使《蜻蛉日记》不同本文间词语的索引成为可能。

日本二战后注释类研究同时也在不断推进，而且不仅是为明了作品的事实内容，解明文体的特质等问题也成为重要目的，不同版本的注释融合着注释者的独到见解。喜多义勇承担了朝日新闻社刊行的日本古典全书《蜻

---

① 现藏东京宫内厅图书寮，原为日本近世桂宫家所藏，共三册，每册封面表纸左上面分别贴有"蜻蛉日记 上""蜻蛉日记 中""蜻蛉日记 下"的题签，据传为日本第120代灵元天皇（1654—1732）的御笔。影印本见 上村悦子编. 笠間影印叢刊70 桂宫本蜻蛉日記上・中・下［M］. 东京：笠間書院. 1969年初刊、1982年再刊。

② 山田清市. 蜻蛉日記伝本系譜—阿波国文庫の位置［J］. 亜細亜大学教養部紀要 第四号，1969（3），后收录于日本文学资料刊行会编. 平安朝日記Ⅰ［C］. 东京：有精堂. 1971。

③ 玉上琢弥、柿本奨. 蜻蛉日記本文篇［M］. 东京：古典文庫. 1959。

④ 上村悦子. 蜻蛉日記：校本・書入・諸本研究［M］. 东京：古典文庫. 1963。

⑤ 佐伯梅友・伊牟田経久. かげろふ日記総索引［M］. 东京：风間書房. 1963；1981年改訂版。

蛉日记》（1949年初版，1969年改订版）的校注，并发行了对旧著《蜻蛉日记讲义》全面改订的《全讲蜻蛉日记》①。上村悦子将对文本诸本研究的成果体现在校注古典丛书的《蜻蛉日记》②之中，并后来集诸校注于《蜻蛉日记解释大成1—9》③。川口久雄承担了岩波书店发行的《蜻蛉日记》日本古典文学大系本（1957年），今西祐一郎则承担了及新日本古典文学大系本（1989年）的校注。木村正中、伊牟田经久则承担了小学馆刊行的日本古典文学全集《蜻蛉日记》（1973年），以及新编日本古典文学全集中《蜻蛉日记》（1995年）的校注与现代日语译文。本研究便采用了以最善本为底本、未明之处参考其他诸本进行复原补订的《新编日本古典文学全集》中的《蜻蛉日记》为引文原典。

  与作品的考证研究相关联的便是对作者的考证。《蜻蛉日记》以作者藤原道纲母的实际人生经历为素材写成，故先行研究不乏对作者及其周围人物的考证，初期以历史学者樱井秀的系列论文《蜻蛉日记作者传》④为代表。其后对作者考证研究取得进展的有阪口玄章的《蜻蛉日记人物考》⑤等。除却传统的作者评传式研究，还有学者试图从作者的人生经历中寻觅理解作品的线索。有对《蜻蛉日记》的登场人物与周边人物分析的，如柿本奖《蜻蛉日记人物考》⑥；也有对作者作为歌人进行评价的，如品川和子的《歌人道纲母—以评价的历史为中心》⑦等；冈一男的《道纲母》及《道纲母——蜻

---

① 喜多義勇.全講蜻蛉日記［M］.東京：至文堂.1961。
② 上村悦子.蜻蛉日記（校注古典叢書）［M］.東京：明治書院.1968。
③ 上村悦子.蜻蛉日記解釈大成1—9［M］.東京：明治書院.1989—1995。
④ 桜井秀.蜻蛉日記作者伝［J］.わか竹.1914（12）、1915（2）、1916（5）。
⑤ 阪口玄章.蜻蛉日記人物考［J］.国語と国文学.1932（6）。
⑥ 柿本奨.蜻蛉日記人物考［J］.学大国文.1962（1）。
⑦ 品川和子.歌人道綱母について—その評価の歴史を中心に［J］.学苑.1969（1）。

蛉日记艺术考》①详细论述了道纲母的家族关系、少女时代到晚年的生涯等，尤其《蜻蛉日记艺术考》可谓对道纲母生平及在《蜻蛉日记》中的形象进行详细研究的重要成果。

### （二）近代以来对《蜻蛉日记》作品文学性的研究

日本明治维新后，西方的"Literature"一词被译成"文学"引入日本，日本学术界开始从文学角度重新审视古典文学，日记文学逐渐被作为一种文学体裁纳入文学史范畴，作为"国文学"的一部分，被经典化为"女性日记文学"。近代初期，对《蜻蛉日记》的代表性研究当属藤冈作太郎的《国文学全史 平安朝篇》（明治三十八年），首次提及"日记文学"（日记文学）这一表述，认为《蜻蛉日记》具有"自叙传的写实小说"②风格，并给予《蜻蛉日记》与《和泉式部日记》以极高的文学性评价，与《大镜》对人物、事件的关注不同，将《蜻蛉日记》作为文学作品来评论。

明治末年的文坛迎来了自然主义文学的兴盛期，如实描述个人平凡生活的作品作为文学受到重视。《蜻蛉日记》为代表的女性日记文学作品因为与私小说有相通之处逐渐受到关注。一些研究中出现"日记文学"相关的概念性阐发，以大正末期与昭和初期的日记文学"自照性"的提出最具代表性。垣内松三于大正六年（1917年）在东京大学的讲课中将日记、随笔定位为"自照文学"（自我观照文学）（Literature of self-Re-flection），大正十五（1926年）年，久松潜一从"自照文学"中析出"日记文学"一语，初次在广播讲座《日记文学与女性》中使用，并被翌年的《日本文学

---

① 冈一男. 道綱母 [M]. 东京：青吾堂1943；冈一男. 道綱母—蜻蛉日记藝術考 [M]. 东京：有精堂.1970年初版, 1986年再版。

② 藤冈作太郎. 国文学史 平安朝篇 [M]. 东京：东京开成馆. 1905. 引自秋山虔校注. 国文学全史·平安朝編 I [M]. 东京：平凡社.1971：282。

联讲》①所收录,"日记文学"一词自此一直使用至今。池田龟鉴的《宫廷女流日记文学》②成为对平安与中世时期日记文学研究的第一部系统性专著。该书既包含对8部日记文学作品的传本介绍及作者生平事迹等基础性研究,又在"自我观照"主题下结合具体作品以简明的形式勾勒出平安至中世的女性精神史,"可谓是文献学·传记学·作品论各领域研究的标准"③。在有关《蜻蛉日记》的章节部分,聚焦了作者道纲母心境旅程的自我观照性,认为作者执笔日记存在内在情感的必然性。自此很长一段时间内,日本文学界将日记文学视为自我观照的文学。

进入昭和时期(1926—1989年),日记文学研究发展迅速,作品的文学面、考证学两方面研究成果并驾齐驱。日记文学的研究开始将抽象概念与具体作品相结合,作品研究的视野日益拓宽,新的观点不断出现,各部日记作品与日记文学的研究都得到长足发展。今井卓尔在《平安朝日记的研究》④中提出日记文学作品呈现复杂样态,没有普遍类同性正是日记文学的独特性。玉井幸助昭和20年的大作《日记文学概说》⑤,对中国的日记、日本的日记类作品做了精细的调查研究报告,是了解日记本质、形成、展开的基本文献。认为日记的本质是"事实的记录",日记文学具有日记的纪实性,更具文学性,提出将日记文学纳入日记范畴的广义日记文学观。

对日记文学的研究在二战期间暂时呈现停滞,只是偶尔有成果发表,战后则再次活跃,出现很多独特的见解与深刻的学说。今井卓尔在《平安

---

① 久松潜一.日本文学と女性[A].藤村作编.日本文学聯講 第一卷[C].东京:中兴馆.1927。
② 池田龜鑑.宫廷女流日记文学[M].东京:至文堂.1927。
③ 大倉比呂志.蜻蛉日记の研究史[A].一冊の講座 蜻蛉日记[C].东京:有精堂.1992:361。
④ 今井卓爾.平安朝日记の研究[M].东京:啓文社.1935。
⑤ 玉井幸助.日记文学概説[M].东京:目黑书店.1945。

时代日记文学的研究》①中，结合《蜻蛉日记》等六部平安时期日记作品，通过作品中序的存在、作者的读者意识、执笔态度、作品的时间与空间素材、作品的和歌·书信表现形式等，分析了日记文学的文学意识与文学特征。今井卓尔在书中提出的"日记文学存在读者，才得以称之为文学创作"②，同时指出《蜻蛉日记》等作品的读者只是小众的作者感情的理解者、同情者或者共鸣者，并不同于小说体裁显在的必需读者。虽然具体的读者层认定上存在争议，但是日记文学存在读者意识的观点引起了学界的关注，得到了森田兼吉、中野幸一、宫崎荘平等学者的认可。

　　十九世纪六十年代后，在读者意识存在的基础上，以秋山虔、木村正中为中心，围绕事实与虚构的问题展开论述。秋山虔先在《古代日记文学的展开》③一文中指出，日记文学既不是记录，也不是自我告白录或者私小说，本质在于虚构。既然日记文学在于"虚构"，那么就有必要区分日记文学中的真实作者与作品中主人公人物，后在《日记文学的作者》④一文中提出，注意区分《蜻蛉日记》作品中的人物道纲母以及实际作者道纲母，引起了学界的注意，受到深泽彻等学者的认可。木村正中发表了《日记文学的本质与创作心理》⑤一文，也认可日记文学的虚构性，认为日记文学是对记录事实为主的日记传统的继承与超越。1968年9月《文学·语学》杂志第49号还刊行了《日记文学–事实与虚构》的特辑，论述了日记文学作为文学作品的价值。在秋山虔等学者的引领下，日记文学作为平安时代形成的一种固有文学形态，与记录性日记截然分开。在此之后，有关日记文学

---

① 今井卓爾.平安時代日記文学の研究［M］.東京：明治書院.1957。
② 今井卓爾.平安時代日記文学の研究［M］.東京：明治書院.1957：196。
③ 秋山虔.古代における日記文学の展開［J］.国文学.1965（12）。
④ 秋山虔.日記文学の作者—その文学と生活［J］.国文学解釈と鑑賞.1966（3）：18-23。
⑤ 木村正中.日記文学の本質と創作心理［A］.阿部秋生編.講座日本文学の争点2中古篇［C］.東京：明治書院.1968。

的论文、著作不断推出，但多是原有研究基础上的加深，重复性研究较多。2003年出现的大仓比吕志的著作《平安时代的日记与特质》①，在前期研究成果的基础上，回答了日记文学是什么的问题，提出了日记文学的本质是作者"自我戏画化"（自己劇画化）的独到见解。其中《蜻蛉日记》戏画了道纲母极力挽留离自己日渐远去的丈夫时的窘态，作者道纲母无法恢复这种感情丧失带来的绝望感，只有将其写入作品。

伴随着文本注释和作者传记研究，作品何时成立的问题自然也成为学者们的关注点。关于《蜻蛉日记》文本的形成时间，因为缺乏确切的外部资料支撑，故只能结合文本叙事推断，目前主要有作者集中回忆书写上、中、下三卷的"一元成立说"、作者集中写作上、中卷后独立写作下卷，或者独立写作上卷后集中写作中、下卷的"二元成立说"，以及分别独立执笔上、中、下三卷的"三元成立说"。"一元成立说"最早由池田龟鉴在《宫廷女流日记文学》（1927年）中提出，《蜻蛉日记》是作者在作品最终年的天延二年（974年）后回忆执笔而成。冈一男②同样赞成整卷属于作者回忆中执笔，提倡天元五年（982年）前后作者将上、中、下三卷分别作为序文、中心文、结尾文来写作。一元成立说还得到今井卓尔、石原昭平、柿本奖等学者的支持，只是作者具体的执笔写作时间存在争议③，但作者至少

---

① 大倉比呂氏.平安時代日記文学の特質と表現［M］.东京：新典社.2003.
② 岡一男.蜻蛉日記の成立年代とその芸術構成//古典と作家［M］.东京：文林堂双魚房.1943.
③ 石原昭平认为作品于贞元二年（977年）秋到天元元年（978年）十月之间成立，参考：石原昭平.蜻蛉日記の成立私論—頒暦・仮名暦と回想説［J］.平安朝文学研究.1961（1）；蜻蛉日記の執筆年次をめぐって—小山氏『山吹』解釈を疑う［J］.平安朝文学研究.1962（1）。柿本奖认为作者于天延二年（974年）到贞元二年（977年）间回忆执笔，参考：柿本奖.蜻蛉日記［J］.解釈と鑑賞.1961（2）。今井卓尔认为作品于天延元年（973年）末到贞元三年（978年）十月之间最后完成，参考：今井卓爾.平安時代日記文学の研究［M］.东京：明治書院.1957.

在下卷收录的天延元年（973年）之后回忆往事而执笔一点上并无异议。一元说遭到众多学者的反对，目前在学界也基本不被认可，二元或者三元的阶段执笔说更有力。早在明治三十八年（1905年），藤冈作太郎在《国文学全史 平安朝篇》①中分析认为，《蜻蛉日记》上卷是在作者于天禄二年（971年）前往鸣泷修行以后执笔，中、下卷是作者在文中下卷的天禄三年以后执笔的日记类作品，此观点得到了喜多义勇②的认可。二元（或者多元）成立说，基本都将中卷的成立视为天禄二年末，问题在于上卷的执笔成立时间，存在从安和二年（969年）到天禄二年（971年）的不同主张。如藤本俊惠的安和二年说③，虽然对执笔成立时间的考察方式不同，但是得到了川嶋明子、古典贺子、山口博、上村悦子等学者的支持。另外守屋省吾④认为上卷成立于安和二年八月到天禄元年一月间、伊藤博⑤则认为是天禄元年五月到天禄二年四月间等。上村悦子整理了蜻蛉日记成立年代诸说，在《校注古典丛书》的《蜻蛉日记》⑥解说部分，总结到不管上卷与中卷是否独立完成，但作者在天禄二年以前追忆而写成一点上是一致的。从文体形式、内容等来看，作者最晚于天禄二年（971年）首先写成上卷，然后不久分别继续中卷、下卷的写作，是目前《蜻蛉日记》成立论的主流意见。

既然《蜻蛉日记》至少上卷是属于作者事后根据回忆而写，并非当日或隔日的即时书写，文本中叙事时间的"回想性"特征受到关注，也成为考虑日记文学作品"虚构性"与"文学性"的启发。近藤一一在《日记文

---

① 藤冈作太郎.国文学史 平安朝篇［M］.东京：东京开成馆.1905。
② 喜多義勇.蜻蛉日記の研究［A］.日本文学講座 第五巻［C］.东京：改造社.1934。
③ 藤本俊惠.蜻蛉日記の成立時期について［J］.平安文学研究.1957（11）。
④ 守屋省吾.蜻蛉日記上卷の成立について［J］.立教大学日本文学.1965（6）。
⑤ 伊藤博.蜻蛉日記の執筆時点について［J］.言語と文芸.1967（11）。
⑥ 上村悦子.蜻蛉日記（校注古典叢書）［M］.东京：明治書院.1968。

学中时间的问题——以蜻蛉日记为中心》[1]中指出日记文学中的时间是背负微妙情感的，与人生直接相关的真切时间。木村正中[2]认为日记文学的时间中过去与现在相互关联，《蜻蛉日记》的内在平面化时间，到了《源氏物语》便发展成虚构世界自身的时间，时间构造更加立体化。宫崎荘平在《平安朝女流日记文学的研究》的"时间构成的技巧与系统"章节，进一步做了讨论，指出"随着时间的推移与经过，按时间顺序安排事件的构成方法，是女性日记文学叙述方法的一个特性"[3]。但是，今关敏子[4]却认为日记文学的时间不是直线式记录，而是根据作者执笔意图进行的时间序列的解体。深泽彻于昭和62年（1987年）所编《蜻蛉日记·回想与写作》一书中，收录了多篇探究《蜻蛉日记》叙事表现层面问题的作品，有将细化的研究再统合的倾向，正如深泽彻在《解说》中所说，"一直以来的研究细化为作家论·作品论·读者论·形成论·构成论，以及构造论·表现论·文体论等形式，将分方向论述的各研究，全都这样集合在'回想与书写'主题之下，相互间可以有所关联吧。"[5]

### (三)《蜻蛉日记》的研究现状及动向

进入二十世纪九十年代以后，《蜻蛉日记》以及其他平安日记文学研究的论文、著作、论集、事典不断面世。比如勉诚社出版了今井卓尔监修的系列《女流日记文学讲座》丛书（1990—1991年），共分为《土佐日记》《蜻蛉日记》等六卷，集中了学界前期研究的代表性成果。总体来说，近年来研究内容逐渐细化与深化，研究方法趋向跨学科领域的交叉研究，而

---

[1] 近藤一一.日記文学に於ける時間の問題—蜻蛉日記を中心に[J].国語国文学.1962（5）.
[2] 木村正中.女流日記文学の伝統と源氏物語—時間の内在化[J].日本文学.1965（6）.
[3] 宫崎荘平.平安朝女流日記文学の研究[M].東京：笠間書院.1972：406.
[4] 今関敏子.中世女流日記文学論考[M].東京：和泉書院.1987.
[5] 深沢徹.かげろふ日記　回想と書くこと[C].東京：有精堂.1987：254.

且就研究主体而言女性学者日益增多，为日记文学的研究注入了新的活力。具体表现如下：

（1）研究内容不断被细化与深化。不再满足于单纯的考证研究，而是不断发展、深化。研究细致到对某人名、地名、语法表现、个别词语、人物指示词等的考察，研究逐渐从作品的外部素材回归至文本本身。

如沢田正子[①]从《蜻蛉日记》"趣"（をかし）、"哀"（あはれ）、"悲"（かなし）的语言表现，"泪"（涙）、"梦"（夢）、"声"（音）的情感表现，以及色彩表现等方面考察了《蜻蛉日记》的美意识。冈田博子的《蜻蛉日记的作品构成》（1994）[②]从作品中的段落设定、自然描写、叙事时间与叙事量的关系、自我与他者等方面细致考察了《蜻蛉日记》的作品构造，从语言背后隐藏的作者的心理角度探讨了文本的表现原理，为《蜻蛉日记》的文本研究提供了新视角。内野信子在《蜻蛉日记的表现论》[③]一书中，以指涉自我的"我"（われ）、心态表达的"虚渺"（ものはかなし）、"意外"（あさまし），雨落形态的"宁静"（のどか）等词语的语言表述、文中道纲母的和歌表达为线索，追寻作品中人物主体道纲母对丈夫兼家的心情变容历程。

（2）除了传统的考证与社会文化学、比较文学的研究方法外，跨学科领域的研究成果日益增多，如运用历史学、艺术学、民俗学、心理学、叙事学、女性主义等理论，对作品中宅院、宗教、绘画、服饰、色彩、梦境、叙事人称、女性的自我意识等的多角度研究，为女性日记文学的研究带来新的视点与思路。

今关敏子新作《假名日记文学论：王朝女性们的时空与自我·其表

---

① 沢田正子.蜻蛉日記の美意識［M］.东京：笠间书院.1994。
② 岡田博子.蜻蛉日記の作品構造［M］.东京：新典社.1994。
③ 内野信子.蜻蛉日記の表現論［M］.东京：おうふう.2010。

象》①，认为作品只是作者们"自我"的表象，运用比较文学、文化学、女性主义等理论，从女性作者的视角分析了十世纪后半期至十四世纪中叶的日本王朝女性们，如何在局限的时空里、被动的环境下获得价值感，并以《蜻蛉日记》中"泪"（涙）的表象为线索，探析作品中作者的精神变容。

《蜻蛉日记》叙事表现的相关研究受到关注，虽然成果较少，研究也缺乏深度，但却开辟了叙事研究的新领域。如前文所述，早在二十世纪六十年代，秋山虔开始提倡注意真实作者道纲母与人物道纲母的区别，也受到深泽彻等学者的认同。但是因为日记文学的非虚构性，先行研究依然通常将两者混同为一元化世界，没有方法上的深化。比如说《蜻蛉日记》中的一人称叙述视角，先行研究主要是相对于虚构文学的第三人称叙事形式来研究。土方洋一在《日记的声域 平安朝的一人称言说》②的"女性日记"篇部分，专门论述了日记文学的一人称叙述形式，分析了其形成的背景与意义，但是并未探究这个一人称的"我"究竟是哪个"我"，作者、叙述者、人物的关系依然暧昧。石坂妙子在《平安朝日记文艺的表现》③中提出日记文学类似于西方近代的自传文学，分析了日记文学中的"自我"（私）与他者意识，尤其值得一提的是，指出经历过去时的"我"、执笔时的"我"有着不同的位相，指出主人公与叙述者、作者之间应该存在差异，但并未进一步深究差异的表现与原因。长户千惠子的《蜻蛉日记的表现与构造》④从叙事时间与作品构造、文中的散文表述与和歌素材的关系、作品的叙述视点等角度聚焦《蜻蛉日记》的叙事表现，分析了一人称叙事视角问题，但是文中"序"与前半部分的"三人称"叙述，与后文变换的"一人称"叙

---

① 今関敏子.仮名日記文学論：王朝女性たちの時空と自我・その表象［M］.笠間書院.2013.
② 土方洋一.日記の声域 平安朝の一人称言説［M］.东京：右文書院.2007.
③ 石坂妙子.平安朝日記文芸の研究［M］.新典社.1997.
④ 長戸千恵子.蜻蛉日記の表現と構造［M］.东京：风间书房.2005.

述有何渊源等问题尚未解明。

关于日记文学，除却对已有研究的深化，另有学者反思学术界已有的成果。森田兼吉的《日记文学的成立与展开》（1996年）[①]梳理了日本日记文学从诞生到中世的发展过程，重新界定了"日记文学"的定义，并且运用比较文学的方法分析了日记文学与自传文学的异同。吉田瑞惠与铃木登美[②]等学者，通过考察"日记文学"概念本身的确立过程，力图重新审视先行研究中对于平安时期女性日记文学地位的评价，从女性日记文学被经典化背后所蕴含的近代日本国民国家理念的新角度入手，为考察平安时期女性日记文学的定位提供了新思路。

## 二、中国的研究历史与现状

相对于日本，中国国内学界关于日本日记文学的研究可以说是凤毛麟角，进入二十一世纪后才逐渐受到关注，对于许多问题的研究尚未全面展开，尚属起步阶段，至今未见研究性学术专著出现。我国出版的有关日本女性文学作品的中文译本仅有林岚·郑民钦的译本《王朝女性日记》[③]，包含《蜻蛉日记》《紫式部日记》《和泉式部日记》《更级日记》四篇译文，以及林文月译本《和泉式部日记》[④]。综合来看，已有成果主要涉及以下几个方面：

从当时的社会、文化、历史背景探讨平安女性日记文学的形成，如张

---

[①] 森田兼吉.日記文学の成立と展開[M].笠間書院.1996。

[②] 吉田瑞惠.女へのとらわれ—女流日記文学という制度[A].河添房江[他]編.想像する平安文学 巻1[C].東京：勉誠社.1999；鈴木登美.ジャンル・ジェンダー・文学史記述—「女流日記文学」の構築を中心に[A].鈴木登木[他]編.創造された古典[C].東京：新曜社.1999。

[③] 藤原道纲母、紫式部等.王朝女性日记[M].林岚、郑民钦译.河北教育出版社.2002。

[④] 和泉式部.和泉式部日记[M].林文月译.译林出版社.2014。

晓希的论文《平安时代的女性日记文学》[1];中国古代文学对《蜻蛉日记》为代表的平安日记文学的影响关系,如张晓希的《中国古代文学对日本日记与日记文学的影响》[2]、楚永娟的《中国古代日记在日本的变容——从日记到日记文学》[3];刘金举[4]、王宗杰与孟庆枢[5]、顾金煜[6]则从日本近代国民国家理念形成背景下,分析民族文化建构语境中的平安女性日记文学的发展流变;杨芳[7]探讨了《蜻蛉日记》与《源氏物语》的互文性关系;陈燕[8]不仅考察了《蜻蛉日记》中藤原道纲母的梦信仰,还在博士论文《东亚语境中的日本平安朝女性日记文学研究》中将平安朝女性日记文学置于东亚语境下,与中国古代、朝鲜王朝的女性与文学进行比较,考察女性日记文学的形成过程;韩凌燕[9]的博士论文从心理学角度分析了《蜻蛉日记》中作者道纲母的焦虑。另有从叙事学角度对日本平安朝女性日记文学进行初步考察的,张玲的硕士论文《日本平安朝日记文学中的第一人称叙事研究》[10]等。另外,笔者也分别就《蜻蛉日记》及日记文学的总体叙事特征做过初步探讨。

纵观《蜻蛉日记》及女性日记文学的先行研究来看,日本对《蜻蛉日记》等日记文学作品的研究成果可谓蔚为大观,涵盖了作者传记研究、文

---

[1] 张晓希.平安时代的女性日记文学[J].天津外国语学报.2001(3)。
[2] 张晓希.中国古代文学对日本日记与日记文学的影响[J].天津外国语学报.2004(3)。
[3] 楚永娟.中国古代日记在日本的变容——从日记到日记文学[J].山东社会科学.2016(2)。
[4] 刘金举.论"私小说"与"平安女性日记文学"的发展流变——从国民国家的角度出发[J].暨南学报(哲学社会科学版).2008(6)。
[5] 王宗杰、孟庆枢.日本"女性日记文学"经典化试析-自产生至二战前[J].重庆大学学报(社会科学版).2009(3)。
[6] 顾金煜.民族文化建构语境中的日本平安女性日记文学[D].苏州大学.2014。
[7] 杨芳.《源氏物语》与《蜻蛉日记》之间关系探微[J].日本问题研究.2010(3)。
[8] 陈燕.藤原道纲母之梦信仰再考[J].日语学习与研究.2009(5);陈燕.东亚语境中的日本平安朝女性日记问学研究[D].北京外国语大学.2010。
[9] 韩凌燕.焦虑的心象风景—《蜻蛉日记》研究[D].吉林大学.2017。
[10] 张玲.日本平安朝日记文学中的第一人称叙事研究[D].吉林大学.2008。

化研究、社会学研究、文学批评等多个领域，初期立足于实证分析的"人与作品"这一传记式研究方法，以及注重作品社会、历史背景下女性身份的社会历史研究法占据着研究方法的主流。这种方法取得了一定的成绩，但也出现了许多相似性或重复性的研究。近年来研究内容逐渐细化与深化，研究方法趋向跨学科领域的交叉研究，对《蜻蛉日记》的研究逐渐从作品的外部素材回归至文本本身。"《蜻蛉日记》乃至平安日记文学研究史的最大动态，可以概括为从对叙事内容的关注转变为对叙事方式的关注"[①]。本研究是对《蜻蛉日记》叙事表现特征的关注，与目前的研究趋势相吻合。

## 第三节 本研究的意义与方法、思路

### 一、研究的意义

从《蜻蛉日记》的先行研究来看，其方法论不断得到继承与发展，从对作者、文本叙事内容的关心，逐渐向文本表现层面过度的倾向。先行研究中涉及《蜻蛉日记》的部分叙事表征，如作者与主人公的区别、第一人称叙事等叙事特征，但仅仅限于叙事表述的现象分析，未对这一叙事策略背后的文学理论深入探讨。鉴于此，本文试图深入文本内部，依托叙事学的理论支撑，以《蜻蛉日记》文本细读为中心，既注重《蜻蛉日记》的个案研究，同时兼与其他女性日记文学作品做简略平行比较，宏、微观兼顾，力求做到既在微观上能对主要分析对象鞭辟入里，又能在宏观上整理出一类作品群的总体叙事特征。"日记文学研究的终极目标，是究明作品的特质构造，阐明所具有的文学性，这样便可以引出作品的价值以及作品的现代

---

① 長戶千惠子.蜻蛉日記の表現と構造［M］.东京：风间书房.2005：6。

意义"①。

对《蜻蛉日记》的叙事研究，不仅有助于加深对日本平安日记文学的理解，为日记文学研究提供新视角与新思路，而且拓宽了中国日记学的研究领域。二十世纪八十年代末九十年代初，中国学界提出建立专门研究日记的日记学，"对于中国日记学的系统理论建设，还需要补充对外国名作的译介与研究"②。日记文学是作者写自身见闻的非虚构文学，兼具事实的真实性与文学的虚构性，对其研究可以丰富以虚构文学为主的西方叙事学的研究。"从叙事学研究角度出发，对某类文学样式如日记文学进行叙事特征的理论研究具有相当的学术价值"③。叙事学虽然以叙事虚构作品的小说为主要对象，建立关于虚构文学作品规律的文学理论，但人类文化中还有小说外的其他多样性叙事体裁，叙事还有广阔的天地。日记文学作为一种文学体裁的生成关联着作家的主体特征、时代的文化语境，体现着独特的民族性格。因此对《蜻蛉日记》为代表的平安时期日记文学文本的表达方式、叙事风格等的研究，又可以丰富文体学的研究。在当今文化开放和寻求对话的时代，对日本平安朝日记文学的研究也有必要从当代西方学术话语中汲取精神财富以丰富自身，将其置于当代文化语境和世界文学背景之下给予重新评析，具有重要的理论与现实意义。

## 二、研究理论与方法

本研究在吸收前贤研究成果的基础上，采用以叙事理论为主，同时结合其他多种研究理论的方法，既对《蜻蛉日记》个案进行有针对性的微观

---

① 宫崎荘平.平安女流日記文学の研究［M］.东京：笠间丛书33.1977：467。
② 乐秀良、程绍荣.建立中国日记学的初步构想［J］.文教资料.1990年5期。转引自古农主编.日记漫谈［C］.北京：人民日报出版社.2012年：264。
③ 张鹤.虚构的真迹：书信体小说叙事特征的研究［M］.北京：人民文学出版社.2006：2。

分析，又兼顾女性日记文学作为整体的叙事特征。

西方叙事学的文学理论。"叙事学是研究叙事的本质、形式、功能的学科，它研究的对象包括故事、叙事话语、叙述行为等，它的基本范围是叙事文学作品"[①]。二十世纪六十至八十年代，西方产生了结构主义叙事学，被称为"经典叙事学"。作为一种形式批评理论，叙事学在结构主义语言学基础上发展起来，它注重文本细读，通过对文本的叙事方式、叙事接受、叙事结构等的考察，发掘文本内部自身的魅力，将叙事作品视为独立的体系。经典叙事学将作品阐释与性别、社会、历史、语境相隔离，但是二十世纪八十年代以后，越来越多的学者开始意识到文本的形式审美研究与社会、历史、环境之关系的研究应当互为补充，而不是相互排斥，逐渐产生了认知叙事学、修辞叙事学、女性主义叙事学等跨学科流派，被称为"后经典叙事学"或"新叙事理论"。后经典叙事学除了对经典叙事学的某些理论或相关概念进行重新审视或反思外，还克服了传统叙事学只关注文本分析、忽视文本外部因素的理论缺陷，"将叙事作品视为文化语境中的产物，关注作品与其创作语境和接受语境的关联"[②]，将文本与性别、意识形态、社会、文化语境等联系起来，跨学科与媒介，从而使这一理论具有了更加广阔的适用范围。

至于用"叙述"还是"叙事"一词，国内学者存在分歧。目前国内对于法语"narratologie"，英语为"narratology"，究竟该译为"叙事学"还是"叙述学"存在争议。赵毅衡主张不要再用"叙事"，而要"统一采用'叙述'，（包括派生词组'叙述者''叙述学''叙述化''叙述理论'）"[③]。笔者

---

[①] 罗钢.叙事学导论[M].昆明：云南人民出版社.1994：3。

[②] 申丹、王丽亚.西方叙事学：经典与后经典[M].北京：北京大学出版社.2010：4。

[③] 赵毅衡."叙事"还是"叙述"？——一个不能再"权宜"下去的术语混乱[J].外国文学评论.2009（2）：231。

采用申丹[①]的观点,采用"叙事学"来统称理论,而"叙述"作为动词来重复指涉讲述行为(叙+述),"叙事"指涉讲述行为(叙)和所述对象(事),故采用叙事学、叙述视角、叙述接受者、叙事时间、叙事空间等概念表述。西方叙事学一般用"故事"(story)和"话语"(discourse)来指代所叙述的对象和表现方式。也就是说,叙事作品的各种叙述方法和组成文本内容的情节、人物、环境等共同构成了叙事文本的形式系统。也有如法国结构主义叙事学家热奈特1972年提出的三分法,即故事、叙事(话语)、叙述(行为)。[②] 不过,正如中国叙事学者申丹所言,"我们在研究文学中的叙事作品时,没有必要区分'叙述话语'和'产生它的行为或过程',因为读者能接触到的只是叙述话语(即文本)"[③]。本书遵从"故事"与"话语"的二分法,并借鉴后经典叙事学中文本与所产生语境的关联,具体对《蜻蛉日记》的叙事表现进行分析和研究。

　　文体学的研究方法。文本的表达方式、叙事风格,又被文体学家称之为"文体",可以折射出作家独特的精神结构、思维方式、体验方式,以及社会历史与文化精神。研究文体现象的学问被称为"文体学",原本属于语言学范畴,于二十世纪六十年代几乎与叙事学同时进入兴盛期。根据文体学家采用的语言学模式不同,现有形式文体学、功能文体学、话语文体学、语言学文体学、文学文体学、社会历史文化文体学等不同的研究派别。其中文学文体学作为连接语言学与文体批评的桥梁,"除了研究某一作家或创作流派的文学风格外,一般旨在通过语言特征来更好地阐释某一作品的

---

① 申丹.也谈"叙事"还是"叙述"[J].外国文学评论.2009(3):228。
② (法)热拉尔·热奈特.叙事话语 新叙事话语[M].王文融译,北京:中国社会科学出版社. 1990:7。
③ 申丹.叙述学与小说文体学[M].北京:北京大学出版社.2005:15。

审美价值或主题意义"[①]。文学作品是以语言为媒介和载体的艺术,叙事学中的"话语"与文体学中的"文体"为同一层次的概念,都宣称运用语言学理论进行文本分析,只不过结构主义叙事学更关注文本的叙事技巧,文体学家则注重语法特征、句子衔接等的语言现象。"文体"与"话语"作为同一层次的概念,尽管侧重点不同,前者侧重语言现象,后者侧重叙事技巧,但是这两者可互为补充。本文拟借鉴西方叙事学理论与文体学理论,结合文本的创作语境与接受语境,分析《蜻蛉日记》乃至日记文学作为一种文学体裁所体现的叙事特征,并探明个中原因所在。

比较文学的研究方法。狭义的比较文学,主要是指不同国别间文学的比较。"广义的比较文学是将文学同其他学科来比较,包括人文学科与社会科学,甚至自然科学在内"[②]。本文不仅对照比较不同日记文学作品,还将日记文学与记录性日记,同时期的物语文学、私人和歌集、随笔文学,以及近现代的自传文学等进行比较,分析其独特的叙事特征。

总之,本研究主要采用叙事学与文体学、比较文学的研究方法,发掘《蜻蛉日记》的叙事策略及其叙事功能,将传统实证研究与新的批评理论相互交织,抽象与具体并进,理论与内容并融,以期促进日本日记文学研究的深化。

## 三、研究思路

具体操作上,从《蜻蛉日记》的文本细读入手,探索文本的叙事方式、策略与文本内容的有机结合。文学创作与研究所关涉的,无非是世界、作品(文本)、作者与读者四个要素,而作品中的故事又离不开人物、事件、

---

[①] 申丹.叙述学与小说文体学研究[M].北京:北京大学出版社.1998:205。
[②] 季羡林.比较文学与民间文学[M].北京:北京大学出版社.1991:151。

时间、空间等要素。因此本研究综合这些要素，在了解《蜻蛉日记》作者生平、题名所指、文本内容，以及平安日记文学的发展历程，并梳理其先行研究基础上，将具体内容分为四章。

第一章主要结合当时的社会文化语境，从假名书写、散文体与韵文体并融的角度，分析《蜻蛉日记》如何成为女性日记文学的开山之作。日本日记文学在应用性日记的基础上发展而成，第一节首先溯源日本古代的记录性日记，探讨日记如何从记录性日记发展为文学性日记，然后分析《土佐日记》在日记到女性日记文学发展过程中的过渡作用，以及《蜻蛉日记》作为女性日记文学，如何体现日记记录的事实真实性与文学艺术的虚构性。第二节重点研析《蜻蛉日记》文体语言上和歌与散文在叙事中的功用与效果，以及作者藤原道纲母选择日记体散文的形式来进行自我抒发的原因。

第二章分析《蜻蛉日记》的叙事交流模式。第一节针对先行研究中通常模糊日记文学作者、叙述者、人物的现象，将《蜻蛉日记》的研究置于叙事表现的构造上，厘清叙述主体与被叙述对象之间的距离，界定"说者"。并分析回顾性叙事中不同时期的"我"的重合与分离，包括叙述者人称、叙述视角的问题。第二节探讨《蜻蛉日记》文本中信息的叙述接受者问题，分析先行研究中提到的作者创作伊始存在的"读者意识"问题，作者在叙述时究竟是面向自我的私人写作，还是面向某位或者某些特定、不特定的读者讲述，界定"听者"，探索叙事交流的情境。

第三章则从时间入手分析《蜻蛉日记》的叙事特征。日记能作为文学成立，首先是因为存在作者实际经历、体验的时间，也就是"故事时间"，以及体现在文本中的叙事话语时间、作者执笔的写作时间，回忆与现实交叉，具有多重时间性。虽然日记文学的回想性特征已经受到关注，但是先行研究经常模糊三者的区别。本章从话语时间对故事时间的承袭与错位两个层面，历史的线性时间、自然的循环时间、内在的心理时间三个维度，探索《蜻蛉日记》作者如何在时间流中展现、拼接自己的人生经验与履历。

第四章则涉及《蜻蛉日记》叙事中的空间问题，此点在现有研究中相对薄弱。《蜻蛉日记》是作者关于自我故事的真实叙事，文本中故事发生的实体空间与作者实际写作的空间都集中在京都的居所或者京郊的山寺，实体空间真实存在。首先分析平安京这一地域空间，然后分析作品中道纲母在京都的不同居所，与外出参拜时的神社、山寺间转换的空间位移背后的心境，以及与作品构造的关联。环境常与人物的心境相映照，成为人物内心的外化，因此将对文本中人物的梦境和自然观照中的"雨"意象纳入心理空间，从实体空间与心理空间两个层面分析《蜻蛉日记》中的空间形态与叙事功能。

结语部分则在前几章分析的基础上，从叙事的文体特征、交流模式、时间与空间角度归纳总结《蜻蛉日记》的叙事艺术，进一步析出日本平安女性日记文学作为一种文学体裁所呈现的叙事特征。

# 第一章 《蜻蛉日记》叙事的文体形式：散韵并融

对"文体"概念的理解与界定在学术界分歧很大，简单来说，文体即为文章或者话语的风格、体式、体裁，"是一篇文章体现出来的内容和形式的整体规范和状貌"[①]。对于文体的分类，古今中外，由于依据标准、角度不同，复杂多样。根据文章的社会功能分为文学类文体（文学文体）与实用类文体（功用文体、实用文体），这是当前学术界多数人认可的常用二分法。狭义上的文体指文学文体，"包括文学语言的艺术性特征（即有别于普通或实用语言的特征）、作品的语言特色或表现风格、作者的语言习惯，以及特定创作流派或文学发展阶段的语言风格等"[②]。对于文学文体的进一步分类，同样有着不同的标准与依据。中日古代从大的范围来说，根据文本语言形式是否有韵，二分为韵文与散文，然后各自细分；西方古代则主要从文本内容划分，区分为抒情类、叙事类、戏剧类三大类。近代以来较为流行的文学体裁分类方法，即为有名的诗歌—小说—散文—戏剧四分法，既考虑到文本内容，又兼顾形式，是目前使用较为普遍的一种方法，但现在影视文学正从戏剧文学中独立出来。也有按照文本表达方式区分为记叙文—议论文—应用文—说明文的四分法、描写文—抒情文—记叙文—议论

---

[①] 李绍伟.文体分类的原则与现代文体分类［J］.贵州教育学院学报（社科版）.1991（3）：55。

[②] 刘诗伟.文体思维与文体分类［J］.衡阳师范学院学报.2007（4）：84。

文—说明文五类法等多种分类方法。文学文体学，是研究文学作品与文体学间的桥梁，既可泛指所有对文学文本进行分析的文体类别，也可特指以阐释文本的主题意义与美学价值为目的的文体学派，"集中探讨作者如何通过对语言的选择来表达和加强主题意义和美学效果"[①]。本章节将探寻《蜻蛉日记》文体语言形式上散文与韵文并用，以及文体与作者的创作心境、作品的主题意义、美学效果间的关联。本章节中对"散文"概念的定义，无特殊说明时，指涉古代与和歌、诗、词等韵文相对的、广义的散文。

以《蜻蛉日记》为代表的文学作品被称为"日记文学"，是近代以来的事情，从近代文学大的体裁分类来看，它从属于与小说、戏剧、诗歌并列的散文文学，具有事实的非虚构性。但"日记文学"的系列作品作为古典文学，在古代通常指与韵文相对的散文，其实并不是纯粹的韵文体或者散文体，而是以散文叙事为主，同时融合和歌韵文。日本的日记文学是在简要记录言事的日记基础上发展而来的，"既继承汉文日记的谱系，又具有汉文日记中没有的持续性的心理描写，具备了现代意义上的文学性"[②]。本章第一节将探寻"日记文学"如何由应用性日记发展为文学性文体，在社会功用方面发生变异，并分析《蜻蛉日记》艺术上的"虚构"性。文学文体学家虽然都注重文本的细读，但是一般并不排斥作者与读者，不摒弃对作品背景的了解。因此，本章将结合当时的社会语境，分析《蜻蛉日记》作者如何有效衔接散文与韵文进行叙事与抒情，开启女性书写日记文学的道路。

---

① 申丹. 叙述学与小说文体学研究［M］. 北京：北京大学出版社. 1998：4。
② 吉野瑞惠. 王朝文学の生成『源氏物語』の発想・「日記文学」の形態［M］. 东京：笠间书院. 2011：70。

## 第一节　假名日记文学的文学性

### 一、记录性日记的出现

#### （一）男性汉文日记

日本平安朝之前，并没有自己的文字，奈良至平安时期的日本古代社会，汉学是贵族男性必备的教养，通用公文用语为汉文或者准汉文。"日记"的概念与文体形式都源于中国，在中国古代，"日记"起源于编年体史书，以学者的研究记录和皇室的言行记录两大类为源流而产生，既有附年月日时间标识的官记、私记、游记、起居注，也有淡化日期的随笔、札记、家集等。主要记录重要政治事项、皇帝起居、读书心得、处世体会、纪行游览等，随着时代发展，经过不断分流与合流，进而形成多种记录形式。日记在中国古代与随笔、游记的概念区别模糊，未被当作一种特定的文学体裁。清朝乾隆年间为了编修规模宏大的《四库全书》，尽量分类收录历代前人之作，包括经、史、子、集四大部44类66属，有史抄类、游记类、职官类等，但未见"日记"一目。直到二十世纪初，在东西方思潮的碰撞下现代主体生命意识萌发，"具有现代意识的知识分子才开始把日记作为一种独特的文体来加以审视和提倡"①。日本学者铃木贞美指出，虽然日本的"日记"一词最早由中国传入，但概念不同，"我们现在意义上的'日记'概念，近代以前的汉语中尚未见，现在中国所用的'日记'概念，是从二十世纪日本的教科书类中所引"②。在中国古代，不管重公还是私，日记更多的是

---

① 程韶荣.中国日记研究百年[J].文教资料.2000（2）：145。
② 铃木贞美.「日记」および「日记文学」概念をめぐる覚書[J].日本研究44.2011（10）：425。

一种"备遗亡、录时事、志感想"的应用文体，既有排日记录的，也有随手而记的，重点在于强调记录事实的真实性，而不是某月某日的历时标记，而政务性日记更注重日历的标注。随着时代的发展，"日记"的意思逐渐受到限制，之前，将书名中本身附有日记或者同义语，以及内容上附有日期的东西称之为日记。到了近代，"日记"就限定到了按照日期记录自身日常生活的狭义意思。

"日记"传入日本的具体时间，目前尚无确切资料证实。但伴随着汉字的传入与律令制的建立，日本奈良时代（710—784年）便有了记录日记现象的萌芽。玉井幸助考察认为首部汉文编年体历史书《日本书纪》（721年）中虽无"日记"一词，但据圣德太子下令的如齐明天皇记等天皇纪、国纪的记载，以及从中国《新序》《史记》《晋起居注》等史类汉籍的引用中可见"日记"的影子。"日本的日记迄今所知最古老的，是《日本书纪》齐明天皇纪五年（659年）所引用的,伊吉博德这一人物的日记"[①]。据说伊吉博德在齐明天皇五年作为遣唐使之一赴唐，用汉文记录了遭遇暴风雨随海漂流、历经千辛万苦抵唐、被天子召见、受韩国使者谗言被处以流放罪等苦难，并附之日期，日记的一部分被引用为"伊吉博德书曰"。平安朝初期，承袭前朝国策，继续积极学习当时中国的律令制度与文化，官府也模仿中国制定日记制度，从律令上明确规定"外记"（外記）要载入日记中。现存文献中"日记"一词最早见于汉文记载的《类聚符宣抄》中，即弘仁十二年（821年）"宣"部分的"后有可闻事、须问其外记、自今以后、令载其外记于日记"。所谓"外记"，属于"公家日记"（公日记）的一种，由太政官记录宫廷仪式、有职故实[②]，并被保存在外记厅的文殿，类似于中国古

---

[①] 阿部秋生.平安日记文学[M].东京：学灯社.1952：6.
[②] 有职故实（ゆうしょくこじつ），研究历代朝廷或武士仪式、典故、官职、法令、装束、武具等的学问。

代的官记。在"外记"日记之前，奈良时代法令《养老职员令》（718年）中务省一项规定由"内记"（内記）担当天皇御所的记事工作，主要记录天皇的言行举止。进入平安时代，天皇所在清凉殿的当值"藏人"一职逐渐代替"内记"记录殿内事情，称为"殿上日记"（殿上日記）。平安中期的《侍中群要》所引"殿上日记"的"藏人式"部分，载有"当番日记无大小、慎勿遗脱焉"，强调逐日记事，而且书中"日记体"部分还对日记的格式做了严格规定。另外，还有各所属官署记录某种特定公务、事件的经过或者调查审讯的近卫府日记等。这样，外记日记、殿上日记、内记日记因为记录公事、政事、朝廷事等，故被合称为"公家日记"，都是由男性用汉文记录，且都附有日期、天气等，铺设了记录性日记的格式。但是三种"公家日记"如今只存有逸文，不见文本全貌。这些日记只是记录当日事情，缺乏记主纤细的思维和感情，因此只是被作为汉文或者准汉文记录的实用体文章。

日本早在奈良至平安初期，就存在用汉文书写的私人日记类文书，以出使、佛教纪行为主。如奈良时代吉备真备的《在唐日记》，平安时代圆仁的《入唐求法巡礼行记》，以及圆珍的《行历抄》等。尤其《入唐求法巡礼行记》记录了天台宗高僧圆仁承和五年（838年）至十四年（847年）十年间渡唐的记录，为《土佐日记》的诞生起了重要的铺垫作用。十世纪以后出现不同于以往公家日记的私人"家日记"（家日記），或被称为"公卿日记"（公卿日記）。比如包含宇多、醍醐、村上天皇的"三代御记"；皇族、摄关大臣以下的《贞信公记》《清慎公记》《九历》《小右记》等公卿日记。公卿日记的执笔者仍然不能脱离官人身份，但目的在于记录自己作为朝廷官人如何进退的事实，以备日后参照或示之子孙后代。日记的内容与形态依然恪守传统的记录性，只是开始介入个人的经验、感触、思考，渗透个性特征，现存最有名的公卿日记当属藤原道长的《御堂关白记》。这些"家日记""公卿日记"，一般被密藏在各家族，子孙相传，族门之外的人很难看到，属于私人日记。相对而言，中国古代的起居注、官记多为客观记事，鲜见在典礼仪式的记录中渗透记主个人生活记录、吐露私人感慨，可能中国对此类公家日记的律令制度要求更为严格。另外，《贞信公记》《九历》等初期的日记中，写有称为"具注历"①的历书，此类日记也被称为"历记"（曆記）。如写有《九历》的藤原师辅（908—960年）在《九条殿遗诫》中告诫子孙，为防遗忘要尽可能每日记日记：

> 鳳輿照鏡、先窺躰変、次見曆書、可知日之吉凶、年中行事、略注付件曆、毎日視之次、先知其事、兼以用意、又昨日公事、若私不得止事等、為備勿忘、又聊可注付件曆、但其中枢公事、及君父所在事等、別以記之可備後鑑。②

可见古代日本的日记由男性用汉文或准汉文记录，如同中国古代日记一样，本质上也具有事实记录的实记性，缺乏记主的个性思维和感情表露。公卿日记的存在价值在于政治意义，渡唐僧的日记富有宗教史或者文化史意义。正如玉井幸助所提出的，"日记的本质是事实的记录"③，赋予日记就是实记之意。尽管古代日记中的"日"，并非严格地每日必记，但作为保证事实真实的一种标记，是必需的，这在古代日本的日记中得到了严格的遵守。平安时期，由于在表述上使用汉文不如使用假名更加灵活自由，加上担当文学主体的贵族们生活空间较为封闭、摄关体制下中下层贵族个性受到束缚等原因，男性记录个人所见所闻所感的随笔类、游记类日记较中国

---

① 具注歴（ぐちゆうれき），流行于日本奈良、平安时代的一种历书。在日历下面，用汉字注明那天的吉凶、禁忌、岁位、星宿、福祸、气节等的变动。
② 塙保己一編.九条殿遺誡 群書類従第27輯［M］.东京：群書類従完成会.1960：139。
③ 玉井幸助.日記文学概説［M］.东京：目黒書店.1945年初刊，1982年複刊：252。

少。后随着汉文学的衰退与假名文字的出现，公家日记与私人日记等汉文体日记逐渐被假名日记代替。

（二）女性假名日记

日本自五至七世纪的上古时期开始引入汉字，至六世纪末运用日本语表记汉字，借用汉字的音义表示汉语，从纯体汉文演变为变体汉文，八世纪中叶开始普及，之后在《万叶集》中广泛使用，故被称"万叶假名"。日本九世纪后半期至十世纪，倡导"唐风"向"国风"文化的转化，假名应运而生，成为日本民族的独特文字。由于假名脱离了汉字规范与官方束缚，可以与日常语言结合起来从而更加自由地表达自我，主要为女性私下运用，所以又被称为"女文字"。女性与假名通常意味着私的领域，男性与汉文则代表着公的世界，不同性别间有着约定俗成的对应。"假名脱离汉字，成为一字一音的独立的本国简略文字,在日本文化史上具有划时代的意义"①。直到十世纪初，纪贯之用和文为敕撰歌集《古今和歌集》（905 年）作序，假名才得以进入公家世界，得到男性认可，但还是主要由女性使用。假名的出现，助推了汉文从记录性日记向文学样式的过度，给予当时的女性以探究现实与自我表现的动力，成为促使散文文学发展的契机。

随着假名的形成与发展，采用假名记录有关节日、赛诗、赛歌等场面状况的文字开始出现，并附有日期，称作"詩合日記"（汉诗比赛日记）、"歌合日記"（和歌比赛日记）。"歌合日記"如《亭子院歌合》（913 年）、《京极御息所歌合》（921 年）等，虽有完整构想，但仍以记录为主，较少抒发记录者的私人感怀。庄园制度贵族经济基础稳定的背景下，催生出了灿烂的宫廷文化。自嵯峨天皇（786—842 年）起，包括天皇在内的王朝贵族都注意美意识的欣赏，连朝议、公事都伴有诗歌、管弦的游宴。而且平

---

① 秋山虔.王朝文学の空間［M］.东京：东京大学出版会.1984：10。

安王朝未采取中国古代的宦官制度，而是采用宫中的诸多杂务由女官掌管的女官制度，"大宝律令规定的，后宫中认知的女官，有十二种工作场内容，内侍司以下……各司其职"①。上层贵族通常召集文学艺术方面有才华的女官作为家庭教师来陪侍、教育女子，地位较高拥有自己房间的女官称为"女房"。中下层贵族女子也多是通过成为宫内女官来接触上层贵族社会。除却《蜻蛉日记》作者道纲母嫁给上层贵族藤原兼家成为"家的女人"②外，其他都作为女官有过或多或少的宫廷供职经历。平安时期，不仅贵族男性，女性也可以参与文学活动、开展各种盛大的文艺活动。以后宫、斋院、斋宫③为中心的文学沙龙聚集了众多才女歌人，成为贵族女性们创作、欣赏、交流和歌与物语的重要空间，浓厚、风雅的文学氛围，使得宫廷中洋溢着优雅、唯美的贵族情趣。宫廷内优秀的女房会提高后妃或者公主身边文艺沙龙的影响力，进而利于提升主人在宫廷中的地位。这些后宫庆祝仪式、文化沙龙，在"女房日记"（女房日記）中有诸多记载。"女房日记"指女房所作的假名日记，主要记录主人和主家的盛大仪式、重要活动，目的在于贺颂主家，记录赛歌、赛诗的日记当属于"女房日记"④。女房日记的原态目前难以判明，但是最早可追溯到醍醐天皇的皇后藤原稳子近侍的后宫女房所作（也有稳子所作说）的《太后御记》，其被认为是日本现存最早的女性假名日记，但目前完整本已经散失。根据平安中期的《西宫记》及中世《河海抄》所引数条逸文来看，此篇日记并没有脱离传统日记的规范，只能算作是一篇记录了有关稳子及身边事实的备忘录，呈现出了稳子后宫繁

---

① 和歌森太郎、山本藤枝.日本の女性史1［M］.东京：集英社.1967：307。
② 菊田茂男.家の女—蜻蛉日記［J］.国文学.1975（12）。
③ 天皇选取未婚内亲王（皇室中嫡出的皇女以及嫡男系孙女）为斋院（かものいつき・さいぐう），派往贺茂神社侍奉贺茂大神，至伊势神宫侍奉神祇，称为斋宫（いつきのみや・さいぐう），或者指其御所。
④ 宫崎莊平.平安女流日記文学の研究 続編［M］.东京：笠間書院.1980：18。

荣的景象。这些女性用假名记录的女房日记、赛歌日记，记录者并未有文学创作的意图，文学性仍然较为稀薄，不能归入日记文学，但却在继承日记记录事实的基础上，开始用本民族的假名文字记录，融入日本民族的特色，并掺入记主个人思想，开始具备文学要素雏形，为日记文学的形成奠定了基础。

### 二、散韵并融的假名日记文学形成

现存日本最早的和歌总集《万叶集》（717—785年）的卷17至卷20四卷，虽然本质上来说以和歌集录为主要目的，但借助日记的形态，将大半家持（约718—785年）以及其他歌人的歌稿按年次而编，可谓日记文学的原始形态。编撰有《古今和歌集》（成书于905年）的男性歌人纪贯之[①]，假托女性用假名书写的《土佐日记》（とさのにき、土佐日记、土左日记），促成了男性用汉文书写的实用性日记向女性用假名书写的文学性日记过渡，被视为日本日记文学的先驱。平安时期特定历史文化语境下，假名的出现为女性文学的发展与繁荣提供了文字条件。但是，正如美国女性主义叙事学家沃霍尔（warhol）所言，某一历史时期的"女性技巧"未必一直为女作家所专用，"有时男作家会为特定目的采用'女性技巧'，或女作家为特定目的而采用'男性技巧'"[②]。女性作家的写作语言特征，不是由女性的生理本性决定的，而是由错综复杂的社会历史语境所制约。纪贯之便在《土佐日记》中采用了被排斥在政权之外的"女文字"假名，给自己披上女性的外衣，隐藏了自己男性官员的身份。《土佐日记》约成书于935年，作者以融合和歌在内的假名散文的形式，逐日记录了自己承平四年（934年）12

---

[①] 纪贯之（きのつらゆき），约886—945年，日本平安前期歌人，三十六歌仙之一。《古今和歌集》的主要编者，著有歌论《假名序》。另有《新撰和歌集》《贯之集》《土佐日记》等。
[②] 转引自申丹、王丽亚.西方叙事学：经典与后经典［M］.北京：北京大学出版社.2010：199。

月 21 日离开土佐（高知县）国府，到翌年 2 月 16 日回到京城旧宅 55 天的舟上之旅。

《土佐日记》开篇点明："作为一介女性，也来尝试下男性所写的日记。"① 作者将叙述者设定为突破男性书写的女性，既阐明了日记如何发展为日记文学，即由男性汉文所写转换为女性假名书写，也说明纪贯之其实有明确的语言形式与性别相对应的意识，即男性对应汉文、女性对应假名。文中故事从 22 日开始写起，26 日的叙事中便有虚构的女性叙述者对于自己作为女性不便记录或者不懂男人们吟诵的汉诗的表述："二十六日，在新国司使馆依然有招待，大家喧闹着，连侍从也有赏。有人高声吟诵着汉诗，不分主客，大家都相互吟着和歌。（作为女性）汉诗我就不记了。"② 文中提到汉诗，必然是男性所咏，"男人们或许为了安慰，咏着汉诗""男人们为了解闷，咏着汉诗，听到有人咏了首什么'望日都更远'的汉诗，有个女人便咏了和歌……"③，将汉诗定位为男性的表述手段、和歌则指向女性世界。紫式部在《紫式部日记》中也记录了家中的侍女私下议论自己是因为汉文典籍读的多了，才招致早年丧夫的薄幸。面对侍女们"汉籍读得多了，才会薄幸，身为女人为何要读汉文呢？从前的女子，就连阅读经书都要被制止的呀"④ 的非议，她无语辩解，因为当时汉文是属于男性世界的，女性只配假名。紫式部也记录了自己如何在宫中谨言慎行，偷偷给中宫彰子讲授白居易的汉诗文，装作连屏风上的题字也看不懂，免得自己被认为是恃

---

① 紀貫之. 土佐日記（新編日本古典文学全集）[M]. 菊地靖彦（校注·訳）. 东京：小学館. 2000：15. 男もすなる日記といふものを、女もしてみむとてするなり. 本文所引《土佐日记》原文皆出自此书，笔者译，下同。

② 紀貫之. 土佐日記 [M]. 东京：小学館. 2000：16—17。

③ 紀貫之. 土佐日記 [M]. 东京：小学館. 2000：32。

④ 紫部. 紫式部日記（新編日本古典文学全集）[M]. 中村幸一（校注）. 东京：小学館. 2001：204.《紫式部日记》的引文皆出自此书，笔者译，下同。

才自傲。但是《土佐日记》中依然不觉间留下了诸多变体汉文词汇，女性叙述贯彻并不彻底，加上逐日记录的日记时间特征，有学者据此认为《土佐日记》是在汉文日记的基础上写成。比如川口久雄提出，"如同《古今集》从真名序写成假名序，土佐日记在记录体的变体汉文基础上写成假名散文"①。这种女性假托的现象，在中国古典文学中也较为常见，张晓梅将之称为"男子作闺音"现象，指出这是"一种以文学为主体，跨越政治、性别、身份立场的复杂呈现"②。

纪贯之假托女性的意义，并不仅仅是采用了假名文字书写，更多的是在于作者通过使用假名突破了性别与身份的限制。因为之前他已经用假名撰写过《古今和歌集》"假名序"以及《大堰川行幸和歌序》，虽然是基于公家立场为推崇本国和文而作。作为《古今和歌集》撰者第一人的纪贯之意识到，要想更充分地抒发对人情百态的见解，那么寄托对在土佐任职期间夭折的幼女的哀思、描述私人生活中的点滴、记录性的汉文日记以及和歌、物语等既有文学形式是无法完全满足的，所以选择了日记文体与和文表达相结合的方式，既利用日记来纪实，同时又摆脱了男性公家日记不涉私情、公事为主的束缚，假托女性身份摆脱男性的公家身份，利用和文自由地抒发内心情感。虽然如前文所述，在《土佐日记》之前，已存在用假名记录的"女房日记"，但是缺乏作者的真情流露。《土佐日记》开启了用假名书写日记来抒发私人情感的先河，以"日记"的形式创造了新的文学形态，成为假名日记文学的先声。在逐日记事这一点上并没有脱离男性日记的记录传统，但其中的自我观照异质于以往的应用性日记，诉说了作者

---

① 川口久雄.土左日记の成立とその漢文の地盤［A］.日本文学研究資料刊行会編.东京：有精堂.平安朝日記Ⅰ土佐日記·蜻蛉日記［C］.1991：98.
② 张晓梅.男子作闺音——中国古典文学中的男扮女装现象研究［M］.北京：人民出版社,2008：2.

纪贯之内心的空虚、悲伤，以及对世间人情炎凉的讽刺，成为"日记文学"体裁的引航者，在文学史上具有划时代意义。真正的女性作者藤原道纲母在《蜻蛉日记》中将《土佐日记》中出现的自我表现意识引向了更加成熟之路，自我观照性与文学性更加浓厚，而且心理描写更加细致，"开拓了'女人发言'的场与方法"①。目前尚没有确切资料证明《蜻蛉日记》作者道纲母是否读过《土佐日记》，但是从《蜻蛉日记》中对《古今和歌集》中多处和歌的信手拈来来看，读到"古今和歌第一人"纪贯之的作品也不是没有可能。

日记文学这样从日记的功用性文体发展为文学性文体，从作者性别与省份、使用文字、作品内容上都完成了对日记功用文体的变容，既不截然对立，又不能完全等同。实用文体与文学文体在内容与表现形式上都存在诸多不同，比如"在内容上，实用文体重生活的真实，文学文体重艺术的真实；在艺术上，文学文体以描绘形象为主，实用文体以叙述、证明和说明为主；在功能效应上，实用文体以阅读为主，文学文体以欣赏为主，其他诸如表达方式的选用，结构的安排，材料的选择等等，两类文体都是不同的"②。文学是运用语言文字、发挥想象、表现社会生活或情感与心灵的艺术。日记文学之所以被称之为"文学"，便是作者将偶然的、分散的人生经历，运用文学的手段以某种连续的形态从内部结合起来。那么《蜻蛉日记》作为文学性文体，如何体现生活的真实与艺术的虚构呢？

### 三、日记文学的事实与虚构——以《蜻蛉日记》为例

《蜻蛉日记》为代表的日记文学作品属于叙事文学，而叙事简单来说便

---

① 铃木一雄.王朝女流日記論考[M].东京：至文堂.1993：67。
② 李绍伟.文体分类的原则与现代文体分类[J].贵州教育学院学报（社科版）.1991（3）：58。

是用语言，尤其是书面语言来表现一件或者一系列真实或虚构的事件。事件指所做或所发生的事，以及引发的状况与变化。"叙事作品本身就是对由这一系列事件所构成的故事的表现与描述"[1]。《蜻蛉日记》开篇的"序"中，作者道纲母认为古物语中不切实际的谎言太多，所以要将自己的实际体验作为素材事件如实地写成日记：

> 时光荏苒，人世虚渺，有个人便这样无所聊赖地度过了半生。容貌不及常人，才思疏浅，也只能这样虚无地打发时日。无聊之日，随手翻阅世间流行的古物语，却见尽是脱离实际的无稽之谈。心想若要将自己不同于别人的经历作为日记如实写下来，可能会为世人称奇。若有人要问嫁给显贵的真实生活是何样的，希望这本书可作参考。但因为已逝岁月有些久远，只能凭模糊的记忆叙述，可能有不够准确之处。[2]

笔者在翻译过程中尽量保留了"序"的原文风格，没有进行人称的加译与减译，关于"有个人"的第三人称叙事实际为一种隐性第一人称的分析，将在本论第二章进行。今西祐一郎[3]指出序文基本上贯彻谦逊的姿态，而"高贵的人"（天下の人のしなたかき）指文中藤原兼家、章明亲王、贞观殿藤原登子、九条殿女御藤原怤子等所有高贵的人，不是"我"作为显贵藤原兼家之妻之意。但是作品中明确限定要写自我的生活，而且与章明亲王等的和歌赠答只占很小一部分，这些人的出现也基本上与藤原兼家有关，道纲母与兼家的感情才是文本的叙事主线，故笔者还是译为"嫁给显

---

[1] 谭君强. 叙事学导论—从经典叙事到后经典叙事学［M］. 北京：高等教育出版社叙事学导论. 2008：21.
[2] 藤原道纲母. 蜻蛉日记［M］. 东京：小学馆. 2000：89。日语原文参见附录3·1。
[3] 今西祐一郎.『蜻蛉日记』序跋考［J］. 文学. 1978（10）。

贵的真实生活"。《蜻蛉日记》作者确实以现实存在的作者藤原道纲母与丈夫藤原兼家的婚姻生活为素材，作品中的人与事都是真实世界中实际发生过的，所思所想也是情真意切。"不管采取何种形式，只要不是事实的记录就不能称为日记文学"①。所记事实具有真实性成为界定日记文学的关键词，日记文学正是尊重了所记录事实具有真实性才被冠以"日记"，成为不同于同时期虚构物语文学的最大特征。"物语与日记同属于散文文学，但是本质不同。物语即使以事实为素材也是虚构，日记即使描述了看似虚构的生活也是事实"②。《和泉式部日记》究竟是否和泉式部本人所作，其文学特质该为"物语"还是"日记"尚存在争议，但是作品内容层面"女人"和"宫"的故事源于和泉式部和敦道亲王的真实爱恋，淋漓尽致地再现了和泉式部对敦道亲王的爱慕之情与情歌纠葛。《紫式部日记》作者紫式部以主人中宫彰子分娩为中心，详细记载了藤原道长府中的情况，同时融入了自己内心的自省与对他人畅意的评论。《更级日记》作者菅原道标女，从自己十三岁踏上赴京之途写起，直至丈夫去世、子女不在身边后的孤独之身，包含对物语的憧憬、现实中的觉醒、宫廷侍职经历，委实叙写了一个女人跨度四十余年的生活经历与心路历程。《赞岐典侍日记》作者藤原长子作为侍奉堀河天皇的典侍，详细记录了天皇从患病到驾崩的经过，和自己对先皇深深的思念。

一方面，日记文学的虚构性又受到关注。秋山虔最先提出日记文学"不是记录，也不是自我告白、私小说之类，本质上是虚构的"③见解，在文学史上将日记文学作为平安时代形成的一种固有文学形态，与记录性日记分

---

① 今井卓爾.平安時代日記文学の研究［M］.东京：明治书院.1957：161-162。
② 阿部秋生.平安日記文学［M］.东京：学灯社.1952：6。
③ 秋山虔.古代における日記文学の展開［J］.国文学.1965（12）。后收入：日本文学研究資料刊行会編.平安朝日記1 土佐日記・蜻蛉日記［C］.东京：有精堂.1991：17—23。

开，捕捉到日记文学中表现出不同于事实层面的作品世界。秋山虔进一步在论文《日记文学的作者》①中指出，"即使日记文学作品的素材是事实，在将其作品化时可能逆转时间秩序进行重新定位，为了适合主体需要而对素材自身进行文学润色……作为日记文学作品的文学质量越高虚构的程度就越大"。"虚构"成为要求真实性为关键词的日记文学中比较敏感的问题。但是平安朝日记文学的"虚构"指的是一种艺术"加工"。所谓"加工"，只是一种技术手段，是在尊重事实真实和日记文体特征的基础上，进行素材的选择、语言的润色，只为进一步丰富作品内涵，深化思想内容。日记文学中的虚构与想象并非为了取代真实，而是为了弥补记忆的残缺，为了还原真实，服从于真实的原则，可谓是"有中生有""以文运事"，而非虚构文学的想象大多为"无中生有""因文生事"。绝非情节与事实的虚构，主要人物不能随意捏造，情节关系不能无中生有，情感褒贬不能弄虚作假，并非小说中无限自由的虚构。"日记文学由日记文献发展而来，日记文学基本上是基于虚构创作的文学作品，只是借助了之前日记文献的叙事形式"②。认为日记文学基于虚构而作的观点，笔者并不认同。日记文学虽然创造了"虚构"的世界，作者通过回顾人生体验，在语言秩序的世界里构建超越事实的崭新世界，但是必须立于最大限度地尊重历史事实性的立场，这是与其他物语文学等虚构文学明确不同的特质。"日记文学中虚构的本质，是捕捉自己，或者说流淌在自己中的'时间'，与以事实性、记录性为目的的日记有着深深的关联。如果切断了与日记的风筝线，那么日记文学的虚构便等同于物语文学的虚构，日记文学也就不复存在"③。

---

① 秋山虔.日記文学の作者-その文学と生活［J］.国文学解釈と鑑賞.1966（3）：18—23。
② 杨芳.《红楼梦》与《源氏物语》的时空叙事比较研究［D］.湖南师范大学.2013：35。
③ 長谷川正春.土佐日記論—作品論から作品論の彼方へ—［A］.日記文学 作品論の試み［C］.中古文学研究会.东京：笠間書院.1969：5。

作者藤原道纲母在《蜻蛉日记》"序"中有看似与事实真实性相矛盾的自我解释："因为已逝岁月有些久远，只能凭模糊的记忆叙述，可能有不够准确之处。"日记文学并非如汉文日记般每日记事，而是立于某个时间段对已逝生活进行回忆。一方面，因为"即时性"与"回忆性"的错位，不可能做到文本的"完全真实"。关于《蜻蛉日记》中的叙事与史实的部分出入早就在先行研究中被指出。比如藤本俊之[①]在考察《蜻蛉日记》的成立日期时指出，在作品康保四年（967年）的叙事中，对藤原怤子的称谓是"九条殿女御"，而据《日本纪略》则是安和元年（968年）12月7日的记事中才被封，因此推测此部分是安和元年12月后执笔等。藤本认为或许由于作者的记忆失误，存在对人物官衔称呼的出入。但是，作者并非有意歪曲事实，而是主观认为所叙为真实。当文本产生后，文本便独立于作者，某种程度呈现出与客观事实错位的异化现象。

另一方面，既然并非是每日或隔日对日常生活中事实的琐碎记录，那么作者在执笔时会根据某种叙事意图进行素材的选择与取舍。任何要对所有已经发生的、过去的"历史"事件或事情的叙写，必然需要借助语言和文字，经过人的思维过滤，需要发挥个人的主观性，运用想象等形象化思维。尽管日记文学作品的主题或许是作者执笔之时便已明了，也可能是伴随着作品的形成而逐渐出现，但作者叙述时在故事素材、结构、时序、人物等方面要进行选择补舍，合力布局。比如，《蜻蛉日记》下卷天禄三年（972年）2月的"迎接养女"事件，按发生真实事件的时间，藤原兼忠女与兼家的交往应该出现在上卷的天德二年（958年），但上卷却只字未提，而是压缩安排在迎接养女事件时一并插叙，这种文本中的话语时序与真实故事时序的错位，并不能成为否定《蜻蛉日记》的真实性的原因。再比如

---

[①] 藤本俊枝.蜻蛉日記の成立時期について[J].平安文学研究.1956（11）.

《蜻蛉日记》中的人物，虽然都是生活中真实存在过，有史可查的，先行研究中也有诸多关于作者道纲母与其他人物系谱的研究，但是人物出场的时机与情境则是作者根据叙述意图有意安排。比如"姨母"（叔母とおぼしき人）在作品中只出现在"我"失去母亲、与姐姐分离、在鸣泷闭居修行前面临精神危机时出现，而且未有与他人交流的叙事，担当了人物道纲母的理解者与守护者角色。这种"姨母"和"妹妹"类似的人物存在性比较薄弱，只是根据场面的需要起着某种作用而登场。"我"在难以获得他人理解的状况下，有必要设定理解自己的影子般的人物存在，让道纲母突破闭锁的状况，引向其后的叙事。文本内容统筹在某个主题下，才具有时间与情节上的连续性，这也是日记文学不同于记录性日记、和歌集、歌物语的区别之一。

因此，包含日记文学在内的非虚构文学的所谓真实，指素材事件的真实，但并不完全否定和绝对排斥作者在取材真实的基础上，对场景、时序等进行适度调度，对某些素材进行取舍整合，对细节氛围进行适当点染，乃至有限的想象与虚构，来优化艺术效果。如同赵白生对同样要求"真实为最高准则"的自传中事实的定位一样，允许存在着一定程度的虚构，"确切地说，自传作者叙述的不纯粹是事实，也不纯粹是经验，而是经验化的事实，即自传事实"[①]。池田龟鉴提出日记文学是作者的"自画像"[②]，这一比喻形象地展示出日记文学中事实与虚构的关系。既然是作者的自画像，需要以真实人物、事实为基础描绘，但又并不是说越像越有价值，而根据画家的自我把握，能有特征地、象征性地画出表象下内在风貌的艺术性，才更有意义与价值。宫崎庄平考察认为日记文学中的事实，与事件本身的客

---

① 赵白生.传记文学理论[M].北京：北京大学出版社.2005：26.
② 池田龟鑑.日記はどうして文学たりうるか[J].国文学解釈と鑑賞.1954（1）.

观性相比，重点在于作者的感受以及自我心情的吐露，将这种不同于出自男性之手的汉文日记类事实记录的记录称之为"情况记录"①。日记文学中的事实已经不仅仅是事实，它因为与心灵的互动而具有了意义。

## 小结

"体裁"这一概念，"除了标记某一类文本的语言特征，还含有为这类文本确立体式和范型的意思"②。作者在写作过程中虽然要受到体裁范式的约束，但是自觉或不自觉地会表现出作者自己的独特个性，出现对已有体裁规范的变异。"如果这种变异比较突出，引人注目。并被许多人仿效，就有可能变成新的体裁规范"③。在公家与私人日记的流行、假名的出现与成熟等文学背景下，女性作者们借助日记的文体，来描绘现实百态与人性百面，促成了系列女性日记文学作品的诞生，逐渐摆脱了日记单纯的实用性。"《蜻蛉日记》的日记文学特质，并不仅仅在于作品拥有明确的主题与意图，而是作者在再现自我体验的过程中，超越了素材的事实，创造了独特的世界，才得以获得她人生的真实，这也正是作品形成的方法"④。《蜻蛉日记》内容上具备日记的真实性，却又摆脱了日记单纯的记录性，表现上具备文学性。日记文学作品中的"真实"，只能是相对的。由于时空的错位、回忆的失误、主观想象的介入，日记文学作者已不可能原原本本地复原记忆中的生

---

① 宮崎莊平.王朝女流日記文学の形象［M］.东京：おうふう.2003：70。
② 王汶成.文学话语的文体类型研究中的几个理论问题［J］.杭州师范大学学报（社会科学版）.2017（6）：87。
③ 王汶成.文学话语的文体类型研究中的几个理论问题［J］.杭州师范大学学报（社会科学版）.2017（6）：87。
④ 木村正中.日記文学の本質と創作心理［A］.中古文学論集　第一卷［C］.木村正中编.东京：おうふう.2002：128-149。

活。"叙事未必原样摹写事实,不如说不存在不变的事实。有的只是扩散到无限的空间、沿着无限的时间流逝的森罗万象"①。因为客观事实本身所具备的真实性是一种原初的未被书写、记录描述或剪裁的史实,这种真实只存在于具体的时空中,具有绝对性与原生态性。我们可以试图无限接近或还原这个真实但却永远无法达致,因为我们永远无法进入同一条河流。但是不能反过来认为日记文学可以虚构。正如木村正中提出的日记文学的意义在于:"既继承了日记记录事实的传统,又超越了事实,创造了完全异质于记录性日记的日记文学。"假名文字的出现、公家与私人日记的流行、和歌盛行下培养起来的贵族审美情绪与文学素养、散文文学的发达等,共同为《蜻蛉日记》的出现与日记文学的发展提供了文学土壤。

接下来分析《蜻蛉日记》中和歌与散文所承担的叙事功用与取得的美学效果。

## 第二节 《蜻蛉日记》散韵并融的叙事文体

### 一、《蜻蛉日记》的和歌功能

日本奈良时代末期至平安时代中叶,在积极吸收"唐风"文化的背景下,汉诗盛行40余年,和歌一度式微。但是九世纪后半期至十世纪,倡导"唐风"向"国风"文化的转化,和歌作为新兴宫廷文学与汉诗并存共荣。宫廷中流行各种赛歌会、屏风题咏歌,不同形式的和歌集相继出现,和歌逐渐隆盛。成书于日本延喜九年(905年)的《古今和歌集》是日本第一部勅撰和歌集,蕴含了浓厚的本土意识。据传,纪淑望所作的《古今

---

① 渡辺実.平安朝文章史[M].东京:东京大学出版会.1981:21。

和歌集》"真名序"中记录和歌的功能为"動天地、感鬼神、化人倫、和夫妇,莫宜於和歌"①。纪贯之在"仮名序"对应的日语表达为"力をもいれずして天地を動かし、目に見えぬ鬼神をもあはれと思はせ、男女の中を和らげ、猛き武士の心を慰むるは歌なり"(感天地、泣鬼神、和男女、慰武士)。和歌的"和"(和らげ)功能,从男女之情扩展到一般的人人、人神交往。如果说汉文学是奈良与平安朝贵族男性富有学识与教养的表象,那么在官方汉诗文盛行的背后,和歌作为男女赠答与自抒胸臆之物,是平安朝贵族男女生活中不可缺少的一部分。和歌是女性抒情达意的最主要手段,也是与贵族男性平等交流的工具。"女性们自由利用被称为'女手'的假名,将人生的实际经历化入文字世界进行自我观照时,感情与感觉启发的基础依然是和歌"②。日记文学文体形式上以假名写作的散文为主,但因为以女性私人生活为素材,作品中自然不免融入和歌,何况藤原道纲母、和泉式部、紫式部都是平安朝"三十六歌仙之一",和歌极负盛名。安贞淑以岩波书店出版的《日本古典文学大系》为基准,计算出和歌在页数中的出现频率:"《蜻蛉日记》0.84 页、《紫式部日记》3.72 页、《和泉式部日记》0.33 页、《更级日记》0.63 页,出现一首和歌。"③可见《和泉式部日记》中和歌的出现频率最高,约为《更级日记》的 2 倍、《蜻蛉日记》的 3 倍、《紫式部日记》的 11 倍。不仅日记文学,只要作品中有女性人物出场,都免不了和歌的出现,因此和歌韵文与假名散文并融,成为平安朝日记文学、《源氏物语》等物语文学、《枕草子》等随笔文学所共有的文体表现形式。

接下来重点分析《蜻蛉日记》中和歌的存在与女性主体心境的关联,

---

① 小沢正夫(校注・訳).古今和歌集[M].东京:小学馆.1994。
② 小町谷照彦.『蜻蛉日記』の和歌と表現[A].女流日記文学講座 第二卷[C].东京:勉誠社.1990:142-143。
③ 安贞淑.『更級日記』における四季と和歌[J].日本文学研究.1996(1):39。

以及在文本中的位置。《蜻蛉日记》中的诗歌并不是独立存在的，而是从属于整个文本，因此本研究重点不在于和歌语言本身的音韵、修辞等技巧方面的审美价值。

《蜻蛉日记》作者藤原道纲母有极高的和歌造诣，《大镜》评其"极擅和歌"，并举了《蜻蛉日记》中"孤枕独叹待晓黎，长夜悲寂君难知"（なげきつつひとり寝る夜のあくるまはいかに久しきものとかは知る）的和歌，此和歌后又被《拾遗集》《小仓百人一首》所收录，成为她的代表作。《蜻蛉日记》卷末所附的《道纲母集》收集了日记中未入的 50 首和歌。道纲母的和歌被《拾遗和歌集》收录了 6 首，《拾遗集》到《新千载集》的勅撰和歌集中收录了 36 首。

《蜻蛉日记》中道纲母参与了藤原兼家与章明亲王的和歌赠答，兼家与藤原兼忠女恋歌赠答都让她评判，左大臣师尹五十贺时受邀与当时的一流专业歌人作屏风和歌等的叙事，也足见道纲母的和歌水准受到时人的肯定。《蜻蛉日记》除去卷末所附歌集外，共有和歌 261 首，其中以上卷 126 首的和歌密度最大，中卷 55 首，下卷 80 首。从形式与性质上分为赠答和歌、独咏和歌、奉纳和歌①、屏风和歌。以笔者所依据的《新编古典文学全集》中《蜻蛉日记》和歌的分布为例，上卷 78 页，中卷 99 页，下卷 94 页，平均每页的和歌比例分别为 1.62、0.56、0.85。从和歌分布的数字上看，这也是上卷被评价为具有私人和歌集、歌物语特征的原因之一。如菊田茂男②提出，上卷以和歌表述自我感情为中心，具有私人和歌集性质，中卷自我观照性较浓，具有日记性、随笔性，下卷逐渐呈现物语的故事性。冈一男在

---

① 奉纳，在神前献上供品，或在神佛前表演技艺，奉纳时所咏和歌为"奉纳歌。"相似的"奉币"，在神前献上币帛。
② 菊田茂男.蜻蛉日記の構成［J］.文化.1955（7）.

《蜻蛉日记的成立与时代》①一文中提出，上卷从与兼家的交往开始叙述，具有歌物语性质；中卷详细描述了丈夫的爱、死、生、出家等作者生涯中的不幸，具有日记性质；下卷则客观、富有余裕地描述了兼家年轻时与其他女人的情事，以及养女、道纲的婚事，具有物语文学的情节曲折性。

### （一）上卷的和歌与交流

上卷的126首和歌从数量上来看，含有赠答歌115首、道纲母的独咏和歌4首、道纲母供向稻荷神社与贺茂神社"奉币"的和歌7首；从赠答和歌的对象来看，前半部分以道纲母与兼家的和歌为主，后半部分以社交性的和歌赠答为主。两人的赠答始于故事伊始兼家向道纲母天历八年（954年）秋的求婚。

兼家：音にのみ聞けばかなしなほととぎすこと語らはむと思ふ心あり

（杜鹃啼鸣处，闻有佳人住。切盼睹芳容，告别相思苦。）

道纲母：語らふむ人なき里にほととぎすかひなかるべき声なふるしそ

（杜鹃空啼鸣，此处无佳人。）

此和歌为兼家单刀直入地求婚，道纲母感到意外之余的同时，在母亲的劝说下回复："以此为契机频繁送来书信，但是我也不回。"②根据当时的风俗，"平安王朝时期，人们之间的恋爱多从未见对方真容开始"③，男士根据传闻选择令自己心仪的女士，主动赠恋歌求爱，但连赠几首恋歌往往也得不到回音，好不容易盼来"返歌"，通常也只不过是女主人身边侍女的代

---

① 冈一男.蜻蛉日记の成立と时代［J］.国文学.1957（10）.
② 藤原道纲母.蜻蛉日记［M］.东京：小学馆.2000：91.
③ 西村享.王朝人の恋［M］.东京：大修馆.2003：2.

笔而已，且语气冰冷，套话较多。如果终于得到女主的亲笔回信，意味着两人关系有极大进展，如果赠答中感情升温获得同意，才能晚上去女方家幽会，这时也才能一睹芳容。女性婚前需要通过和歌再三确认对方是否有诚意与情趣，因为婚后自己便会处于被动等待的地位。藤原道纲母也不例外，先是不回信，后派侍女代笔，最后自己回，并最终成婚。

这样书信往来中，在一起了。第二天早晨，他送来和歌：急盼日暮至，相思泪成河。回和歌：吾本多愁思，日暮更清然。第三天早晨，送和歌：清晨与汝离，如若露朝逝，尽是不舍意。回和歌：君自比朝露，吾身何所依，尽是虚渺物。①

虽然道纲母与兼家的恋歌赠答是当时的常用表达，但还是揭示了女性婚后的不安。男士到女方处过夜的"通い婚"（走婚）制婚姻形态下，男士要在夜幕时前往，黎明时离开。第一次男女恩爱后，贵公子不舍地回到自己家后作为起码的礼貌，应该咏出"后朝歌"②送给女方，诉说自己深切的思念之情以及对感情的矢志不渝。若是懂风情的风雅之人，还会在朝露消散之前派人将和歌系在时令的花枝上送去，女方收到和歌后也须回和歌一首。恋歌的赠答会加深两人的感情，使交往富有艺术与情趣。如果没有收到"后朝歌"，说明男方对女方不甚满意，二人缘分已尽。如男方连续三夜到女方家并于第三天早上与女方和歌赠答、女方父母用举行"显所"③等系

---

① 藤原道纲母.蜻蛉日记［M］.东京：小学馆.2000：93-94.日语原文见附录3·2。
② 後朝歌（きぬぎぬのうた），男女初次在一起过夜后，翌日清晨男士送给女方的和歌。
③ 所顕し（ところあらわし）：平安时期结婚二三日或者五日后，女方父母在家准备好"三日夜饼"（三日夜の餅），设酒招待新郎及其随从，女方父母、亲戚也是第一次正式与新郎见面，以后新郎可以自由出入女方家。

列仪式，则被外界视为婚姻成立。①《蜻蛉日记》中兼家与道纲母的婚姻成立，用"第三天早上"的和歌赠答暗示；"正月，有连续两三天未见到他"来暗示兼家与町小路的女人的结合；天禄二年2月"听人们议论说他在传言中的女人处连续过了三夜"来指涉兼家与近江的关系成立。但是工藤重矩认为，平安时期的婚姻制度属于"一夫一妻多妾"，最正式的结婚既需要符合两人间书信的往来、媒人的介入、男方在女方处连续过三夜、过夜后第三天早晨的仪式等社会风俗方面的要求，也需要户令等诸法令规定的手续，也才能成为嫡妻、正妻，否则只能算妾。②笔者还是倾向于日本学界通常的观点，当时的婚姻状态属于"一夫多妻"，"多妻群的地位没有本质上的甲乙之分，是同等的，嫡妻、妾的决定是在以后确定的，并不稳定"③。暂且不管婚姻状态，都可见和歌在整个男女婚恋过程中起着举足轻重的作用，倘若不擅长和歌会被认为无趣、欠风雅。天皇和后妃间，也要像贵公子和贵族小姐一样不断交换和歌来加强感情交流。因此，和歌、音乐、书法当时被视为贵族男女的基本学问与必备素养，否则有失情趣、风雅。比如《枕草子》上卷第二十一段的叙事中，中宫定子讲了村上天皇的皇后（女御）藤原芳子熟背《古今和歌集》的故事。芳子从小被要求习书、歌、琴。村上天皇听说芳子能熟背《古今和歌集》二十卷，于是将书藏起，说出第一句后让芳子背诵，其父藤原师尹听说后立即连夜诵经，希望女儿能顺利过关。

　　道纲母与兼家新婚的甜蜜在天历九年（955年）十月，町小路女人出现后两人心生裂痕，照应了上卷"序"与"跋"所言人生的"はかない"

---

① 高群逸枝.日本婚姻史[M].东京：至文堂.1963；关口裕子.日本古代婚姻史の研究　上・下[M].东京：塙书房.1993.
② 工藤重矩.平安朝の結婚制度と文学[M].东京：风间书房.1994：37-38.
③ 高群逸枝.日本婚姻史[M].东京：至文堂.1963：123.

（虚无）。绝唱"孤枕独叹待晓黎，长夜悲寂君难知"就是在"我"知道町小路女人的存在后，将夜晚来访的兼家拒之门外，第二天为排解心中的愤懑所咏，并派人将此和歌插在变色的菊花上送给兼家。兼家以"冬夜漫漫长，门外苦苦待"①作为"返歌"，用自己被拒门外而知的确冬夜漫漫，回避了道纲母的质问。随后与兼家的和歌赠答中道纲母不断倾诉兼家的移情为自己带来的痛苦与孤独，而兼家也大多避重言轻含混过去，这与结婚前兼家主动追求，"我"敷衍而回形成鲜明对比。第一首独咏和歌出现在町小路女人事件后的天历十年（956年）六月，看到外面的长雨连绵，兼家不在身边，不禁自吟和歌"门前树叶润雨盛，屋内妾颜经时衰"②，利用下雨的"ふる"与时间流逝"ふる"的谐音双关，对比哀叹自身容颜的衰老，这也是女性常用的和歌母题。但是此首独咏和歌在某日兼家来访时作为话题，引发了两人的一组和歌赠答。在町小路女人失宠后，道纲母将婚后的往事汇成一首123句的长歌，向兼家倾诉衷肠："望君思量。自识至今，妾心片刻未安，不知何时为尽。初识秋日起，忧心被君厌，昔日山盟海誓，若此秋叶飘零……"③兼家回89句长歌，长歌赠答促使两人感情再度升温。之后是上卷后半部分以兼家与章明亲王、道纲母与登子的和歌赠答为主的叙事，道纲母出色地发挥了和歌的社交"和"功能，呈现了道纲母与兼家周围高贵们交流的关系图，风格明快。道纲母尽管也会时常感叹自己生活的不安定，苦恼于无法把握住夫妻感情，在康保三年（966年）9月参拜稻荷与贺茂神社时奉上7首和歌，祈祷神灵保佑自己幸福。但是从和歌效果来

---

① 藤原道纲母.蜻蛉日記［M］.东京：小学馆.2000：101。和歌原文：げにやげに冬の夜ならぬ真木の戶もおそくあくるはわびしかりけり。
② 藤原道纲母.蜻蛉日記［M］.东京：小学馆.2000：104。和歌原文：わが宿のなげきの下葉色ふかくうつろひにけりながめふるまに　などいふほどに七月になりぬ。
③ 藤原道纲母.蜻蛉日記［M］.东京：小学馆.2000：115-117。

看，上卷中的道纲母通过赠答歌与兼家的感情得到了充分的交流，故事中的"我"总体来言，对婚姻生活充满期待与希望，并非上卷"序""跋"所言的不幸与消极心态。这种叙述者道纲母与人物道纲母的心情差异将在本论第二章第一节探析。

### （二）中卷的和歌与独抒胸臆

中卷的55首和歌中，道纲母与他人的赠答和歌减少至32首，独咏和歌却增至14首，占总数的0.44。另有安和二年（968年）8月左大臣师尹五十贺时受邀作屏风和歌9首。32首赠答和歌中，道纲母与兼家的赠答仅有两次8首（道纲母5、兼家3），单从和歌赠答的数量上也能感觉到两人的感情渐远，交流愈少。道纲母内心的情感失去了倾诉的对象，只有独自面对孤独。安和二年闰五月，道纲母重病在卧，消极不安，看到兼家送给自己的一支莲蓬，不禁黯然伤神，独咏和歌"花落果结生命延，身似浮萍如露消"①。同年八月的9首屏风歌也不得不提。屏风歌主要分为屏风装饰用与祝寿等贺宴用，在日本九至十世纪迎来了最盛期，进入十一世纪后逐渐衰退。对于此请求，道纲母的反应是："我表示自己这样的人根本不合适，几度推辞，但是对方无论如何都要拜托，没办法，只好在初更啊、观月时啊什么的时间里一首首地构思而作……这样本来就不感兴趣勉强作出了几首和歌，结果听说只有渔火与群鸟这两首被采用了，真是令人不悦。"② 冈田博子对日本平安时期长保三年（1001年）以前的屏风和歌委托者与受托者的地位关系考察发现，屏风歌通常为上层贵族委托中层贵族而且一般是男性歌人作歌。倘若委托女性则为宫廷女官，只有道纲母作为显贵之妻是

---

① 藤原道綱母.蜻蛉日記[M].东京：小学馆.2000：175。和歌原文：花に咲き実になりかはる世を捨ててうき葉の露とわれぞ消ぬべき。

② 藤原道綱母.蜻蛉日記[M].东京：小学馆.2000：184-186。

个例外，以此看来道纲母当时身份上仍被视作"受领"层的中层贵族，并未融入上层社会。[①] 被委托给左大臣作贺寿的屏风歌，作为藤原伦宁女是合适的，但是作为藤原兼家之妻就不合适了，而且作了9首只被录用了两首。上卷与章明亲王、登子、怼子等上层贵族的和歌赠答中，自己游刃有余，字里行间中流露出道纲母的得意感，但是被托作屏风和歌之事对道纲母应该是打击，道纲母婚后属于上层社会的自我认同，与他者认可间出现错位。离开兼家，自己只是擅长和歌的地方官之女，社会身份受挫，更加重了对兼家的依赖，但是这种依赖又是不可靠的。因此屏风和歌的叙事，与其说是作者为了证明自己和歌水平高，毋宁说是衬托自己面对命运的无力感与失落感。所以屏风歌的存在是道纲母由伴有幸福的上卷到极尽孤独与痛苦的中卷的转折点上。

屏风歌的叙事后到第二年天禄元年（970年）三月约半年间的生活、心情，被十一月的一首独咏和歌短短几行简略代过。十一月受外面深深的积雪触发，利用积雪的"積もる"（つもる）与年龄增加的"積もる"（つもる）谐音双关，作和歌"积雪日深岁亦增，雪融未见愁恨消"[②]，在岁末的沉思中迎来了新年。天禄元年时姬搬入兼家新邸明确正妻身份、兼家再结新欢近江而冷落了"我"，在这一系列的打击下，"我"陷入痛苦的深渊，只有将感情化作和歌。工藤重矩认为，道纲母结婚伊始就自知时姬属于正妻，自己属于妾，而且即使她生有子嗣，也很难代替时姬。但是从文本内容来看，道纲母结婚伊始虽然兼家已有时姬这一原配妻子，也就是"本つ妻"（もとつめ・本妻），所以作为"后妻"对时姬有所顾忌，比如从称呼来看，原本称呼时姬为"本つ人"（原先那位）、"年ごろのところ"（常年

---

① 岡田博子. 蜻蛉日記の作品構成 [M]. 东京：新典社. 1994：189-195。
② 藤原道綱母. 蜻蛉日記 [M]. 东京：小学館. 2000：187。和歌原文：ふる雪につもる年をばよそへ消えむ期もなき身をぞ恨むる。

来往的那位夫人处)、"子供あまたありと聞く所"(多子女的女人处),但是开始并没有明显的作为妾的卑下意识,一直希望自己能够成为兼家的正妻,"道纲母通过仪式婚成为兼家的妻子,是有成为正妻的可能的"①。败北感源于拥有多位子女的时姬后来入住兼家东三条院府邸,进一步巩固了自己正妻的地位。

自积雪的独咏和歌至天禄二年(971年)五月鸣泷蛰居前的11首独咏和歌,淋漓尽致地显露出道纲母的心境变化。上卷4首独咏和歌中,两首为亡母所咏,另两首也被兼家以不同的方式回应,中卷的道纲母却只能不断在独咏和歌中哀叹不幸、省视人生,透露出凄凉的孤绝感。上卷中道冈母自己独咏和歌并送给兼家后,通常会收到兼家回信或造访等形式的回应,中下卷的和歌则基本没有得到兼家回应,道冈母自身也未抱期待,冈田博子将上卷的和歌称之为"开放的独咏",中下卷的为"封闭的独咏"。②上卷的和歌赠答帮助作者道纲母在回忆中重塑人生,中卷的独咏和歌则渗透着道纲母对人生的认识,勾画出其生活的轨迹。道纲母面对兼家频繁从自家门前经过堂而皇之地去探访近江时,和歌也无法化解这份痛苦,于是六月份前往鸣泷般若寺这一"兼家不经过的世界"闭居。经过鸣泷闭居后,逐渐对兼家产生了感情的谛念,悲痛的独咏和歌减少,并在中卷卷末的天禄二年年终决定放弃,努力保持平淡的心境,平和地迎接下卷天禄三年的新春:

> 有人告诉我他每晚都去那个让我忌恨的女人(近江)处,内心无法平静,转眼到了年终驱鬼的日子。想到就这样放弃吧,不免内心凄凉。周围大人、孩子大声喊着"鬼留外、鬼留外",只有我像个旁观

---

① 森田兼吉.日记文学の成立と展開[M].东京:笠间书院.1996:215。
② 冈田博子.蜻蛉日记の作品構成[M].东京:新典社.1994:178-179。

者在静观，或许驱鬼仪式只适合在诸事顺利的地方进行。听到雪落的声音。年终，什么都不要多想了吧。

（下卷）这样天明后就是天禄三年了，感觉已忘却全部的痛苦与烦恼，心情明快，帮大夫装扮好后目送他去朝廷拜贺。看到他跑至院子里对自己拜贺新年，觉得他已出色地长大成人，不禁热泪盈眶……想着今年不管他（兼家）做出什么过分的行为，都不再为他叹息，竟然心境平和。①

### （三）下卷的和歌与旁观

道纲母在鸣泷斋行后心境发生了大的变化，近似谛念的平静，这种转折很早便受到学者关注。② 下卷开篇便承袭了这种心境，"天禄三年"（972年）也是全卷中唯一一次提到的纪年，或许也是为了与过去的苦恼做个决算。从和歌的分布来看，下卷80首和歌中，道纲母的和歌仅有21首（独咏和歌5、神前献歌3、赠答歌13），占总量的四分之一。与之相对，道纲与大和女、八桥女等的赠答和歌增加至44首，占据了下卷半数以上，道纲自己的和歌占29首。道纲母的赠答和歌中，与兼家的降至6首（道纲母4、兼家2），与养女求婚者藤原远度的赠答歌占9首。天禄三年闰二月，道纲母主动与兼家和歌赠答后，不再出现两人和歌赠答的记录，只有偶尔的书信来往，夫妻间的交流极度匮乏。道纲母意识到凭借和歌已经无力挽回两人的感情，只有在独咏的和歌中独自面对苦恼。而下卷的独咏和歌相比中卷也大幅减少，道纲的恋歌赠答与养女远度的和歌赠答却占据了极大比重，说明道纲母试图从兼家之妻转移为道纲之母、养女之母。历经苦痛，最后彻底放弃，于天延元年（973年）八月搬至广幡中川的父亲处，夫妻关系

---

① 藤原道綱母.蜻蛉日記［M］.东京：小学館.2000：268-269。原文参照附录3·3。
② 秋山虔.蜻蛉日記の世界［A］.王朝女流日記文学の形成［M］.东京：塙書房.1967。

名存实亡。道纲母的最后一首独咏和歌出现在天延二年三月，前往某山寺参拜，第二天黎明时开始下雨，天明后并未着急回去，而是"静静地眺望着四周，看到前面山谷里雨雾蒙蒙，不由悲伤：深山不期遇雨雾，挥袖拨雾艰难行……看到可爱的女儿靠在自己身旁，不觉忘记了自己的悲伤"①。由雨的不期而下，想到世事无常，哀叹自己如今的这般孤苦命运。既映照"はかない"（无常、虚渺）的叙事主题，又引出养女出场，为紧接其后藤原远度向养女求婚的叙事群作铺垫。虽然道纲母努力试图放弃对兼家的情感执着，营造平静的心境，但其实仍然情念未尽，面对兼家人与心的远离，放弃也是不得已而为之，从天延二年五月道纲母献给神灵的"奉纳歌"可见。与同住的人一起去某神社参拜，听说给女神缝制和服献上较为灵验，便缝制三套偶服，并在和服的底襟写下三首和歌：谨以白衣献神灵，愿佑夫妻永常情；谨以唐衣献神灵，愿授夫心向我法；谨此单衣献神灵，一心祈祷愿实现。②尽管叙述者道纲母自嘲"当时写下这样的和歌究竟是怎么想的，可能只有神才知道"，觉得这样做毫无意义，但也说明了当时的"我"仍然对兼家抱有期望。《蜻蛉日记》的和歌最终在道纲与八桥女的19首恋歌赠答中结束，与卷首兼家与道纲母的恋歌赠答呼应，好像在表达"我"看到了自己当年与兼家的影子，反衬当下的孤苦处境与命运无常。冈田博子认为，远度与兼家母的和歌赠答、道纲与大和女、八桥女的和歌赠答，是"拟似赠答"（擬似の贈答），体现了道纲母与兼家不再和歌交流后，仍然执着于对男女之情的追求，难以舍弃，现实上的断绝与心理上的继续共存。③

---

① 藤原道綱母.蜻蛉日記［M］.东京：小学馆.2000：324。和歌原文：世の中にあるわが身かはわびぬればさらにあやめも知られざりけり。
② 藤原道綱母.蜻蛉日記［M］.东京：小学馆.2000：343。和歌原文：しろたへの衣は神にゆづりてむへだてぬ仲にかへしなすべく；唐衣なれにしつまをうちかへしわがしたがひになすよしもがな；夏衣たつやとぞみるちはやぶる神をひとへに頼む身なれば。
③ 岡田博子.蜻蛉日記の作品構成［M］.东京：新典社.1994：185。

《蜻蛉日记》尤其是《上卷》中和歌分量之重，会被认为具有私人和歌集性格。守屋省屋在《蜻蛉日记形成论》①一书中，分析了摄关家族以及当时文学状况，设定《蜻蛉日记》作品完成之前藤原道纲母先撰有私人和歌集。关于私人和歌集与日记文学的关系，铃木一雄提出，"日记文学的大部分以和歌的世界为基础，也就是说全部或者部分，以和歌草稿、和歌与书信赠答，或者既成的小型私人和歌集为直接素材，与私人和歌集的形成或者说形态具有极为接近的关系"。②同时指出，平安初期，私人和歌集的兴盛，或许的确成为日记文学与歌物语形成的母胎。"但是一旦歌物语与日记文学形成，相反私人和歌集受日记与物语的影响较大。私人和歌集中的'日记性格''歌物语性格'部分正是这种逆影响下的现象吧"③。作者用散文将碎片般的叙事、和歌粘接起来时，并非如和歌集那样以和歌本身的内容与价值为基准，而是根据叙事意图进行取舍选择，将其有序地安排在人生的时间轴上，有着私人和歌集所没有的连贯性与持续性。

　　单从《蜻蛉日记》中的和歌叙事来看，"上卷是对话与社交，中卷是懊恼与孤独，下卷则是沉默与旁观"④。上卷以与兼家、登子等贵族的和歌交流为主，中卷则通过和歌抒发自己的孤苦与悲切，下卷则以旁观者身份叙述道纲与女子、远度与自己的和歌赠答。当道纲母与兼家感情生有罅隙时，她通过和歌传情达意试图挽回丈夫兼家对自己的爱，修复感情的裂痕；当她内心感情无处可诉时，她又会独吟和歌，或者向神灵献歌祈愿。如果说赠答和歌需要寻求他者的情感反应，那么独咏和歌则是自己与自己的对话，

---

① 守屋省吾.蜻蛉日記形成論[M].东京：笠間书院.1975。
② 鈴木一雄.王朝女流日記論考[M].东京：至文堂.1993：70。
③ 鈴木一雄.王朝女流日記論考[M].东京：至文堂.1993：73。
④ 小町谷照彦.『蜻蛉日記』の和歌と表現[J].女流日記文学講座 第二卷[C].东京：勉誠社.1990：147。

文中23首独咏和歌映射了道纲母的心境历程。她的孤独从希冀寻求兼家理解的"开放性",逐渐过渡到自我对峙的"闭塞性"。可见和歌在《蜻蛉日记》中不只是简单的素材,还承担着信息交流的实用功能,寄托着人物的情感,映衬着作者执笔创作时的心境,推动情节的发展,提高文本的诗性意境与文学价值,"只有散文才能有效地发挥粘结剂的功效"[①]。"对道纲母来说,和歌是日常言语的修养集中呈现的地方"[②],但是编撰歌集并非作者的目的,作者目的是将和歌素材作为情感表达的一部分编织到散文叙述当中,营建一个统一的文本世界来持续地、充分地表达出自己的心声。

### 二、《蜻蛉日记》的散文叙事

道纲母擅长用和歌来表述心意,总能自如地吟出奇妙的和歌,或用来与人赠答,或独吟述怀,或向神灵表意。但是作者道纲母却将擅长的和歌作为素材,选择将自己的生活以日记体散文叙事的形式诉诸笔端,开拓了女性日记文学的先河。对于作者道纲母为何选择散文,而不是擅长的和歌来抒发自我,先行研究多将其归结为单凭和歌,作者的情感欲求无法得到满足。深泽彻认为,三十一音律构成的和歌无法述怀她全部的情念,"将自我的现在进行赤裸裸地倾诉的话,只有通过散文的激情才有可能"[③],"只凭和歌与歌书难以完全承载道纲母的情感"[④],只有通过散文来揉进自己的情感与经历,才能安抚自我的灵魂。宫崎庄平提出,"这位道纲母,将渺茫的

---

① 吉野瑞惠.王朝文学の生成『源氏物語』の発想・「日記文学」の形態[M].东京:笠间书院. 2011:249。
② 渡辺実.平安朝文章史[M].东京:东京大学出版会.1981:105。
③ 笠原伸夫.私怨の文学「かげろふの日記」[A].かげろふ日記 回想と書くこと[C].深沢徹.东京:有精堂.1987:18。
④ 河添房江.蜻蛉日記 女歌の世界—王朝女性作家誕生の起源—[J].平安文学の視角—女性— 3.东京:勉诚社.1995

内心寄之于和歌，想以独咏的方式来排解内心忧愁。但是情感欲求的不满足感并未消失，而是日益强烈，不由得产生以吟咏和歌为素材创作日记的欲望与激情"[1]。也就是说选择散文叙事，最终还是为了更充分地抒怀自己情感生活的不如意，将日记体的散文叙事作为和歌表达情感不足之处的替代物，用来解脱自己压抑的负面情绪。但是，在"私家集"与物语盛行的当时，如果仅凭和歌难以满足作者的情感表达，那么为何不以歌物语的形式，用词书的散文表述来补充，或者自始至终将自我第三人称化呢？如果说只凭和歌，已经无法满足作者的情感抒发欲求，作者却又并非如和歌集般以和歌为主、散文为辅，让散文充当和歌的补充。比如和歌较为集中的《蜻蛉日记》上卷，与父亲的分离、母亲的去世、姐姐的离开等与亲人生离死别的部分，以及町小路女人的出现、兼家生病、外出参拜等非日常的叙事，主要用散文来表达自己的喜怒哀乐与旅途见闻。笔者认为，道纲母之所以采用日记的文学形式，而不是采用当时流行的歌物语，除了对日本传统的和歌与物语等体裁的借鉴，假名的盛行、记录性私人日记的影响等多方面外在原因，更在于作者为了寻求不同于既存文学样式的自我表现方法的欲求，也就是说在于作者的自我意识与主体追求。

### （一）散文文学的发展

平安前期的《伊势集》等私人和歌集中，用来交代和歌背景的散文"词书"长度增加，也是女性假名文章发展过程中的重要因素。另外，《土佐日记》之前女性用假名记录的"女房日记"，尽管目的在于记录性，并非为表述作者的私人感情，文学性欠缺，但采用假名的散文表述也为日记文学的形成起了先导作用。物语文学的发展更是对女性日记文学的产生起了无法忽视的影响。物语文学何时成立，经过何种过程才成为女性的读物，尚

---

[1] 宫崎荘平.平安女流日記文学の研究［M］.东京：笠間書院.1977：36。

不明确。九世纪伴随着汉文学的衰退与和歌的兴盛，散文的物语文学开始萌芽。《竹取物语》与《伊势物语》分别被誉为"作物语"与"歌物语"的鼻祖，但是成立时间与作者都不详。多数学者推断《竹取物语》成立于九世纪末，作者应为男性，汉文训读与语法都有浓厚的汉文学影子。作者用带有汉字的假名文字来书写，将口头的传说文字化，带有浓厚的传奇色彩，突破了记录事实为主的历史文学，以及汉诗-和歌的韵文文学一统文坛的局面。《竹取物语》是日本第一部以散文为主、适当融入和歌的物语作品，"开拓了散文的新精神和小说的新体裁、新模式，成为日本古代新文学的出发点"①。《伊势物语》一般被认为成书于十世纪初，以和歌为母胎发展而来，以歌人在原业平（825—880年）为原型。125段故事中含206首和歌（也有版本为209首），和歌为主，散文叙事简洁，各个故事间没有完整统一的情节联结，结构松散。这些散韵并融的假名物语作品，一旦传到既有时间又有文学素养的贵族女性手中，应该很快便被相互传阅。

尽管作者道纲母在文本开篇的"序"中点明不满流行物语的虚构，"随手翻阅世间流行的古物语，却见尽是脱离实际的无稽之谈"，但也说明古物语的流行以及作者本人对物语的熟稔。作品中有着浓厚的初期物语文学的影子，比如用"某个人"（ひとありけり）自称、称呼男主人公兼家为"人""あの人"（他）、以物语文学常用的助动词"けり"结尾等。因为诸如传奇物语鼻祖《竹取物语》以"很久以前，有位叫竹取翁的"（いまは昔、竹取の翁といふものありけり）②开头，歌物语代表作《伊势物语》的每段小故事都以"以前"（むかし）、"以前、某位男子"（おかし、をとこ）、"以前有位男子"（むかし、をことありけり）这样的形式开头。所以"以

---

① 叶渭渠，唐月梅.日本古代文学史 古代卷 下 [M].北京：昆仑出版社.2004：402页.
② 堀内秀晃（校）.竹取物语 新日本古典大系 [M].东京：岩波书店.1997.

前有位……"（ありけり）成为物语文学的惯用开篇方式。关于此点，喜多义勇早在《蜻蛉日记讲义》中指出，"'ありけり'的结尾，是《竹取物语》《伊势物语》等当时的作品类型"[①]。注释书上一般也解释为是对物语文学写作手法的模仿，如《日本古典文学大系》："既是自叙传，也借鉴了'以前有位男士'为开篇形式的物语文体的第三人称。"[②]《日本古典文学全集》："客观地描述了作者，模仿物语的写法。"[③]但是同为平安朝女性日记文学的《更级日记》开篇亦是类似写法，"在比东路尽头的常陆国更偏僻的地方长大的人，浅陋无知，听闻世间有物语，便开始索读，并深陷其中"[④]。同样被认为是第三人称叙述，但是同系列的注释书中却没有将此注释为"物语式"的。可能在于《蜻蛉日记》是"有个人"（人ありけり），而《更级日记》是"长大的人"（おいいでたる人），表示"有"的"ありけり"是关键。石原昭平[⑤]详细论述了《蜻蛉日记》中"人ありけり"所体现的物语文体的特点，在此不再赘述。但是今西祐一郎考察认为，"'ありけり'并非当时的物语所独有的"[⑥]，在记录和歌比赛的"歌合日记"、《贺茂保宪女集》等私人和歌集中也有所体现。不管是否有意模仿物语，可以肯定的是，在《蜻蛉日记》之前还存在现已散佚、失传的多部物语，因此道纲母才会经常"无聊之时，翻阅身边物语"。在和歌、书信与物语中培养起来的贵族女性，初期尝试假名散文作品时，似乎只有物语文学可以模仿。

---

① 喜多義勇.蜻蛉日記講義［M］.东京：至文堂.1934年初版，1950版：42。
② 川口久雄（注）.蜻蛉日記 日本古典文学大系［M］.东京：岩波书店.1957：109。
③ 木村正中·伊牟田経久（注）.蜻蛉日記 日本古典文学全集［M］.东京：小学馆.1980：125。
④ 菅原道標女.更級日記 新編日本古典文学全集［M］.犬養廉注.东京：小学馆.1994：279。
⑤ 石原昭平.日記文学における「語り」の問題—物語的発想による成り立ち—［J］.日本文学.1981（5）；石原昭平.女流文学と日記—蜻蛉日記の成立—［A］.日本文学講座7 日記·随筆·記録［C］.东京：大修館書店.1989。
⑥ 今西祐一郎.蜻蛉日記覺書［M］.东京：岩波书店.2007：29。

作者不由地借鉴了物语文学的散韵结合、某些人物指称、词汇特征等语言表现，但却排斥其虚构性，并没有选择当下流行的物语体裁，而是选择了男性为书写主体的日记，因为日记的纪实性特征符合自己真实叙事的需求。另外，男性的私人汉文日记或者以备遗忘，或者以示子孙后代，自己作为女性用假名书写的日记，既能为自己的情感抒发提供方式，或许还能给他人以参考，"嫁给显贵的真实生活是何样的，希望这本书可作参考"。不同于虚构文学，更多的是"编故事"与"讲故事"，日记文学更多是以某种方式"写故事"。《蜻蛉日记》"序"言中已点明，要"将自己不同于别人的经历作为日记如实写下来"，是对真实故事的文学加工。齐藤菜穗子对平安时期代表性的和歌集、物语与日记文学中意为"写"的"かく"一词的使用数量与频率做了统计与分析，并以此认为"日记文学作品中的'记写'（書く）几乎能原生态地表现出作者的形象与对作品的态度。作品在作者直接'记写'的基础上得以成立,体现了日记文学的独特意义"[①]。《蜻蛉日记》作者道纲母对特定体裁形式的选择，既有着女性身份、外在的文学语境与社会背景的制约，更有着内在的主体需求。

### （二）《蜻蛉日记》作者的自我意识

自古以来，但凡作者进行创作往往需要一个契机，"感于物而动"或"感于哀乐，缘事而发"，不分男女。从先行研究来看，女性们的感情经历总是成为研究女性日记作者的创作动机与作品主题等作者与文本的着眼点，感情的失衡被视为创作的内在契机与作品形成的原动力。如《更级日记》的作者孝标女并没有将重点放在私生活的情感倾诉上，不少学者便认为是作者对自己的婚姻生活与丈夫不满意才不愿提起。"对日记作者对婚姻的否

---

① 斋藤菜穗子.蜻蛉日记研究—作品形成と「書く」こと—[M].东京：武蔵野书院.2011：188。

定姿态有两种解释。一是如同作品表现出的作者的不满与绝望立场，现在另一种解释认为作品表面上呈现作者的否定态度，实际上是作者考虑到日记体裁的韬晦与谦逊，可以看出她的满足感"①，总之，不管对婚姻满足与否，似乎女性作者的文学创作就该围绕婚姻生活展开。但笔者认为，感情经历仅是作者创作的一个契机，而强烈的自我意识、她们内在的那种对生命主体性的寻求，才是促使作者执笔的根本原因。

> 构成日记作品的各自动因，有着不同的经纬与性格，如道纲母的虚渺之感、和泉式部的悲叹之情、紫式部的忧愁之绪、孝标女的悔恨之念、赞岐典侍的追慕之思。而且各自的表现方式也独具一格。（中略）但是，作者深切的思念构成了每部作品的根基与动因，那种抑制不住想表达出来的情感，成为促成作品形成的内在契机，在这一点上具有共通的属性。②

即便她们的文学作品是以爱情的悲欢为话题，也并不说明情感恩怨的倾诉是其创作的根本动因，其丰富的内涵和内在的契机并非"情感"所能涵盖，根本动因是源于她们自我意识的萌发，女性对人生意义与生命价值的思考是超越性别与时空的。

尽管作者本人可能并未意识到，写日记的行为本身都是基于"我"的认识，是自我意识萌发的表现。《蜻蛉日记》作者有明确的写日记意识，全文中出现"日记"一词共3次。在"序"中就明确表示"要将自己不同于他人的经历作为日记如实写下来"（人にもあらぬ身の上まで書き日記），"不同于他人"的表述突显了她强烈的自我意识。其次，上卷跋文与之相

---

① 後藤祥子．平安女歌人の結婚観—私家集を切り口に—[A].平安文学の視角—女性— 3[C].东京：勉誠社．1995：178。
② 宮崎莊平．平安女流日記文学の研究[M].东京：笠間書院．1977：42。原文见附录4·1。

呼应，"此日记该称之为阳炎之记吧"中出现"日记"一词。另外，中卷安和二年三月记述了西宫左大臣源高明的被发配事件后，解释道："本来只写私事的日记不该记录这样的事情，觉得触动很大，所以记录下来。"从"只写私事的日记"（身の上をのみする日記）的叙述可知，作者已经认识到"日记"是关于自我的叙事。"叙述自我经历或许谁都可以，但是最初实现以这种形式进行叙述的意志，并赋予其文艺价值的，只有《蜻蛉日记》的作者"①。在当时的社会形态下，女性的生存价值依附于丈夫，而一夫多妻的婚姻状态又势必会导致有女性受到丈夫冷落、抛弃。有些女性如《蜻蛉日记》中出现的前左大臣高明妻爱宫削发为尼，在灵验的世界解救自我；有些女性如紫式部、清少纳言，可以不再婚，而是通过在宫廷侍职，依靠自己的才华获得外界的肯定。对于家庭女人作者道纲母来说，写作则是她摆脱不幸感、寻求自我安慰的途径。当《蜻蛉日记》作者道纲母的爱情婚姻出现不如心意，要净化人生之恨、解决思虑之惑、确认源于生命与学识的"自我"价值，在无法通过参与社会释放自我的情境下，她将对男人的哀怨形象化在文字的世界中，文学创作成为她净化精神的一种途径。"通过书写，表述出自己倍感虚无的心情，道纲母的生命才得以重生。只有将这种痛楚的内心世界表达出来才能自我解放，道纲母的这种意识与欲求构成了作品的内在契机"②。山口博在《王朝歌坛的研究 村上冷泉元融朝篇》③一书中，认为存在以藤原师辅为中心的藤原氏摄关家族的文学沙龙，因为《蜻蛉日记》有助于宣传和歌作者的丈夫藤原兼家的形象，进而有利于兼家的政治仕途，因此推断《蜻蛉日记》是在藤原兼家支持协助下完成。今西祐

---

① 喜多義勇.道綱の母［M］.1944.东京：三省堂.收录于：津本信博编.日記文学研究叢書 第2卷蜻蛉日記.东京：クレス出版.2006：229.
② 宮崎荘平.平安女流日記文学の研究［M］.东京：笠間书院.1977：30.
③ 山口博.王朝歌壇の研究 村上冷泉円融朝篇［M］.东京：桜楓社.1967.

一郎从藤原兼家周围的私家集分布状况入手，提出了"《蜻蛉日记》上卷虽然采取了道纲母私人和歌集的形态，实际上以藤原兼家的和歌收录为主要目的编撰……如果没有《兼家集》类似的私家集存在的话，《蜻蛉日记》上卷便承担了这样一种角色"[1]的假说。认为《蜻蛉日记》并非为自己，而是作为《兼家集》存在的可能性的观点，为《蜻蛉日记》的作品形成论开拓了新的视野，但是笔者认为文中道纲母对自我命运不安定（ものはかない）的感叹，不仅源于对与兼家不如意的婚姻生活的哀怨和兼家的外部依托，本质上还在于作者道纲母强烈于他人的对"自我"的执着。正如川口久雄所述："很少作品能像《蜻蛉日记》那样强烈的自我主张。确认、追寻主体的存在状态如同作者的任务。"[2]

按照日记的时间顺序连续记录自我的心路历程，便于更加自由、彻底地自我叙述，更好地进行自我认知与拯救。早有优秀歌人之誉的道纲母、和泉式部、紫式部等女性作者，她们将和歌纳入了内面的日记作品这一新体裁，紫式部后来又选择了前无古人的长篇物语形式，而不是自己擅长且流行于男性文化圈的和歌集，也可以看作是一种对自我的挑战，一种与男性权力世界的抗衡。"从《蜻蛉日记》到《源氏物语》的路绝对不近，写作《蜻蛉日记》的行为对道纲母来说是恢复生的唯一法术，对紫式部来说写《源氏物语》也是在虚幻的世界中实现自我转位，这是拓展生的唯一方法"[3]。对像道纲母这样脱离政治社会的知识女性来说，"日记"式的写作角度更提供给了作者们披露个人隐私的便利，可以避免公家式、社会性写作，也使写作的内容更具真实性，写作方式更具有私有性，成为个体寻求完整自我的一种方式。这既是源于其精神世界的必然需求，也是自我意识的升

---

① 今西祐一郎.新古典文大系 蜻蛉日记[M].东京：岩波书店.1989：516-517。
② 川口久雄.日本古典文学大系『かげろふ日記』解説[M].东京：岩波书店.1957：91。
③ 秋山虔.日本文学全史 中古[M].东京：学灯社.1978：25。

华和对现实的超越。

不管是记录个人身世命运的日记，还是宫廷侍女的日记，字里行间都流露出自我意识，这也是平安朝女性日记文学的重要表征之一。"这种对于自我的执着，是平安朝贵族女性日记作者一个共同的特点"[①]。叙述自我心路历程的《更级日记》，与对先皇绵绵的缅怀之情的《赞岐典侍日记》自不必说，《紫式部日记》的基调在于赞美主家，但作品中也不时流露出作者的心声与哀愁，主家的繁华与光彩之下，是她无尽的孤愁，主家的光彩反衬了自己的感伤，也正因此得以更为鲜明得觉察到"私的意识"[②]。一条天皇行幸土御门府邸前，府中人们为此忙碌不已，但身置一片繁荣场景中的紫式部却深感孤独，看到室外的水鸟悠闲地游在水面，不仅自吟和歌"世人多愁浮世生，深羡无忧水鸟游，安知鸟之浮水苦"[③]，将自己比作水鸟，有着别人不懂的孤独与落寞。紫式部在《紫式部日记》中还记录了宫中的女人为了达到男人与男权社会对她们的期待，抑制自我、矫揉造作。作者紫式部一方面意识到自己的才华与价值无法得到展现，"这样胡乱地写写物语，散漫地与他人书信交流，来聊以自慰，自己绝不能算作在世上活得有价值的人。如今想起来觉得羞耻和难过，而且入宫侍奉中宫以来，更加感受到了自己的忧愁"[④]。另一方面，为避免自己被认为恃才自傲而不得不谨言慎行，却为此感到无法解脱的孤独和空虚，认为"凡天下女子，都应以谦恭稳重为本，内心宁静，才会具有品味与风情"[⑤]。她们认识到身为女性的处境却又无力改变，只好在文字的世界里去描述、解释世界。

---

① 陈燕.东亚语境中的日本平安朝女性日记文学研究[D].北京外国语大学.2010：92。
② 岩佐美代子.宫廷に生きる一天皇と女房と[M].东京：笠间书院.1997：100。
③ 紫式部.紫式部日记[M].东京：小学馆.2001：152。和歌原文：水鳥を水の上とやよそに見むわれも浮きたる世をすぐしつつ。
④ 紫式部.紫式部日记[M].东京：小学馆.2001：169。
⑤ 紫式部.紫式部日记[M].东京：小学馆.2001：206。

"在通过文字深深地审视自己的灵魂深处时,她们看到的必定不只是与个体的异性之间的恩怨,而是对于自己作为'女性'的整体'生存状态'和'存在意义'的质疑"①。《蜻蛉日记》作者道纲母在进行自我叙事时,不仅对自己命运哀怜,对藤原丈夫兼家的其他妻妾,也从嫉妒转为同病相怜的悲叹与同情,进而才有下卷收养丈夫与别的女人所生女孩为养女之举。即使作为个体的作者本人未曾意识到这一点,但是其作品本身却从各个方面透露出这一方面,因此《蜻蛉日记》至今仍有着广阔的研讨空间和可读性。清少纳言虽然旨在《枕草子》中追求明快的"おかし"(有趣的、机智的、雅致的)主调,但还是不免在卷九中感慨,男性中下层贵族随着年龄还有升迁的机会,但是女人似乎并无出头之日。

"女性们无法从外部包含宫廷社会组织在内寻找精神的所依,只有在文学创作中确认人生的意义,可以说女性文学具有纯粹表达内心世界的特质"②。于是有了《蜻蛉日记》作者对若即若离的夫妻之情的幽怨,《和泉式部日记》作者"比梦还无常的人世"的慨叹,《源氏物语》作品中女性奏出的一曲曲哀婉之歌。尽管平安朝时期女性的这种"自我"或许只是原发的、无意识的,不同于始于西方的近代自我的觉醒。后者是产业革命背景下人们试图更加科学、逻辑、高效地把握世界,在城市化进程中,人们逐渐丧失社会的存在感,开始转向自我的追寻,强烈意识到个体的存在,于是近代自传、日记文学日渐盛行;前者则是脱离生产与政治的宫廷贵族女性,在京都的人造自然庭院中,追求艺术上的唯美与洗练,在丈夫远离自己的时空里,不得不转向与自我的对话,进而催生了灿烂的宫廷女性文学。同样是对生产的脱离,但西方近代自我的觉醒是理性的、有意识的,而日本

---

① 孙佩霞.关于中日古典女性文学研究的省思——从紫式部文学谈起[J].日语学习与研究.2009年(3):83.

② 秋山虔、藤平春男.中古の文学 日本文学史2[M].东京:有斐阁.1983:168.

日记文学中的自我是感性的、原始的，处于探寻自我的道路上，却也启迪了生命主体进行自救的意识与途径。

女性文学的主题多围绕着男女恋情，具有狭隘性，这并不是她们的性别使然，而是受特殊的社会语境制约。平安末期佛教无常与宿命思想的影响，女性们无法去改变世界，只有将自身命运的悲苦与不安，化为文学中的"物哀"理念。"通过写作来抒发抑制不住的情感，不仅限于日记文学，和歌作者与物语作者也可以。但是，日记文学作者的情感格外强烈，既无须依循和歌定型的传统框架，也不必如物语一样设定虚构的舞台来间接表现自己，将经验事实直接、纯粹地表达出来是其独特性格"[1]。《蜻蛉日记》将自己的日常生活经历，以日记散文的形式化于文字世界，既借鉴了物语的一些文学表现形式，又摆脱了传奇物语的非现实性，融合对人物细腻、深刻的心理描写，"是第一部出色地描写当时女性的内心世界的作品"[2]。

## 小结

"文体是一定的话语秩序所形成的文本体式，它折射出作家、批评家独特的精神结构、体验方式、思维方式和其他社会历史、文化精神"[3]，日本平安朝时代，摄关政治体制下，对女性教育的重视，促使贵族女性们拥有着卓越的文学造诣与审美情趣。一夫多妻的男女关系中，女人总是处于不安的被动地位，在脱离政治的封闭空间内，感情上的悲欢离合更容易成为引发女性作者们思考人生、省思自我存在的契机。"各种文本体裁都是在不断发展变化的，旧的规范不断地被打破，新的规范不断地建立，且各种体裁

---

[1] 伊藤博·宫崎莊平.王朝女流日记文学[M].东京：笠间书院.2001：27-28。
[2] 叶渭渠、唐月梅.日本古代文学史 古代卷[M].北京：昆仑出版社.2004：421。
[3] 童庆炳.文体与文体创造[M].昆明：云南人民出版社.1994：28。

之间总是处于相互影响、相互渗透之中的，它们之间的分界也并非绝对泾渭分明"①。应用性日记的流行、假名文字的出现、和歌盛行下培养起来的贵族审美情绪与文学素养、散文文学的启发，都为《蜻蛉日记》的出现与日记文学的发展提供了文学土壤。反过来，女性日记文学诞生后又对私家和歌集、物语文学、随笔文学等女性文学产生了深远影响，具有互文性。《蜻蛉日记》作者选择一种新的文学体裁进行自我表述，既有外部的社会、文化语境的原因，也有作者的主体意识的推动，但其诞生更源于创作主体内在的那种对生命主体性与自我意义的探求。作者藤原道纲母将生活中的和歌、信件、纪行、记录性日记等作为素材，以假名散文与和歌韵文并融的语言形式进行自我表述，营造了既尊重事实又超越事实的文学世界。《蜻蛉日记》作者用和歌来与他人交流，或者独述胸臆，或者以旁观者角度叙述着与他人的和歌赠答，并从中省思自我。和歌既承担了叙事交流的实用功能，又承载了作者的情感，将单凭和歌难以完全抒发的情愫融入散文叙事中。但是散文并不仅仅是和歌的弥补，而是与韵文联动，赋予韵文新的生命与意义。韵文体则增添了文学色彩，散文体促成了叙事的完整性与连贯性，和歌与散文合力生成了独特的文学表现形式，成为书写主体抒发私人情感的载体，《蜻蛉日记》也被誉为"女性文学的典型"②。女性用假名书写自我的日记文学，与随笔文学、物语文学共筑了平安女性散文文学的繁荣，既有着散文体与韵文体并融的共性，又有着其独特的叙事表现，将在接下来的篇章援用叙事学等理论、从叙事交流、叙事时空方面具体探析。

---

① 王汶成.文学话语的文体类型研究中的几个理论问题[J].杭州师范大学学报（社会科学版）.2017（6）：88。
② 秋山虔、藤平春男.中古の文学　日本文学史2[M].东京：有斐阁.1983：172。

# 第二章 《蜻蛉日记》叙事的交流模式：自言自听

《蜻蛉日记》作为叙事文本，由记录言事的日记发展而来，作者以自身实际生活中经历过的感情、观赏过的自然、吟咏过的和歌等为素材，多以第一人称"我"的视角讲述个人的生活经历与所思所感。不管表现方式上如何进行艺术加工，经验事实总会直接呈现在作品中。"无论是现实世界中发生的事，还是文学创作中的虚构，故事事件在叙事作品中总是以某种方式得到再现"[1]。所以先行研究一方面通常模糊日记文学中历史存在的真实作者、安排组织作品的叙述者与叙事文本中勾画出的人物三者间的距离。另一方面，《蜻蛉日记》作者采用女性假名文字讲述自我故事，开始被学界认为是具有自我观照性质的"自照文学"，不以他人阅读为目的。但是自二十世纪五十年代，今井卓尔提出"日记文学存在读者，才得以称之为文学创作"[2]后，日记文学的读者论问题便受到关注。由于《蜻蛉日记》上卷存在"序""跋"，开篇又采用第三人称叙述等表达方式，因此被认为作者执笔伊始便预设到读者的存在。那么《蜻蛉日记》究竟是面向自我而述，还是讲给他人倾听。《蜻蛉日记》叙事交流的情境模式，关联到作者的创作目的，乃至日记文学的特质，因此有必要进行探寻与评定。

叙事文本内的叙事交流也是叙事学者所关注的问题。理论学家们普遍

---

[1] 申丹、王丽亚.西方叙事学：经典与后经典[M].北京：北京大学出版社.2010：13.
[2] 今井卓爾.平安時代日記文学の研究[M].東京：明治書院.1957：196.

认同的交流模式为：说者—信息—听者[1]。布斯（Wayne Clayson Booth）在《小说修辞学》（1961年）中将叙事交流的过程变为：作者—文本—读者，旨在研究"作者叙述技巧与文学阅读效果之间的联系"[2]。这里的作者其实就是布斯提出作为作者替身的"隐含作者"（implied author）。在结构主义叙事学中，真实作者与读者被排除在叙述过程之外，而作者创造出来的叙述者（narrator）成为作品的叙述主体，担当故事的讲述者角色。受述者（narratee，又译为受叙者）作为信息的叙述接受者，与信息发出的叙述者是处于叙事情境的同一层面。查特曼（Seymour Chatman）在《故事与话语》（1978年）中丰富了叙事交流模式，认为叙事交流中，不仅有叙述者与受述者之间的交流层，还有隐含作者与隐含读者相对的叙事交流，描绘了包含六要素的叙事交流图：

叙事文本

真实作者 ---> 隐含作者→（叙述者）→（受述者）→隐含读者 ---> 真实读者[3]

这一涉及叙事交流的要素与模式被众多叙事学家所采纳，后来的一些叙事学家只是在此基础上通过减少或增加交流要素进行变动，诸如里蒙-凯南（Rimmon Kenan）提出应排除隐含作者，詹姆斯·费伦（James Phelan）提出该将人物加入叙事交流中等。

西方叙事学关于叙事交流诸要素的探讨，是以小说体裁为中心的，未必适合日记文学作品的《蜻蛉日记》，但是不管何种文学体裁，叙事交流必然离不开说者、信息、听者的三大要素，目的都在界定信息的发出者与接受者，故可以借鉴来解析《蜻蛉日记》的叙事交流问题。在叙事学关于"故

---

[1] （美）华莱士·马丁.当代叙事学[M].伍晓明译.北京：北京大学出版社.2005：154。

[2] （美）韦恩·C·布斯.小说修辞学[M].华明、胡晓苏、周宪译.北京：北京大学出版社.1987：180。

[3] （美）西摩·查特曼.故事与话语[M].徐强译.北京：中国人民大学出版社.2013：135。

事"与"话语"的二分法中，人物与事件属于故事层，叙述者和受述者属于话语层，但是《蜻蛉日记》作为作者讲述自身故事的叙事，人物与叙述主体、叙述视角等密切相关，因此本章节将叙述视角与叙事交流一起进行分析。而且文本中人物间的交流、人物同过隐含作者与作者的交流问题现在也引起了学者们的注意。《蜻蛉日记》作为"典型的女流日记文学"[①]，从文本内部对其叙述主体与信息接收主体的研究，也可以更好地了解日记文学这一日本古代独特的文学体裁的叙事特征。

## 第一节 《蜻蛉日记》的叙述者

### 一、《蜻蛉日记》作者、叙述者、人物之位相

秋山虔于60年代便已在《日记文学的作者》[②]一文中提出，要注意区分《蜻蛉日记》作品中的人物道纲母、历史存在的作家道纲母、组织讲述故事的作者道纲母，这引起了学界的注意。深泽彻进一步指出，"诸学者集中论究的是绝对支配、引导作品世界的作者'道纲母'，这究竟是外在于作品的一个历史实体存在，还是内在于作品内部起统筹作用的叙述者'道纲母'。当然，两者本质上是不同的，对其把握的方法，向来论述模糊"[③]。那么究竟讲故事的"我"，与作者道纲母、人物道纲母有着怎样的关联，是否该明确区分。讲故事需要声音，要界定《蜻蛉日记》中叙述声音的发出者，需要

---

[①] 石坂妙子.『蜻蛉日記』研究の展望と問題点［A］.女流日記文学講座 第二巻［C］.东京：勉誠社.1990：349。

[②] 秋山虔.日記文学の作者—その文学と生活［J］.国文学解釈と鑑賞.1966（3）：18-23。

[③] 深沢徹.蜻蛉日記の研究史［A］.一冊の講座 蜻蛉日記［C］.东京：有精堂.1971：369-370。

先厘清作者、隐含作者、叙述者的概念与所指。

**（一）作者与叙述者的合一**

《蜻蛉日记》的真实作者（real author）不难理解，是现实生活中实际存在的、有真实身份的藤原道纲母，是文本的创造者。叙述者是言语行为的表达者，简明讲，是讲故事的人，有时也不具有人格化特征。比如夏目漱石的《我辈是猫》，作者是实际存在的夏目漱石其人，而担当叙述角色的叙述者却是一只猫。学者们在界定叙述者内涵时，还提到了"隐含作者"。布斯在《小说修辞学》中虽然没有明确提出隐含作者的定义，但他做了充分的阐释："'隐含作者'有意无意地选择了我们阅读的东西；我们把他看作真人的一个理想的、文学的、创造出来的替身。"① 他认为这是真实作者不同"替身"中的某一个，也就是隐含作者，执笔写下了某小说，成为叙事交流的主导者。查特曼的叙事交流图中，也强调隐含作者是信息的发出者，充当了交流过程中的"说者"角色，只不过他认为隐含作者不是一个人，而是文本规范。对隐含作者的定义、存在方式、文本中地位等学界存在较大分歧，显得模糊。叙事交流中存在隐含作者的观点，也受到里蒙·凯南、热拉尔·热奈特（Gerard Genette）等叙事学者的反对。热奈特在《新叙事话语》中指出，如果把"隐含作者"作为三个叙述主体——真实作者、叙述者和隐含作者中的主体之一的话，那就有将简单问题复杂化的倾向。他认为："虚构叙事由叙述者虚构产生，实际上由（真实）作者产生。"② 不否认其存在，但不赞同把它当作叙事文本中的叙述主体来研究。目前来看，一般认为"隐含作者"并不是具体的人，而是从文本中逆推出来的真实作

---

① （美）韦恩·C·布斯.小说修辞学[M].华明等译.北京：北京大学出版社.1987：84。
② （法）热拉尔·热奈特.叙事话语·新叙事话语[M].王文融译.北京：社会科学出版社.1990：275。

者的形象，而且一般优于作者本人。日本平安朝的日记文学作者不同于小说家，小说家可能在创作的不同作品中有着不同的创作意识，但是日记文学作者一生只写有一部记录自身经历的作品，"作者们以多样的方式叙述了各自一次性的、独特的人生"①，所以不能通过不同作品隐含的作者意识比较来分析真实作者。作者主体的创作意识与内部心理，通过隐含作者化为叙述者道纲母，担当了故事的叙述主体。

秋山虔在《王朝女流文学的世界》"日记文学论－作家与作品"部分指出，在论述《蜻蛉日记》时，经常不自觉地使用"作者""道纲母""她"等词汇，应该注意"是作为'人'的也就是传记研究对象的道纲母，还是'作为创造者'的'作家'道纲母。但是很明显，由'创造者'道纲母构建的世界，离不开之前'人'的道纲母的实际生活经验"②。秋山虔所提到的作为传记研究对象的"人的"道纲母"其实就是真实作者藤原道纲母，"作为创造者"的作家道纲母也就对应着叙述者道纲母。秋山虔的观点已经涉及叙事学领域中作者、叙述者有别的问题了，虽然未进行方法论上的进一步深究，但促使二十世纪七十年代以后的《蜻蛉日记》研究向着在作品的解读中解明两者关系的作品论方向前进。深泽彻在秋山虔研究的基础上，进一步指出：

> 原本作品内部，没有历史实体的作者'道纲母'插入的余地，只有巧妙构造化、实体化作者'道纲母'写作行为的叙述者'道纲母'。我们在"读"这一主体性作业中所遭遇的，只是以一人称形式叙述作品内容，强烈地展示自我的叙述者'道纲母'，作为历史存在的作者'道纲母'，隐藏在自我分身的叙述者'道纲母'的背后，将自我无

---

① 秋山虔.王朝女流文学的世界［M］.东京：东京大学出版会.1972：166。
② 秋山虔.王朝女流文学的世界［M］.东京：东京大学出版会.1972：171。

限推向作品外部的不可视方向。①

叙事文本中的主体分化是叙述行为所不可避免的,只是程度不同。虚构文学作品中,叙述者不能与作者直接画等号,因为叙述者是作者创造出来讲述故事的存在。包括那些以第一人称叙述者"我"讲述的小说,尽管人们或多或少可以通过作品中的一些描述将其与作者的某些个人经历关联起来,但是仍然需将叙事文本中的叙述者与作者区分开来。当然也会出现真实作者与叙述者暂时重合的虚构作品,最常用的例子就是普鲁斯特富有自传色彩的《追忆似水年华》。将叙述者与真实作者加以区分,并不意味着要完全割裂二者之间的关系,作者的背景与经历总会影响到其创作。尤其在非虚构文学中,叙述者往往承担着作者的自身意识形态、价值观念等层面,与作者之间存在着割舍不断的联系。

《蜻蛉日记》属于作者讲述自我的真实故事,以真实性为其根本,真实作者将叙述者作为自己的分身与代言人,主体分化几乎消失,叙述者与作者价值观一致,可视作重合,叙事声音最终来自作品的创作者,即作者。因此没有必要特地将文本的叙述者道纲母与真实作者道纲母完全分开,但是又要意识到二者的微妙差异,叙述者道纲母是由真实作者借隐含作者而创造的叙事文本中的叙述主体,并没有明确的形态,只是承担了作者讲故事的叙述功能,是"符号化的道纲母"②。不止这种注重个人经验的同故事写实作品,无论中外,"传统小说中尽管也有少许例外,但其基调是文字主体

---

① 深沢徹. 蜻蛉日記の研究史 [A].一冊の講座 蜻蛉日記 [C]. 东京: 有精堂. 1971: 370。日文原文见附录4·2。
② 深沢徹. 蜻蛉日記の他者意識 [A].一冊の講座 蜻蛉日記 [C]. 东京: 有精堂. 1971: 193。

与叙述主体的合一,即作者与叙述者的合一"[1]。因此,笔者并不将真实作者道纲母排除在叙事交流情境之外,而是作为声音的发出源。"自传、自述这类以真实性为其根本的作品与虚构作品就有明显的差别。前者属于真实或事实叙事,它所表现的是真实生活中真实人物的事件……叙事声音自然出自于真实作者"[2]。强调作者与叙述者之间的区别,意在避免出现简单化与先入为主的弊端,以对具体作品进行细致周密的分析。从叙述者与真实作者、隐含作者之间的联系和对比中可知,《蜻蛉日记》真实作者藤原道纲母的婚姻生活实态可以通过各种外部历史资料来求证,但体现在文本中"隐含作者"的形象,是婚姻不如意的贵族之妻,这也是文中的人物"我"的形象。并由叙述者道纲母试图按照这个主题统一全文。

### (二) 作者与人物"我"的异同

对作者的考证,不仅关系到其出生年月等生活史实,而且涉及作品中体现出的作者的生活、心理等问题,作者的传记研究与作品论研究紧密相关。日记文学作者们的创造行为和实际人生的关联问题十分复杂。比如说《蜻蛉日记》,"日记世界中道纲母与兼家的关系,如何与日记创作的作者道纲母以及现实体验者道纲母进行区别,非常困难……现实体验与日记创造者的行为无法完全分开"[3]。《蜻蛉日记》中藤原道纲母个人的实际生活片段被作为素材塑造成故事,作者一方面保留着原始经验的真实性,另一方面又融进了作者的感情、想象和诗性。但是经过主题滤过的文本世界中所描绘的"道纲母",与历史存在作者道纲母,不管怎么想象,都不可能完全

---

[1] 谭君强.叙述者与作者的合与分:从传统小说到现代小说[J].江西社会科学.2015(4):199。

[2] 谭君强.叙事学导论——从经典叙事到后经典叙事学[M].北京:高等教育出版社.2008:49。

[3] 秋山虔.王朝女流文学の世界[M].东京:东京大学出版会.1972:183-184。

重合。

　　《蜻蛉日记》的实际作者藤原道纲母有"本朝三大美人"之称，又在和歌领域有很高造诣，但是"序"中的人物形象却是相貌平平、才思疏浅。上村悦子将《蜻蛉日记》上、中、下三卷21年间的叙事，根据兼家来访的频率、两人感情亲疏的程度进行了分类，制作了"兼家行状年表"①（兼家行踪编年表），将文本中的记录性素材置换成年表，试图还原素材事实，探索作者与兼家爱情生活的实态。上村研究认为藤原兼家作为公务在身的人，已经尽力前往道纲母处，来证明真实的作者并非是不幸的。角田文卫②更是根据《蜻蛉日记》文本中的生理日记录算出真实作者的生理周期，发现文中"我"的各种苦恼——嫉妒、郁闷、担心，在月经前期更为明显，由此认为作者具有月经前期紧张症倾向，而且兼家可能从经验上注意到了这点，因此尽量在此期间看望作者。所以，完全将真实作者与人物等同，避开文本的内部结构与文学性，去探索作品背后的事实是否妥当值得商榷。

　　《蜻蛉日记》中的"我"是苦恼于感情不顺的贵族妇女形象，婚姻状态一直处于虚无不定的状态，与"隐含作者"形象吻合。从客观的角度来看，作者道纲母作为中层受领阶层的女儿，被身份高贵的上层贵族藤原兼家所追求并成为其妻，接受兼家的眷顾，或许是幸福荣耀的。作品中也能感受到人物"道纲母"幸福的迹象，尤其体现在上卷，比如与章明亲王等上层贵族的交往、第一次出来参拜的返程中兼家迎接到宇治川等，都洋溢着明快的气氛。因此，清水好子认为《蜻蛉日记》作者不管怎么哀叹自己不幸的人生，作品却不自觉地变为"幸福的记录·爱的记录""幸福的鼓吹"。③

---

① 上村悦子.蜻蛉日記の一研究—兼家の行状を中心に—[J].日本女子大学紀要 第4号.1955（6）：50-68。
② 角田文衛.王朝の映像—平安時代史の研究—[M].东京：东京堂.1982。
③ 清水好子.日記文学の文体[J].解釈と鑑賞.1961（2）。

但是笔者认为不该抛开作者在作品中的创作意图来论证真实的作者是否幸福，将真实作者与作品中的人物完全等同。原本日记文学并非日记，虽然以事实为基础，但不是事实本身。只是作者根据叙述意图，将欲表达的想法寄托于主人公人物身上，主人公是作者生活中的某个形象之一。"读者必须意识到，日记之外有另一个真实存在的道纲母，有着与日记主人公道纲母不重合的地方"[1]。不能认为《蜻蛉日记》中勾勒的"不幸"人生便是生活中藤原道纲母的全部真实婚姻。"必须回避将样态不明的作者'体验'与作为虚像的作品表现进行无限关联、相互折射的方法"[2]。

日记文学属于非虚构文学，要求事实的真实性，作者的身份与叙述者通常是重叠、合一的，叙述者"我"就是真实作者在讲故事时的分身。叙述者"我"，可以在叙述话语层面作为作者的代理，讲述过去的故事与现在的情形，又借用故事层面人物"我"的视角进行聚焦，故事与话语有时难以区分。因为日记文学多属于事后的叙述回忆，时间的距离又会导致叙述现在的"我"作为叙述者在话语层运作，过去的"我"则作为人物在故事层运作，叙述者与人物功能分离。接下来分析《蜻蛉日记》中叙述者与人物的关系。

### （三）叙述者与人物重合的第一人称叙述

第一人称叙述者和第三人称叙述者，是从叙述人称角度对叙述者做的常用区分。"叙述视角"（narrative perpective），也被称为"视点"（point of view）、以及其他的"叙述模式""叙述焦点""叙述情境"等理论概念。热奈特最早注意到视角"（谁看）"与声音"（谁说）"的差异，择了中性性质

---

[1] 内野信子.蜻蛉日記の表現論[M].东京：おうふう.2010：8。
[2] 菊田茂男.道綱母の体験と蜻蛉日記の表現[A].一册の講座 蜻蛉日記[C].东京：有精堂.1971：145。

的"聚焦"（focalization）一词来表达人物的感知，因为"视角、视野和视点是过于专门的视觉术语"①，而"聚焦"相对来说更抽象一些。在叙事文本中，聚焦所涉及的是叙事文本中所表现出来的一切受到谁的眼光的"过滤"，谁在作为视觉、心理或精神感受的核心，被聚焦的对象可以有形或无形。简单来说，"叙述者"是讲故事的人，属于话语层，而"感知者""聚焦者"则是秉持某"视点"的人观察事物的眼光，属于故事层。正如申丹所言："其实，只要明确所指为感知或观察故事的角度，这些术语是可以换用的。中文里的'视角'一词所指明确，涵盖面也较广，可用于叙述时的各种观察角度，包括全知的角度。"②所以本书中主要使用传统的"叙述视角"一词来表示人物对故事的感知方式，也借用热奈特的"聚焦者""聚焦对象"等表达方式。

《蜻蛉日记》"序文"除了"有个人"（ひとありけり）来指称人物外，并没有出现自称的人称指示词。日本的先行研究基本都将《蜻蛉日记》开篇视为第三人称叙述。如"'人'作为第三人称，试图以物语的表现形式探索记录一个女人人生的日记"③。小西甚一对日记文学的叙事人称进行了详细分析，认为《蜻蛉日记》与其后的《更级日记》都是"开篇以第三人称为基调，却是第一人称占优势的混合人称"④。"有个人"表面上看确实是第三人称叙述，但结尾处"要将自己不同于别人的经历作为日记如实写下来"，以供世人借鉴，应该是执笔者的创作意图。很明显又是人物"某个人"的心思，从叙述情境来说，这句话既可以用第三人称叙述，也可以采用第一

---

① （法）热拉尔·热奈特.叙事话语·新叙事话语[M].王文融译.北京：社会科学出版社.1990：129。
② 申丹、王丽亚.西方叙事学：经典与后经典[M].北京：北京大学出版.2010：90。
③ 犬養廉（注）.蜻蛉日記 新潮日本古典集成[M].东京：新潮社.1982：9。
④ 小西甚一.日本文藝史Ⅱ[M].东京：講談社.1985：330。

人称叙述。因为第三人称叙述中，叙述者既可以作为无所不知的全知视角，深入到人物的内部，还可以用第三人称有限视角，只从"某个人"的立场去思考、去观察。"序"中叙述者与作者、人物的关系并不明了，难以简单断定说是第三人称叙述还是第一人称叙述。

故事的开始从天历八年（954年）夏天兼家求婚写起，虽然有些长，鉴于论述需要，还是要引用整个求婚段落：

> 经过短暂的恋歌赠答后，出身权门的兵卫佐就这样求婚了。一般来说，总要请求某位中间人牵线，或由自家地位较高的女侍出面协商，但是他却直接同女人的父亲半开玩笑似的透漏了迎娶之意。尽管通过父亲表达了拒绝之意，却毫不在意地派使者骑马前来敲门。不等询问是何方来客，便听到门外一片喧嚣。不知所措地接过书信，又是一阵喧嚷。以前听说求婚的书信笔迹要用心工整，信纸要细致讲究，但是接过信一看，完全不像传说中的求婚信，信纸粗糙、笔迹潦草，拙劣到甚至怀疑不是他的亲笔，觉得非常不可思议。打开一看只写了：杜鹃啼鸣处，闻有佳人住。切盼睹芳容，告别相思苦。同周围的人商量着"怎么办，是不是必须要回信"，传统保守的母亲谨慎劝说"还是回信吧"，因此便回了：杜鹃空啼鸣，此处无佳人。①

此段文本，表面上依然用第三人称叙事，人称代词有"出身权门的兵卫佐"（柏木の木高き）、"他"（例の人）、"女人的父亲"（親とおぼしき人）、"保守的母亲"（古代なる人），大量的心理描叙并没有出现明显的主语，第一人称的相关表述也未出现。纵观全文亦然，主语时常缺场，从语言学角度来看，现代日语语法上第一人称主语也通常省略，十世纪的时候更加显著。叙述者似乎想要用第三人称表述，有意进行置身于故事之外的

---

① 藤原道纲母.蜻蛉日记［M］.东京：小学馆.2000：90-91. 日语原文参见附录3·4。

异故事叙述。但是，又并非无所不知的全知叙述，文中的"女人"并不知道对方的想法，只是"不知所措""怀疑""不可思议"地从自己的角度以有限视角叙说她的经历、她的困惑。求婚部分的叙述信息透过"女人"的眼光与心灵传达出来，"女人"作为故事的人物聚焦者来观察、思考周围人们的诸般行动。

在与兼家成婚的天历八年（954年）秋，"我"与父亲分离的场景描述部分，散文部分第一次出现第一人称"我"的相关表述，在"期间，我赖以依靠的父亲（わがたのもしき人），要离开京城，去陆奥国地方赴任了"中，① "我"（われ）第一次作为叙述主体指称自己出现在天历十年（956年）三月的叙事部分，因为町小路女人的出现，兼家来自己住处的次数逐渐少了，而此种情形"不只是我自己，听说这一年也几乎没到常年去的她那里去"②，此处"她"指兼家的第一位妻子时姬。"我"的第一人称叙述是相对于时姬的自我规定。虽然在一夫多妻婚姻状态下的当时，兼家拥有道纲母以外的女人实属正常，但是在自我意识极强的"我"眼里却不能忍受，甚至一度将夜晚来访的兼家拒于门外。陷入绝望中的"我"将自己与兼家婚后的生活，以激越的笔调凝缩成123句的长歌赠予兼家。当时别说女性，连男性文学中长歌都较少见，可见，作者不仅具有极高的和歌造诣，更有强烈的自我意识。之后"われ""わたくし""わが"等一人称叙述一直贯穿全文，叙述者从故事外转化为自身故事的叙述，与人物合体。以小学馆《新编古典文学全集》版本中的《蜻蛉日记》为例，文中第一人称"われ"共出现75例，其中散文部分出现40例（上卷13例，中卷17例，下卷10例）。作品的散文部分因为有和歌赠答的直接引用，所以出现的"われ"未

---

① 藤原道纲母.蜻蛉日记[M].东京：小学馆.2000：96．日语原文参见附录3・4。
② 藤原道纲母.蜻蛉日记[M].东京：小学馆.2000：103．日语原文参见附录3・4。

必全是叙述者自称，但散文部分"われ"的人称规定则是叙述者与人物合一后的自称。

作品中第一次使用"我"（われ）是天历八年（954年）新婚三日，早上给兼家的"后朝歌"回赠的和歌中。"我"敏感地发现兼家将自己比作易逝、不长久的朝露，于是回和歌"君自比朝露，吾身何所依，尽是虚渺物"。结婚伊始，道纲母内心便隐存着不安，"吾身何所依"（われはなになり）流露出作者强烈的自我意识，系助词"は"的使用更是凸显了自己与他者的并立或对立。木村正中以"われはなになり"为基础，分析认为，"《蜻蛉日记》是作者创造性追求自我精神实质为何的作品"①。中卷"我"（われ）的第一次自称出现于安和二年（969年）正月，道纲母的下人与时姬的下人发生了冲突，虽然兼家表面上袒护我，但"我"认为原因在于住处离兼家比较近，于是决定搬家至离他稍远的地方。此处的自我，同样是与时姬关联下的表现。下卷第一次使用"我是在"天禄三年（972年）二月，将兼忠女与兼家所生女孩收为养女的初次见面时，兼家尽管不知此女为自己亲生女，但还是催促快点见到孩子，"我"也一直想见，于是让人把孩子叫了过来，此处的"我"与兼家相对。最后一次则出现在日记叙事最后一年的天延二年（974年），右马头藤原远度求婚养女而不被道纲母与兼家允诺，眼看约定八月回信的日期临近，但七月份有侍女说传言右马头与人妻私情而被知，"我"（われ）听了倒觉得深舒了口气"。紧接着收到右马头的回信，从内容与语气来看，仿佛是"我"在询问一样（人しも問ひたらむやうに）②，此处用"人"来称呼自己,这两例用来自称的"われ"与"ひと"，

---

① 木村正中.われはなにになり—蜻蛉日记存評—［A］.柿本奨.蜻蛉日记全注釈上巻 月報［M］.东京：角川书店.1966：4.
② 木村正中.われはなにになり—蜻蛉日记存評—［A］.柿本奨.蜻蛉日记全注釈上巻 月報［M］.东京：角川书店.1966：351.

并没有明确的他者对应。冈田博子分析了《蜻蛉日记》中"われ"（我）与"わが"（我的）的数量与分布，将"われ"的自我规定分为两种：与他者相关的自我规定称为"相对的规定"，没有对应人物的自我称为"绝对的规定"。①《蜻蛉日记》从序文没有他者参照的"绝对规定"开始，经过以时姬为开端的"我"的"相对规定"，再到天延二年没有对应他者的"绝对规定"，这种变化揭示了对自我身份的认同。从上述例文可见，"我"的出现多是在与兼家的感情失衡之后，相对于他者而言，自我意识才更强烈，用以强调自我的立场和感想。道纲母作为一生都未在宫廷任职过的家庭型女人，与"我"对应的他人，主要指丈夫兼家，其次为儿子、父亲、时姬、母亲、侍女等。正如今关敏子所言："如果没有不同于他者的自我意识，那么作者也没有必要将自己的人生、生活为素材进行写作。"②

《蜻蛉日记》中自"序"至父亲赴任之前，语法形式上采用第三人称，实际上可以视为隐含在第三人称下的第一人称形式，也就是隐性的第一人称叙事。尽管整个开头部分采用第三人称或者省略主语的形式，而实际上叙述者将自己内化成故事中的人物，叙述者与主人公视角是重合的，第三人称是叙述者尽量避免称呼自己而采用。因为我们通常所说的语法意义上的人称，从实际所指来看，"即使不使用第一人称，也完全可能存在叙述者和主人公的同一"③。正如热奈特所言，日常生活中我们每个人可能都用第三人称谈过自己，"任何叙述都有可能用第一人称进行……真正的问题在于叙述者是否有机会使用第一人称来指他的一个人物"④。比如中国传统小说的

---

① 冈田博子.蜻蛉日記の作品構成［M］.东京：新典社.1994：67。
② 今関敏子.表現される《自我》—日記文学と自伝—［A］.論集日記文学の地平［C］.东京：新典社.2000：22—23。
③ （法）菲利普·勒热纳.自传契约［M］.杨国政译.北京：北京大学出版社.2013：104。
④ （法）热拉尔·热奈特.叙事话语·新叙事话语［M］.王文融译.北京：社会科学出版社.1990：172。

叙述者自称"说书的""说话的",也只是第一人称变体。按照罗兰·巴特（Roland Barthes）的观点,"可能有些叙事作品或者至少有些片段是用第三人称写的,而作品或片段的真正的主体却是第一人称。如何来确定呢？只要将用'他'写的叙事作品（或者段落）用'我'来'重写'就行。只要这一做法除了引起语法代词的本身变化之外,不引起任何其他的话语变化,那么,可以肯定我们仍然还在一个人称系统中"[①]。我们将文中补上第一人称"我","经过短暂的恋歌赠答后,出身权门的兵卫佐就这样向我求婚了",进而"我的父亲""我的母亲",对现代人来说会更加自然、清楚,尤其是在翻译成主语明确的中英文时。《蜻蛉日记》的英译文版[②]将开头部分作为序言独立出来小字印刷,正文开始便补译为第一人称并贯穿全文,不得不说是聪明妥善的处置方式。但是目前国内的中译文遵照日文原文,开始翻译为"女的""女人""女性",序文部分则为"有一位女性无所聊赖地度过了半生……或许有人想询问,嫁给了显贵的女人生活如何"[③]。但当日记进行到其父离京到地方任职时,主人公称呼突然从"女人"变成"我",称父亲为"我一直依赖的父亲",之后第一人称翻译贯穿全文,译者也未另作注释说明,未免觉得有些唐突。但是同一本书中郑民钦对《更级日记》的译文是自开篇便采用了第一人称译法,"我在东路尽头更深辟之地长大,何等浅陋无知"[④],这就显得自然得多。日本学者今西佑一郎也注意到这一点,虽然未从理论深处进行挖掘,但是提出,"《蜻蛉日记》的开篇,与物语体的

---

[①] （法）罗兰·巴特.叙事作品结构分析导论［A］.张寅德 译/编选.叙述学研究［C］.北京：中国社会科学出版社.1989：30。

[②] （美）Edward George Seidensticker.*The Gossamer Years: The Diary of a Noblewoman of Heian Japan*. Tokyo: Tuttle Publishing.1964。

[③] 林岚（译）.蜻蛉日记（王朝女性日记）［M］.石家庄：河北教育出版社.2002：3。

[④] 郑民钦（译）.更级日记（王朝女性日记）［M］.石家庄：河北教育出版社.2002：373。

文章相比，作者更是考虑到用'人'来自称吧"①。因为当时《宇津保物语》《源氏物语》等物语作品，以及《古今集》《后撰集》等和歌中也有用"人"来作为自称词的情境，作者采用第三人称叙事是为表达自己的谦逊之意。《蜻蛉日记》开篇的第三人称叙事之所以被认为具有物语的表现性格，是因为被读者期待采用第一人称，结果却用了第三人称的"人"进行叙述。宫崎庄平考察了文中的"めり""む""らむ"等推量表现的词，发现"推量表现都是作者面向他者所发，没有逆方向的特殊例"②。从这一点上也可以确认作品一直坚持第一人称的叙述视角。

不仅文章伊始的"序"部分，《蜻蛉日记》下卷的迎接养女事件，因为话语时间的重新编排、作者经验以外叙事的出现等，先行研究多评价为具有物语文学的特点，是"物语式的全知视点""超越的视点"。此部分叙事确实没有按故事时间的顺序进行，而是重新编排为一个相对完整的故事。插叙的兼家与兼忠女十多年前的和歌赠答、兼忠女同父异母的兄弟禅师君作为中间人与兼忠女的交涉等所谓作者经验外的事实的叙述，采用了间接引用的形式。比如禅师君与兼忠女交涉的情境，尽管"我"不在场，叙述者却采用了直接会话的形式营造了现场的生动感，乍看似乎是虚构文学中的全知视角。但是在两人的会话后，立即补充："禅师第二天回来后，如此转述道"③。随即"我"给兼忠女写去一封信，"第二天，收到回信。写到'我很愿意'，便痛快地答应了我。与作为中间人的禅师之间的会话经过也写到了回信中"④。作者都补充了信息来源。而对文中人物会话采用直接转述式来记录人物语言的转述语具有两重性质，一方面，独立于叙述者之外，

---

① 今西祐一郎.蜻蛉日記覚書[M].东京：岩波书店.2007：35。
② 宫崎荘平.平安女流日記文学の研究[M].东京：笠间书院.1977：439。
③ 藤原道綱母.蜻蛉日記[M].东京：小学馆.2000：283。
④ 藤原道綱母.蜻蛉日記[M].东京：小学馆.2000：283。

人物可以充分表达自己的所思所感，保留人物会话的原汁原味，另一方面，即使是人物语言直录也是被叙述的对象，服从于叙述者的总体安排与叙述控制。可见聚焦者"我"依然是通过传闻、他人的转述等对他人的事情进行揣测与判断，而不是直接深入人物心理，因此笔者认为并非所谓的"物语式全知视点""超越视点"，而依然是第一人称有限视角。

第三人称叙事中，故事的叙述者与人物聚焦者分离，以"第三人称"来讲述自身经验，叙述者需要不断改变语态，并不合时宜地闯入故事，所以《蜻蛉日记》作者从"父亲离京赴任"起转换为第一人称叙述自我故事，可以更自然、更自由地表达"我"的所思、所闻、所感。总之，《蜻蛉日记》尽管在文章伊始采用"有个人"（ひとありけり）这一语法上的第三人称叙述，下卷的收养养女部分也有看似全知视角的叙事，但实际上从分析来看，全篇采用了叙述者与人物重合的第一人称叙述。作者与叙述者合一不是日记文学的必需条件，诸如《土佐日记》真实作者是男性纪贯之，叙述者却是故事中某位随行"女人"。语法形式上也可能部分或全部不采用第一人称叙述，比如《蜻蛉日记》与《更级日记》以某位女性开篇。但笔者认为故事中人物的事实取材于作者本人的实际经历，叙述者采取人物有限视角叙述，是被视为日记文学的必要条件。《土佐日记》作者纪贯之化身为人物"船君"（舟の君），叙述者"随行的女人"也是故事中的人物，从自己的视点观察周围，但深入不了人物的内心，仍然属于第一人称有限视角。实际上，文本中女性假托视角的贯彻并不彻底，作者经常跳出进行叙述干预，不同的人物都可以视为作者的分身，作者纪贯之只是假借他者的外衣来叙述自我的经历与情感，因此仍被视为日记文学。但是《和泉式部日记》作者是否为和泉式部本人尚且无可靠史料支撑，学者们只能从文本中推断。即使作者是和泉式部本人，叙述者并非与人物"女人"完全趋同，而是出现大量所知信息大于"女人"所知的第三人称全知视角。不仅叙写了"女人"的心理与生活，还超越了"女人"的感知范围，叙述亲王与随从、乳母的对话、亲王的心理等。《和泉式部日记》是平安日记文学中所含和歌分量最大的一部，以"女人"与敦道亲王的恋歌赠答为叙述主轴，散文叙事更多的是为和歌服务，正如大桥清秀①所指出的，从形式上来看，与其中的自传性相比，更多的是物语性。另外，现存写本中将此作品题名为《和泉式部日记》的，只有群书类从所收本以及三条西本系统的三条西本（现藏于宫内厅书陵部），其他属于应永本系统、宽元本系统的诸写本均为《和泉式部物语》。因此笔者不赞同将其归入日记文学，而是赞同"即使是和泉式部本人，而且以'日记'的意图执笔，但是却从作品中感到更接近于'物语'，尤其是'歌物语'"②的观点，更倾向于将其视为具有日记性质的歌物语。

　　叙述者和主人公重合的第一人称叙事也成为日记文学中最常见的叙事形式。"《蜻蛉日记》恐怕是用第一人称叙述个人经历与心情的假名文章的起源。之前，也有《土佐日记》这样开篇便点明要用第一人称来表现主体的假名文，但是却埋没在乘船返京的一行人的集体心情中，没有深入到作为个体的'我'的表现"③。"日记文学第一人称叙事中的'我'，不仅是叙述者与主人公的重合，也与作者本身存在着趋同性，这使日记文学在贵族女性中传播时，形成对作者本身的投射，相同的身份、熟识的关系，使日记文学作品更具可读性"④。第一人称叙述被之后的《紫式部日记》《更级日记》《赞岐典侍日记》等所沿用，成为以自我为中心进行写作的女性日记文

---

① 大橋清秀.『和泉式部日記』の物語性と自伝性［A］.女流日記文学講座第三巻［C］.东京：勉誠社.1991。
② 吉井美弥子.『和泉式部日記』の世界への窓［A］.女流日記文学講座第三巻［C］.东京：勉誠社.1991：117。
③ 土方洋一.日記の声域 平安朝の一人称言説［M］.东京：右文书院.2007：143。
④ 张玲.日本平安朝日记文学中的第一人称叙事研究［D］.长春：吉林大学硕士论文.2008：9。

学中最常见、最典型的聚焦模式。

虽然《蜻蛉日记》作者实际写作的具体时间目前尚不明确,但对故事的叙述时间必然在故事的发生时间之后,已发生的故事是过去的,叙述者立足于叙述的"现在"开始讲故事,已经预知了后续的故事,试图以回顾性视角来把握时间,以"日记"形式叙述"不同于别人的身世"。正如热奈特所说:"把准内心独白和事后转述结合起来。这里叙述者既是主人公,又已经是另一个人:当天的事件已成为过去,'视点'可能已改变。"因此,需要对《蜻蛉日记》中的"叙述自我"与"经验自我"的关系做以探析。热奈特"聚焦"一词的提出,对感知者与叙述者的明确区分,"使我们不仅能看清第三人称叙述中叙述者的声音与人物视角的关系,且能廓分第一人称叙述中的两种不同视角:一为叙述者'我'目前追忆往事的眼光,二为被追忆的'我'过去在经历事件时的眼光"[①]。聚焦者与叙述者的区分,也为我们理解《蜻蛉日记》中叙述者与人物的关系提供了理论支持。

## 二、《蜻蛉日记》的第一人称双重叙述聚焦

### (一)"叙述自我"的聚焦

作者置于作品开头或作品章节开头的卷首引语、题词,以及文末的跋文等是一种欲引起潜在读者注意的独特干预方式,通常从中可以看出叙述者的信息。《蜻蛉日记》开篇首句"时光荏苒,人世虚渺,有个人便这样无所聊赖地度过了半生"。故事中的人物是一位嫁给显贵的女性,但是讲故事的人身份信息并不明确,很明显讲故事的人企图将自己与故事中的人物分开,置身故事外,保持一种"客观性"。序文结尾"因为已逝岁月有些久远,只能凭模糊的记忆叙述,可能有不够准确之处"。喜多义勇提出:"此

---

[①] 申丹、王丽亚.西方叙事学:经典与后经典[M].北京:北京大学出版社.2010:92.

节虽然是开头的序，但它不仅属于上卷，还属于全篇。结果上来看，可以认为贯彻到下卷末，但是执笔时期应该与上卷跋文相对应，属于作者在回想十五年间的人生时所加。"① 秋山虔认为，序文末尾的"所逝岁月久远，很多事记忆模糊"是日记进行到某种程度后的感慨，作者道纲母在执笔之初，尽管尚未写序文，"但心中应该已经有种朦胧的执笔动机"②。尽管作者写作"序"的时间，学者们观点并不统一，但总体来看，"序文"并非作者在创作伊始所写，而是写作过程中，应该至少是在上卷完成以后所加，作者试图将接下来的文章统一在"序文"之下。实际上，故事开始后，散文部分在时态与语调上回想性的追忆表现较少，说明叙述者放弃了追忆性眼光，选择借助人物的视角进入到过去，按照故事的发生时序力争再现事实。但还是多处可见作者借助叙述者"我"讲故事的声音。作者在讲故事时的"我"，也就是"叙述自我"，为有意突出自己的存在及立场，采取种种形式来进行叙述干预，或者暂时切断所叙故事，插入对某件事、某个人的评论、解说，或者描述写作时的心理，周围的风景等。

上卷卷末的"跋"与卷首的"序"呼应，巧妙而意蕴深远地与所叙述的故事关联在一起。

> 时间就这样一天天过去，想到自己命运的被动与无助，即使新年来临也未感到喜悦。想到自己命若浮萍，夫妻之情亦不稳定，如同那虚幻的阳炎，似有若无、脆弱无力。此日记该称之为阳炎之记吧。③

内容上与"序"类同，从日记时间来看，十五年的时光流逝，因为是不如意的日日夜夜，所以即使迎来新年也不觉得愉悦。但是从上卷的记事

---

① 喜多義勇.全講蜻蛉日記［M］.东京：至文堂.1961：5。
② 秋山虔.蜻蛉日記と更级日記—女流日記文学の発生［J］.国文学.1981（1）：18。
③ 藤原道綱母.蜻蛉日記［M］.东京：小学馆.2000：167。日语原文见附录3·5。

内容来看，全篇并没有被悲伤的气氛所笼罩，虽然婚后一年兼家情人町小路女人的出现，给了"我"莫大的打击，但是参加大尝会仪式、准备新年等叙事都洋溢着轻松明快的格调，所以突然在此急转通常被评论说"跋文"与上卷之前的内容不协调，出现断层。此处的上卷结语的确有些唐突，但笔者认为出现在结尾也是必然。因为这并非上卷末安和元年（968年）故事发生时人物"我"的感想，而是作者叙述到此时的心中感慨，将对往事的感叹导入结语。

作者会通过"叙述自我"对自己讲的故事中的内容、人物、心情作评价、解释。比如上卷应和二年"道纲母向章明亲王要来美丽的芒草"部分末尾，章明亲王派人送来了"我"想要的芒草，并附有和歌一首，但是"对此如何回的答歌，几乎不记得了，反正不是什么很有水准的作品，所以暂且只写我的赠歌吧。不过之前的和歌与日记记事中应该也有这样不是很准确的内容"[1]。与"序"一样，对自己记忆造成的叙事模糊进行补充说明。对于此类叙述自我表现的其他例句可参考本章第二节对文中"读者意识"部分的分析。

叙述者讲述自我的故事叙事，因为侧重于回顾，通常以叙述自我作为常规视角，而《蜻蛉日记》却偏重采用过去正在经历事件时"经验自我"的视角来"即时"叙事。而同样一人称回顾叙述的《更级日记》对"我"少女时代迷恋物语与梦信仰的经过的描述，则侧重于"叙述自我"的悔恨之情。

### （二）"经验自我"的聚焦

对读者来说，作者以"叙述自我"进行叙述的时间是"现在"，经历事件时"经验自我"的时间则是"过去"。在有时态体现的语言中，叙述

---

[1] 藤原道綱母.蜻蛉日記[M].东京：小学馆.2000：128。

评论一般用现在时，而经历的叙述采用过去时态。《蜻蛉日记》作者主要通过变动时态的手法使叙事视角与经验视角重合，多用现在终止形或者被称为"历史现在"的助动词"つ""ぬ"结句，同时在对过去相关事件的叙述中，融入大量细腻的心理描写来抒发内心独白，生动真实。不仅变换时态采用现在形叙述，而且文中还多次出现诸如"今天"（けふ）、"如今"（いま）、"今天早晨"（けさ），以及"午时""酉时左右"等具体时刻。笔者以《新编日本古典文学全集》本为例，统计了《蜻蛉日记》中除却会话文、书信、和歌赠答后的散文叙事部分的"今日"，以及具体时刻的出现次数，但是类似中卷天禄二年三月"心里想着今天应该会来吧"等心里语中的"今日"不算入内。具体指叙事当天日历的"今日"一词共出现24例，其中上卷3例、中卷9例、下卷12例，出现次数用数字符号1、2、3表示；"午时""酉时左右"等具体时刻共22例，其中上卷2例、中卷15例、下卷5例，出现次数用带圈数字符号①②③表示。具体分布如下①：

表1 《蜻蛉日记》中"今日"与具体时刻出现次数统计

| 年历\月份 | 卷 | 一 | 二 | 闰二 | 三 | 四 | 五 | 六 | 七 | 八 | 九 | 十 | 十一 | 十二 | 总计今日 | 总计时刻 |
|---|---|---|---|---|---|---|---|---|---|---|---|---|---|---|---|---|
| 天历十年（956年） | 上卷 | | | | 1 | | | | | | | | | | 1 | |
| 康保元年（964年） | | | | | | | | | （秋季）1 | | | | | | 1 | |
| 康保二年（965年） | | | | | | | | | | | 1 | | | | 1 | |
| 安和元年（968年） | | | | | | | | | | | 1② | | | | 1 | 2 |

---

① 各卷具体的时间表述及时刻分布，参考本书第四章附表：《蜻蛉日记》上、中、下卷时间叙事。

续表

| 年历＼月份＼卷 | 一 | 二 | 闰二 | 三 | 四 | 五 | 六 | 七 | 八 | 九 | 十 | 十一 | 十二 | 总计 今日 | 总计 时刻 |
|---|---|---|---|---|---|---|---|---|---|---|---|---|---|---|---|
| 天禄元年（970年）中卷 | | | | 1 | | | ④ | ② | | | | | 1 | 2 | 6 |
| 天禄二年（971年） | 1② | | | 1 | | | 2④ | ③ | 1 | 1 | | 1 | | 7 | 9 |
| 天禄三年（972年）下卷 | 1 | 3② | 2 | ① | | 1 | | | ① | | | | | 7 | 4 |
| 天延元年（973年） | | ① | | | | | | | 2 | | | | | 2 | 1 |
| 天延二年（974年） | | 1 | | | | 1 | | | | | | 1 | | 3 | |

另外，"今早"（けさ）一词于中卷天禄二年六月出现1例、九月2例。虽然不同的版本在数值上可能会有出入，但是"今早""今日"及表达具体时刻的词集中在天禄二年及三年的事实毋庸置疑。具体时刻主要出现在文中的纪行文部分，上卷2例都出现在安和元年九月"初濑参拜"部分的记事；中卷的15例中仅纪行部分便占12例：天禄元年六月唐崎祓部分4例、七月参拜石山2例、天禄二年六月鸣泷闭居4例、七月初濑参拜2例。从内容上来看，主要用于纪行文以及"经验自我"的心境描写，时态上采用现在形终止或者"つ""ぬ"结句，给读者以身临其境之感，体现临场的生动感。应该是作者于故事发生当时或者间隔不久所写，后来直接成为《蜻蛉日记》的一部分，或者作为素材被整理加工后纳入文本。单从数字来看，"今日"的现在时表现沿着时间轴的流逝逐渐增加，说明"经验自我"的聚焦越来越多，故事时间与叙述时间逐渐缩短，作为作者不同分身的叙述者道纲母便逐渐与经历事件的人物道纲母重合。

当然，这些"今日""今天早上""现在"未必是故事发生的当日所记，"现在"也未必是作者执笔写作时的"现在"。尤其上卷属于回忆叙事，但是"现在""今日"等的出现却加强了叙事的生动性与真实性。以"今日"为例，第一次出现是上卷天历九年三月的叙事部分，"转眼到了又一年的三月时节。他是不是在忙着装饰桃花呢，我苦等着，切盼着却不见他来。姐姐的那位平时都能见他来，单单今日却也不见影儿。而到了四日早上，两人都来了"[①]。此处的"今日"并非故事发生的三月三日当天的叙事，叙述自我已经知道三月三日那天兼家未到，而是四日早上才到，明了故事的进展。聚焦者却是痴情等待兼家到来的经验自我，聚焦对象是还经常来访的兼家，心想着他一定会到。以"经验自我"角度感受彼时"我"的心理，倾听"我"的声音。正因为达不到"叙述自我"的认知，才能真实再现事件发生当时"经验自我"的心理与情感，更容易引起隐含读者的共鸣。对作者来说，通过将"过去"再生到现在，才能更深切地感到自我的存在。在过去经历事件时的"如今""现在"的时间叙述中，叙述主体被解体、消失，似回到当时"今日"的心境。作为读者，有时很难确定作为叙述自我的"我"是在某年某月写日记的那个"我"，还是多年以后回忆这些事件的"我"，这种叙述自我的不确定性也成为日记文学的一个叙事特征。

下面以中卷开头部分为例，体会过去正在经历事情时的"我"与叙述现在时的"我"之间的位相差异。

这样百无聊赖地打发时光中迎来了新年的早晨。心想着或许因为之前未曾像别家那样，在新年这一天讲究用语禁忌，才导致如此不幸的命运吧，便赶紧起床出去对身边侍从们说："喂喂，大家，我们家今年新年第一天说话也要注意禁忌，多说吉利的，试试运气吧。"妹妹听见后还没起床就吟起了首祝歌，"我先说，天地缝口袋"，觉得有趣，所以没等她说出"装进幸福来。一月三十天，天天幸福来"的下

---

① 藤原道纲母.蜻蛉日记[M].东京：小学馆.2000：101.

句，我便接话道："下句我接，一月三十天，日夜来身边"。身边的侍女听到后都笑说："倘若这样，可是最高的幸福啊。干脆写下来，给大人送过去吧。"……所以觉得今年新年的祝词赠答特别吉利[①]。

开头一句承接了上卷末的气氛，试图营造一种压抑、悲戚的氛围，与"序"的首句一样，以表达过去的"けり"结句，体现了作者道纲母执笔时叙述现在的心情。接下来是看似祥和吉利的新年伊始，为预祝接下来的一年幸福顺利，打算进行"忌言"的咒术行为，并以现在时态结句。接下来的叙事承接这种明快的气氛，结尾句更是对将来充满了憧憬。但不得不说与开头的一句是矛盾，因为沉浸在新年明快氛围中的是安和二年（969年）元旦憧憬未来的经验自我。与之相对，作者写作时的叙述自我，已经知晓后来兼家的新情人近江的出现会加深自己的苦恼，所以进行了反讽的叙述。稍后出现的"晚上已经三十多夜未来，白天有四十余日未来了"与开头的"三十日夜都到我身边"形成鲜明的讽刺。读者阅读时需要在作者的"经验自我"与"叙述自我"的错位中转换。换句话说，体验时现在的"生存主体"与执笔时现在的"作者主体"的定位与对话正是作品得以成立的表现构造。另外，有时表面上是作者经验自我的所思，实际上却是执笔时的叙述自我。比如上卷应和三年母亲去世之前，感叹不安定的夫妻关系，"多年来以官运亨通的他为夫，自己却未能生有多位子女，只能为这不安定的夫妻关系所忧心"[②]。此处的感慨实为执笔时的哀叹，因为经验自我的道纲母与兼家结婚才第十年，兼家当时与道纲母的感情还比较甜蜜，不到30岁的年龄还有生育子女的机会。

《蜻蛉日记》作者为了叙事真实，以经验自我为主要聚焦者，力图再现

---

① 藤原道纲母. 蜻蛉日记［M］. 东京：小学馆. 2000：169-170。原文见附录3·6。
② 藤原道纲母. 蜻蛉日记［M］. 东京：小学馆. 2000：129。

当时的情境与心境，还会在不经意间偶尔穿插叙述自我对事件以及经验自我的解释或者评论，出现叙述自我的痕迹。叙述者"我"既可以与人物重合，以有限的眼光讲述自己的所感所思，又可以与人物分离，"聚焦"过去时的"我"，讲述事后的认识与理解。时空距离为作者的理智和思想上的成熟留出了余地，才能在回忆时进行冷静客观的评论性表述。作者以叙述自我的角度进行的评价都是在回顾往事时进行的，因此主要集中在故事时间与叙述时间间隔距离较大的上卷。经验自我的思想随着时间的流动、环境的变迁逐渐发生改变，与叙述自我的间距日渐合拢、接近，悟出人称真谛。随着岁月的沉淀，主观感受和情绪不再那么强烈，叙述自我能够以一个更成熟、自持的态度去审视过去发生的一切，所以其叙事更客观、冷静。不同时间轴上的叙事与感慨，形成了各卷不同的表述特征，叙述风格也随着经验自我的心路历程由生动逐渐走向平稳。经验自我与叙述自我双重聚焦，使第一人称人物"我"的形象变得丰满。

## 小结

《蜻蛉日记》属于作者讲述自我故事的真实叙事，叙述者与作者合一，因此没有必要特地将叙述者道纲母与作者道纲母完全分开。但是又要意识到二者的微妙差异，叙述者道纲母并没有明确的形态，只是承担了作者讲故事的叙述功能，因此本论中在强调讲故事的道纲母时，用"叙述者""叙述者道纲母"表示。《蜻蛉日记》真实作者藤原道纲母的婚姻生活实态可以通过各种外部历史资料来求证，但体现在文本中人物"我"的形象是婚姻不如意的贵族之妻，与"隐含作者"的形象吻合，并由叙述者道纲母试图按照这个主题组织全文。《蜻蛉日记》中历史现实存在的真实作者及其写作行为，以及展示在文本中经历事件的"我"的行为，是同一个主体在不同层面上的表现，但不能完全将人物与作者等同。本论中用"道纲母""藤原道纲母"来指涉人物"我"，用"作者""作者道纲母"来指真实存在的作家来加以区别。《蜻蛉日记》采取了第一人称叙述自我故事，叙述者"我"，可以在叙述话语层面作为作者的代理，讲述过去的故事与现在的情形，又借用故事层面人物"我"的视角进行聚焦，故事与话语有时难以区分。因为属于回顾性叙事，叙述对象是不同时期的"我"，所以出现叙述自我与经验自我的不同视角。

总体来说，《蜻蛉日记》更偏重于采用经验自我的叙述视角来描述"我"和丈夫间的情怨，并加入了经历事件时的大量内心独白，体现了临场感，增加了真实性。同时穿插叙述自我追忆往事时对过去事件、人物等的解释、评论等后叙视角，双重聚焦交叉，两个"我"或重合或分离。"'作者主体'对经验自我的同化与对照的心理往返运动，正是支撑日记文学作品的根基"[1]。以"我"的同一性为前提的叙述视角有利于作者更好地在文本中进行自我展示，适合女性絮语，成为女性为主体的日本日记文学的叙事特征。叙事都涉及交流，文学作品的叙事交流，尽管由于书写属性不能直接发生，但与日常语言交际一样，同样涉及信息的传递与接受过程，有信息的发出者，便存在接受者，故接下来分析《蜻蛉日记》的叙述接受者。

## 第二节 《蜻蛉日记》的受述者

现代意义上的日记，作者是面向自己而写，既是叙述者同时又是叙述接受者，是一种自说自话。日记文学的读者意识问题自二十世纪五六十年

---

[1] 深沢徹.『蜻蛉日記』下巻の変様 —夢の＜記述＞とその＜解釈＞をめぐって—[J].日本文学協会.日本文学34.1985（9）：53。

代便受到关注，作者执笔写作日记之时预想到读者阅读的观点基本受到学界认可，只是对作者创作时预设的读者对象存在争议。"日记文学系列作品都具有读者意识的见解，现在已经是常识、通说"①。《蜻蛉日记》中的读者论问题主要有以下几种代表性观点：

一是读者为作者本人。以近代日记文学研究初期的"自照文学"观点为代表。如久松潜一提出，"从作者记录日记的心境来看，并未预想读者与他人评论，因此与更好地描述相比，更加如实准确地描述成为作者创作的动机"②。

二是某特定读者。犬养廉提出作品是作者为养女所写③；山口博提出作品是作者为丈夫藤原兼家所写④。

三是不特定的多数读者。森田兼吉⑤认为作者创作时预想到自己身边关心并憧憬上层贵族社会的女性；中野幸一⑥提出《蜻蛉日记》预设的读者，不该是某位具体人，应该指不特定的多数读者；大仓比吕志⑦与之类似，提出结婚适龄期的贵族女性可以考虑为读者，不该是特定读者。齐藤菜穗子⑧则表示，"与家庭内部的亲戚相比，宫廷中有教养的知识女性为对象比较

---

① 宫崎荘平.王朝女流日記文学の形象[M].东京：おうふう.2003：34。
② 久松潜一.日記文學と女性[A].藤村作编.日本文学聯講 第一期[C].东京：中兴馆.1927：239。
③ 犬養廉.平安朝の日記文学—蜻蛉日記における養女をめぐって—[J].文学・語学.1968（9）。
④ 山口博.歌人兼家と蜻蛉日記[A].王朝歌壇の研究 村上冷泉円融朝篇[M].东京：桜枫社.1967。
⑤ 森田兼吉.日記文学と読者[J].平安文学研究 26辑.1961（6）。
⑥ 中野幸一.日記文学—読者意識と享受層—[J].文学・語学52号.1969（6）。
⑦ 大仓比吕志.蜻蛉日記の対読者意識[A].一册の講座 蜻蛉日記[C].东京：有精堂.1971。
⑧ 斎藤菜穂子.蜻蛉日記研究—作品形成と「書く」こと—[M].东京：武蔵野书院.2011：167。

妥当"。

四是作者的理解者与共鸣者。柿本奖[①]认为能引起共鸣的、身边熟悉的年轻女性为作者的预想读者；宫崎庄平[②]指出，日记文学中的"读者"，不如说是作者的共鸣者、理解者或同情者更为妥切；长户千惠子[③]总括提出，理解作者、同情作者，并对上层贵族社会感兴趣的女性为预想读者。

五是公开阅读。古典贺子则提出不同的观点，认为不止《蜻蛉日记》，"中古的日记文学，不只是在作者的家族圈内被偷偷阅读，原本就是作为供他人阅读的日记形态的文学作品而写。至少可以肯定在当时的假名文学读者圈里，已被作为日记体裁的文学作品来阅读了"[④]。

那么《蜻蛉日记》的作者在创作时是否预想到真实读者的存在，究竟故事的"听者"是谁。《蜻蛉日记》中叙述主体是人物叙述者"我"，那么作为信息接收对象的受述者，与真实的读者，以及先行研究中提到的"作者的理解者与共鸣者"有何种关联，接下来借用西方叙事学中的有关概念与理论进行探讨。

## 一、《蜻蛉日记》中的"读者意识"

考察《蜻蛉日记》的"听者"之前，要先辨别叙事学中与之相关的"受述者"与"读者"概念。最先提出叙述接受者（narratee）这一术语的是美国叙事学家杰拉德·普林斯（Gerald Prince）。他在1973年用法文在法国《诗学》杂志发表的《"叙述接受者研究"概述》中提出并强调了"受述者"

---

[①] 柿本奖.蜻蛉日记全注释下 解説[M].东京：角川书店.1973。
[②] 宮崎莊平.王朝女流日記文学の形象[M].东京：おうふう.2003：45-48。
[③] 長戸千恵子.蜻蛉日記の表現と構造[M].第五章『蜻蛉日記』序文に関する検討，东京：风间书房.2005。
[④] 古賀典子.蜻蛉日記の受容—上巻单独流布意識を視点として—[A].日記文学 作品論の試み[C].中古文学研究会.东京：笠间书院.1979：45。

的概念，引起学界关注，此文章由袁宪军通过英文转译为汉文，发表在《外国文学报道》①。普拉斯指出，"如果说在任何叙事中都至少有一个叙述者，那么也至少有一个受述者，这一受述者可以明确地以'你'称之，也可以不以'你'称之"②。如果作品中明确出现受述者，则是显性的，否则为隐性的。对叙述接受者，或称"受叙者""受述者"的定义内涵无重大分歧，叙述者作为叙述接受的对象，与向他或她讲述的叙述者相对应，处于同一层面。受述者不同于真实的读者（real reader）。真实读者是有血有肉的实际阅读者，比如距离文本成立两千余年后的我们能成为《蜻蛉日记》的真实读者，肯定是作者创作时未曾预想到的。那么先行研究中提到的"读者意识"，究竟是指真实读者，还是受述者意识。《蜻蛉日记》文本叙事中穿插的和歌赠答、书信往来等，人物都有直接对应的受述者，作为素材统一组织在主题之下，暂不在本章节的讨论范围之内。

（一）《蜻蛉日记》"序"与"跋"中的"读者意识"

虽然不同日记文学作品的读者意识多寡不同，但是作者都有顾及他者阅读的目光。作为《蜻蛉日记》作者在创作之时预想到读者的证据，先行研究必提"序文"。"序文"部分的作者也就是文本内的叙述者，既将世间流通的物语视为"谎言"，意欲写叙述自我身世的日记，却又采用第三人称的"有个人"（人ありけり）作为文章出发点，被认为与读者意识问题相连。中野幸一认为"这种物语式手法的导入，正是将非公开的、赤裸裸的告白记录毫无避讳地公开的唯一手法"③。笔者认为，与其说是为了公开的手段，不如说是担心自己赤裸裸的私生活被他人传阅而作的掩饰。作为开

---

① 热拉尔·普林斯："叙述接受者研究"概述[J].袁宪军译，外国文学报道.1987。
② （美）杰拉德·普林斯.叙事学 叙事的形式与功能[M].徐强译.北京：中国人民大学出版社.2013：18。
③ 中野幸一.日記文学—読者意識と享受層—[J].文学·語学52号.1969（6）。

创一种新文学样式的先驱，将自我他者化的第三人称叙述，既是对当时流行的物语类文章写法的自然模仿，也是作者的一种自我保护。"这样时光荏苒"（かくありし時過ぎて）中的"这样"（かく），也被认为是作者对读者的发言。柿本奖提出，作者面对了解自己实际生活的身边读者使用"かく"来指涉共知的过去，说明"说话者与听话者立于共同的场"。[①] 富田京子同样认同此观点，通过《八代集》与《蜻蛉日记》中有关"かく"的和歌分析认为，"かく"用于面对希望能引起共鸣的对方表达哀叹时使用。[②] 但是渡边实却否定了这种读者意识观点，认为这种表述属于"当事人表现"（当事者的表現），"与考虑到体谅道纲母境遇的读者相比，视为当事者的人物道纲母心中积聚的话语自成文章更为合适"[③]。笔者认同此观点。"这样"本是表达承上启下之意的指示词，但作者却在开篇便用，显得非常唐突。不仅开篇，文中多用表达"这样""这般"的"かく""かくて"的表述。因为上卷的"序"是在作者叙述到文章的某个时点时所加，是作者写作时想到了从前的自己，沿用了《古今和歌集·贺》中"かく"的表现方式[④]，未必是面向特定读者。

上卷结尾"跋文"以"想到自己命若浮萍，夫妻之情亦不稳定，如同那虚幻的阳炎，似有若无、脆弱无力。此日记该称之为阳炎之记吧"，与卷首相呼应，体现了作者明确的写日记意识。此处也被认为是《蜻蛉日记》书名的最早出处。在绪论《蜻蛉日记》书名阐释部分已经提到，作品题名"かげろふの日记"应该是后世的读者根据"跋"推断出的，并非作者道

---

① 柿本奨.蜻蛉日記全注釈［M］.东京：角川书店.1967：19。
② 富田京子.『蜻蛉日記』の「かく」類語句について［J］.新樹.1992（4）。
③ 渡辺実.平安朝文章史［M］.东京：东京大学出版会.1981：100。
④ 今西祐一郎（注釈）.新日本古典文学大系 蜻蛉日記［M］.东京：岩波书店.1989：39。《古今和歌集·贺》中上卷的"かくしつつとにもかくにもながらへて君が八千代にあふよしか"和歌。

纲母本人将作品命名并有意公之于世。如柿本奖[①]所指出的,跋文中"かげろふの日記"是指如同"かげろふ"般人生的日记,"かげろふ"是修饰用普通名词,而不是专有的书名。从平安时期《古今集》《后撰集》《古今和歌六帖》《拾遗集》等和歌集中可见,"あるかなきか"(若有似无)常作为"かげろふ"的枕词来修饰,或用来表示阳炎般虚幻、似有若无的存在状态,或比喻世事的虚幻无常,或取其若隐若现、若即若离的模糊状态,让人产生对恋情把握不住的无力感,用来比喻恋情的易变与不安等。和歌造诣极深的藤原道纲母,将和歌中常用的"かげろふのあるかなきか"表达散文化也是水到渠成的。另外,跋文"かげろふのにきといふべし"(应该称之为かげろふのにき)中,"べし"是表示推测的,如果是自命名的话,那么作者没有必要加上。当时勅撰和歌集、物语作品等以公开阅读为目的的作品,多是作者或编者在序中明确命名,如《古今和歌集》,编者在序中明确命名。作者开始未想公之于众的私家和歌集、日记作品等,多是流传后由他人所命名。所以如果《大镜》所言"名之为蜻蛉日记流传于世"的事实正确,可能是《蜻蛉日记》离开作者之手后,被世人误认为是作者的自命名而逐渐延续下来。

但是"序文"结尾却言:"若有人要问嫁给显贵的真实生活是何样的,希望这本书可作参考。但因为已逝岁月有些久远,只能凭模糊的记忆叙述,可能有不够准确之处。"作者意欲向读者展示自己作为权贵夫人的婚姻生活实况,给他人以参照,又为自己所叙之事可能与事实有出入而向"读者"作以解释。森田兼吉认为:"不只是读者意识,可以说是面向读者的发言。"[②] "序文"与"跋文"部分作者的写作时间虽然尚存争议,但作者并

---

[①] 柿本奨.蜻蛉日記の伝本と書名[A].一冊の講座 蜻蛉日記[C].东京:有精堂.1992:276。

[②] 森田兼吉.日記文学論叢[M].东京:笠間書院.2006:26。

非执笔伊始从"序"写起，而是在叙事积累到某个时间点后添付。因此，"序""跋"也可能是作者通过隐含作者向预设读者发言而有意创作。这确实是一种作者考虑到读者意识的文学表现形式，但并不代表以真实读者的公开阅读为目的，更是一种"隐含读者"表现。

隐含读者（implied reader）由德国接受学家沃夫尔冈·伊瑟尔（Wolfgang Iser）在借鉴隐含作者概念的基础上提出，"如果我们要文学作品产生效果及引起效应，就必须允许读者的存在，同时又不以任何方式事先决定他的性格和历史境况。由于缺少恰当的词汇，我们不妨把他称作隐含的读者"[①]。隐含读者是从叙述作品的内容形式中归纳推论出来，能够接受隐含作者价值观的假定读者。申丹认为，"就是隐含作者心目中的理想读者，或者说是文本预设的读者，这是一种跟隐含作者完全保持一致、完全能理解作品的理想化的阅读位置"[②]。另有虚设的读者（virtual reader）、作者的读者（authorial audience）、假想读者（mock reader）、理想读者（ideal reader）等多种说法，对其概念的辨别不是本论重点。叙事学领域中的叙述接受者虽然与隐含读者区别模糊，但还是有所不同，"前者是叙述者的受众，并且在文本中被刻画；后者是隐含作者的受众（能够从整个本文中推理出来）"[③]。可见，隐含读者只是作者通过隐含作者构想出的读者形象，是真实读者和叙述接受者之间的一个中介，被赋予了某种特性、能力和爱好。正如叙述者与受述者是叙述行为中互相依存的一对，隐含读者通常与隐含作者互为镜像。日本日记文学中被视为作者写作时预想到读者的叙事表现，是真实

---

① 转引自 张树萍、王翔敏：论沃尔夫冈·伊瑟尔的"接受美学"[J].长春师范学院学报. 2007（6）.

② 申丹、王丽亚.西方叙事学：经典与后经典[M].北京：北京大学出版.2010：77.

③ （美）杰拉德·普林斯.叙述学词典[M].乔国强、李孝弟译.上海：上海译文出版社.2011：134.

作者透过婚姻不幸的隐含作者，面向理解自己、同情自己、与自己能够引起共鸣的隐含读者的倾诉，并非面对某位或某些特定真实读者。下文将对《蜻蛉日记》正文中的"读者意识"表现进行解析，其实也是一种面向"隐含读者"的表现。

### （二）《蜻蛉日记》正文中的"读者意识"

本文中被视为作者面向读者发言的叙事表现，是作者立于叙述自我的一种叙述干预。主要有以下几类：

（1）运用推量助动词"なむ"来表达感叹，呈现向他者倾诉的姿势。如：

①この御返りはいかが、忘るるほど思ひやれば、かくてもありなむ。さきざきもいかがとぞおぼえたるかし。（応和三年）

②返し、口々したれど、忘るるほどおしはからなむ。（安和二年三月）

③今日まして思ふ心おしはからなむ。（天禄二年正月）

（2）使用表达"不再记录"的"記さず""書かじ"等动词否定形式表示省略，避免重复，并解释略写的原因。

④そのほどの作法例のごとなれば、記さず。（天禄二年正月）

⑤返りごとあれど、よし書かじ。（天延元年九月）

（3）利用表示解释说明的助动词"なり"来对所叙的事情或者心情进行补充解释。

⑥身の上をのみする日記には入るまじきことなれども、悲しと思ひ入りしもたれならねば、記しおくなり。（安和二年三月）

⑦これも悪し善しも知らねど、かく記しおくやうは、かかる身の果てを見聞かむ人、夢をも仏をも用ゐるまじやと、定めよとなり。（天禄二

年四月）①

　　资料①②⑦都有未记录自己或他人所回复和歌的解释。资料①出现于上卷与章明亲王交往的章节。章明亲王府邸送来美丽的芒草，并付有和歌。"和歌写得很有意思，但是如何写的回信，已不记得。应该也不是什么佳句，所以丢了回信，也只能这样了。这之前的和歌与叙事中应该也有被认为不值一提的辞句"。本来给章明亲王这样的高层贵族回的和歌都不记得，可见叙述者道纲母透露出一种与上层交往的炫耀与对和歌的自负意识。或许担心被他人看见引发不良后果，随即以谦虚的口气补充说自己的文采不够，进行叙述干预，以回避责任。资料②是在安和二年三月侍从们分成两组进行小弓比赛游戏，作为对暂时落后的那组侍女的鼓励，在青色纸上写了首和歌系在柳枝上送过去。"回的和歌，虽然念过，但是太普通了所以忘了，大家想象一下吧。"同样有种优于侍女和歌的优越意识，也是寻求读者判断的叙事表现。但是资料②的"おしはからなむ"（大家想象一下吧），正如木村正中与伊牟田经久对《蜻蛉日记》的注释所言，"让读者自行想象，是一种惯用句的修辞。而且经常通过各种活用变形，来更加清楚地表达作者意见和感情的一种自我确认的手法"②。同样的表达在资料③中，用于兼家频繁前往新欢——近江处时从我门前过而不入，"我"当时的痛苦心情表述，"大家应该想象得到我今日比以往更加痛苦的心情"，是一种适合表达这种屈辱心情的强调表现。看似在向读者倾诉，但这是派生的、结果性的、现象的，其实是作者自然地用了物语类作品中的惯用表达，来进行自我表现与确认。不只资料①②与③在句末用了推量助动词"なむ"来表达感叹、倾诉，其他部分当作者对兼家的心情无法单向到达时，还会用"なむ"向

---

① 藤原道纲母.蜻蛉日记［M］.东京：小学馆.2000：128、172、217、216、318、173、223。笔者加黑强调。因论述需要，此处引用日语原文，汉语译文见下文分析。

② 藤原道纲母.蜻蛉日记［M］.东京：小学馆.2000：172。

他者倾诉的姿势。这种感情的起伏在上卷体现得比较强烈，共出现13例，中卷减少到7例，下卷则只有5例，而且其中4例跟兼家并无关系，说明叙述者道纲母的感情也从感性逐渐走向理智。还有文中多次用推量助动词"べし"表示"应该想到"的表达，只能理解为对散文表现尚不成熟的作者，表达自我悲痛心情的一种方法。

资料④的叙事时间是天禄元年年末到天禄二年年初，"又是一年。因为仪式与往年相同，所以不再记述"。关于年末年初行事的省略叙述，多数是自我表现、自我确认的手段或者强调表现。资料⑤是道纲给大和女写了和歌，女的没有回信，于是又写了一封，"虽然这一次女的回了信，但是算了，不记了吧"。虽然表面是一种面向读者的解说，实际是叙述者对自己的会话，经过思考，觉得此处记录和歌并无意义，于是决定放弃记录。现代日语中，也会用"よし"来后续说话者自己的决定等。《蜻蛉日记》中利用表达省略的例文还有很多，"一周忌法事的情况，与之前相同不再记述"（下卷）、"大尝会的事，不写我想也能知道。因为大家都熟知，所以不再详细叙述"（下卷）等，并非读者意识的特别表现，而是属于文章的叙述技法，如同私密的现代日记，尽管是写给自己看，倘若某日无事，也会特地写"今日无可记之事"等。

资料⑥与"序"一样，也经常被用作证明作者具有读者意识的典型例文。对于左大臣源高明被流放一事，补充道："本来写私事的日记不该记录这样的事情，觉得触动很大，所以记录下来。"虽然这件事与"我"没有直接关系，但是因为看到别人的不幸进而想到自己，并产生了共鸣。此处是一种"隐含读者"的体现。设想假若日记会被看到的一种潜意识，因为即使是私语言说，一旦被写于纸上，也就难以避免被可能的或将来的读者"窥见"，那么作为一介女流，"我"谈论政事是有原因的，实际上是以此为契机，吐露自己的内心，希望读者的"你"能理解。这个"你"，并没有具体

119

的所指。资料⑦记录了我梦见腹中有蛇吃内脏，于是往脸上浇水以自救的灵梦，"不知是吉梦还是噩梦，之所以记下来，是希望（看日记的你）不管是否信佛，通过'我'的命运来自己断定梦的吉凶吧"。言外之意，"我"已经不在乎梦的吉凶了，是一种近于绝望的自虐言辞，直接诉诸隐含读者，希望引起某种最直接的反应。既是一种自暴自弃式的表述，在言语中又透露出对别人同情的希望，这时真正的读者会很容易自觉化身为受述者。经验自我的道纲母并不知晓此梦是否可靠，但是叙述者道纲母已经知道，宗教与信仰也未能帮自己挽回与兼家的感情，也未能如愿再生子嗣，对梦与佛教信仰表示了怀疑，此处的叙述应该是为自己的解嘲。

　　从上述分析可知，《蜻蛉日记》并没有明确的受述者，受述者的存在是隐性的，但是作者对读者的关系有时会表面化。《紫式部日记》与《赞岐典侍日记》文中有显性的叙述接受者，前者文中插入的"书信部分"（消息文）有某位不知名的收信人，《赞岐典侍日记》在文末则表明此日记是写给朋友女房常陆殿，似乎有明确的具体读者。《紫式部日记》中插有评论其他女房、抒发内心感情的内容，在叙事结束后，以敬语的形式假装成是倾诉给某位的信：

> 刚才的信中有些事情无法继续充分表述，不管是好事还是坏事，琐事还是心语，都想讲给你听。虽然提笔之时意识到了几位顾忌之人，依然不知这样落笔是否合适。那么既然你也无聊，就来体会下我的无聊吧。如果你想到什么，不管多少，都写信给我吧。我要拜读。此信万一落入他人之手，定会惹很大麻烦吧，世上耳目众多。……读过后请立即将此信还回。①

---

① 紫式部.紫式部日記［M］.东京：小学館.2001：211。原文请参照附录4·3。

既然意识到会被别人偷看，还是忍不住述怀，可见作者自我意识的强烈，于是采用了这样的私人书信形式的叙事策略来避人耳目，以尽情地抒发感想。现在学界一般也认为是此仿写书信的部分为"拟书信体的日记"。"为缓和激烈的人物批评内容而采取的技术性操作较为妥当"①，"只有设定倾诉人物的书信体才是恰切的文体"②。《赞岐典侍日记》被视为日记文学中"读者意识最明显的代表性作品"③。"如果有人看到此日记，会批评说'身为一介女房，却装作什么都知道的样子，真令人厌'吧。"④ 并随之做出解释，可以说是作者面向读者发言的明显依据，但是并不意味着作者在写作伊始便以读者的公开阅读为前提。作者在序文中写道，"原本想如果写下来或许就不会那么悲伤了，没想到内心并没有得到慰藉，反而更加抑制不住悲伤"⑤。日记接近尾声，类似补记的跋文部分有一组作者与读过此日记的人的和歌赠答。对方问："为何写此文，读者泪凝噎。"作者回复："借笔来消愁，睹文心更悲。"⑥ 与序文相呼应。可见作者执笔此日记，本是为了借助文字的世界来消解内心的悲伤与愁思。但是搁笔之后内心尚未得到慰藉，于是在文末表明此日记是写给朋友女房常陆殿，因为两人曾一起叙说、回

---

① 今井卓爾.平安時代日記文学の研究［M］.东京：明治书院.1957：206。
② 山本利達.『紫式部日記』の表現と文体［A］.女流日記文学講座 第三卷［C］.东京：勉誠社.1991：214。
③ 参考 今井卓爾.平安時代日記文学の研究［M］.东京：明治书院.1957；今井卓爾.古代日記文学と読者［J］.文学・語学13号.1959（9）；中野幸一.日記文学—読者意識と享受層—［J］.文学・語学52号.1969（6）；今井源衛.讚岐典侍日記—平安女流日記研究の問題点とその整理—［J］.国文学解釈と鑑賞.1961（2）等。
④ 藤原長子.讚岐典侍日記 新編日本古典文学全集［M］.石井文夫注.东京：小学馆.2001：371。
⑤ 藤原長子.讚岐典侍日記 新編日本古典文学全集［M］.石井文夫注.东京：小学馆.2001：392。
⑥ 藤原長子.讚岐典侍日記 新編日本古典文学全集［M］.石井文夫注.东京：小学馆.2001：478。

忆,能够理解"我"在日记中表达的哀切之情,并产生感情的共鸣。如宫崎庄平所言,"能引起共鸣的人,是日记文学中通常被称为读者人群的实态吧"。笔者认为,日本先行研究中经常提到的《蜻蛉日记》作者创作是预想到读者的叙事表现、"读者意识",其实是叙事学理论中所言"隐含读者"。

《紫式部日记》中的收信人以及《赞岐典侍日记》中的常陆殿,是符合隐含读者形象的虚拟接受者,是作者为掩饰自我告白而采取的一种叙述技巧。如果现实中的读者也能够理解作者,与隐含读者形象合体,那么化身为叙述接受者;如果读者不符合作者创设的隐含读者形象,那么作者已在文中明确受述者,自己并非为众者阅读而写,归根还是为掩饰自我告白的文学技巧。身处现时代的我们作为读者,很难将自己化身为文本的叙述接受者,不符合作者的隐含读者形象。女性日记文学作者虚拟受述者,一方面源自作者的创作灵感与技巧,更蕴藏着作者的无奈与苦闷,既想宣泄内心的压抑又无合适的对象可诉,只好虚拟听者的孤寂之姿跃然纸上。《蜻蛉日记》真正的受述者是人物叙述者"我",作者与叙述者又合一,归根究底是作者的自说自话。

## 二、作者的自言自听

现代意义上说的日记(diary)源于西方文艺复兴时期个人意识的萌发,真正流行则始于十七世纪后。随着人的社会主体性的伸展,到了十九世纪,"日记发展成为一种自我探索、自我表达和自我发展的区域。日记成为积极构建个性的空间"①。近代的日记比较注重人的内心世界与自我意识,叙述者与受述者合一,具有隐私性。所谓"隐私"并非一定是不可告人之事,

---

① Catherine O'Sullivan. 一种特殊的文件——日记在西方的发展历史及未来[J]. 吴开平、蔡娜编译. 山西档案. 2006(3).

个人特定环境下隐秘的心理活动、生活中的琐碎细节也都可看作隐私。"隐私"之所以成为秘密，就在于它不能与他人言说。作者却有迫切的倾诉欲望，借助日记的形式自我倾诉。那么，《蜻蛉日记》为代表的女性日记文学是否具有私语性，与"读者意识"表现又是否矛盾，接下来探索。

《蜻蛉日记》可谓作者心灵的自叙传。一夫多妻的婚姻状态下，新婚燕尔甜蜜中的"我"夹杂着对未来不安的形象跃然纸上。"到了令人哀悲的秋末，与他的关系尚未十分亲密，每次见面我总是泪眼朦朦，觉得将来没有安全感，不由悲从心生"[1]。兼家后来的表现验证了"我"的担心。兼家在与"我"婚后不久，便与町小路的女人相恋并成婚。叙述者道纲母毫不掩饰自己对町小路女人的愤恨与嫉妒之心：

> 这样时间一天天过去，那个特别受宠的女人，自从生子后也日渐受冷落。因为她，我曾经心情极坏，想着只要自己多活两天，也要反过来让她也尝尝我曾经受过的伤害和痛苦。或许因为我这样想，她曾经大张旗鼓生下的孩子夭折了（中略）她的痛苦应该甚于我曾经的苦恼吧。想到这里，心里舒服多了。[2]

如果不是面向自我的倾诉，恐怕不会赤裸裸地将町小路女人丧子后自己幸灾乐祸的心理文字化。对平安时代局限在家庭之内的贵族女性而言，男女感情上的悲欢离合牵动着内心世界。刚开始丈夫兼家不来看望或者没有音信时，道纲母都充满哀怨，展示出自己灵魂挣扎的痛苦。"看以和睦的婚姻已经过了十一二年了。实际上我每天都在哀怨这不同于别人的不幸，有着无尽的愁思"[3]。可是随着时间的流逝，面对渐行渐远的丈夫，努力自我

---

[1] 藤原道綱母. 蜻蛉日記[M]. 东京：小学馆. 2000：96。
[2] 藤原道綱母. 蜻蛉日記[M]. 东京：小学馆. 2000：114。日语原文见附录3·7。
[3] 藤原道綱母. 蜻蛉日記[M]. 东京：小学馆. 2000：147。

释然，到了中卷似乎悟透人生，结尾处显示了此时的道纲母作为一名旁观者冷静地看待着周围的人与事："到了年终，什么事都已经想透了吧。"到了下卷的天禄三年，即使兼家不再常来，也不再像以前一样期待着脚步声与敲门声的响起，不再因为失落而绝望痛苦。其实字里行间仍可见她对兼家的依恋与期盼，那份纠结与煎熬都诉诸纸上。下卷中的道纲母，一方面羞于容颜的老去，一方面在文字世界中日益成熟，不再那么感性，将感情的余念转向儿子道纲与养女，笔墨更多倾向于记录下自己的衣食住行、日常琐事和喜怒哀乐。文中最后一次记录兼家是在日记中记载的最后一年的天延二年（974年）十一月的贺茂祭叙事中，我保持距离静观这些生命中最重要的人：仕途上风光得意的兼家车队，尽显权贵气派；儿子道纲被人尊敬、连侍从们都衣着光鲜；日益衰老的父亲因为身份只能在陪侍队列中，却也特地被兼家叫出并献酒。看到得益于丈夫兼家，自己的父亲与儿子也受到荣耀的礼遇，各自安好，正如她在文本所言，起码这片刻，她的内心得到了满足。在与公家男性的发言相对峙的"女人"的私人文字世界里，她记录生活轨迹，思绪人生。"以私怨这种执着于'我'的形式诉说自我，又明显超越了日常的时点……她的哀切之歌，以浪漫主义般灵魂告白的形式，创造了私小说精神的源流"[①]。《蜻蛉日记》作者道纲母将自己的体验融入记忆，又将记忆中不同时段的自己，在心理的时空中捏合成一个连续而统一的自我，探寻自我存在的意义，变无序为有序，回忆升华为审美与艺术。在借助文学语言活动创建的审美王国中，作者一方面凝视自我不幸、不遇的深渊，另一方面重新关注自我的现状，使得现实中的悲叹与哀叹得以救济。在审视过去、重述人生故事的过程中，通过自我对话，逐渐走出

---

① 笠原伸夫.私怨の文学「かげろふの日記」[A].かげろふ日記 回想と書くこと[C].深沢徹.东京：有精堂.1987：26。

感情失意的阴霾，发掘自我的人生意义。

作者道纲母还会在文本中通过唤起回忆，让"叙述自我"与曾经的"经验自我"交流对话。一方面时间流中日益成熟的"经验自我"，时常将"现在"的感觉与"过去"的记忆偶合，一阵雨、一杯水、一段路都可以成为触发"我"记忆的阀门。另一方面，因为整个故事是已发生的，所以作者道纲母又立于执笔"现在"的时间，摆脱线性时间的束缚，在回忆中寻找逝去的时间，或者回到现实以"叙述自我"的身份对忆起的"过去"进行解释、评论等干预。比如中卷安和二年（969年）十二月下雨的某日，"我"独自一人孤寂地听雨，想起以前兼家风雨无阻来看自己，才认清当时的他"或许未必是出于对我的爱，只是他生性的好色"[①]，现在更不该抱有期望了。因为对与兼家的关系感到失望，所以开始与道纲在父亲家斋戒、祈诵，不禁反思以前。"想当初听到别人说，现在的女子也都捻珠念经呢，还刻薄地想：好可怜啊，这样的女人该当寡妇了，可如今，这种想法去哪里了呢。从早到晚，专心念佛"[②]。通过悲叹的自我表述，回忆自己走过的足迹，反思过去的"我"，不断获得人生认识。到了下卷卷末，冷静地回顾以前的人生，"如此想来能活到今日，实属意外"，笔触冷彻，有大彻大悟之感，已没了上卷因私人爱情的拘泥带来的痛苦，从感性走向更加客观的观照。叙述者道纲母写日记的过程便是与时间对话、与自我对话，逐渐把自己引领出心灵的困境，感悟存在的意义与价值。"《蜻蛉日记》的'我'从自我投入到自我观照，从自我束缚到解放，也就是从主观认识向客观认识变化"[③]。在不断地反观过程中，逐步建立起自我意识，才能进一步自我认知，并在文字的写作中自我治疗。写日记的行为，对作者道纲母来说，与其说是自

---

[①] 藤原道綱母.蜻蛉日记[M].东京：小学馆.2000：215。
[②] 藤原道綱母.蜻蛉日记[M].东京：小学馆.2000：222。
[③] 内野信子.蜻蛉日記の表現論[M].东京：おうふう.2010：34。

我表述的主要手段，不如说是无法取代的方法。"日记文学的作者们，在她们不同的历史、社会背景下的经验事实中，深感自己立场的被动与不安。但是，能摆脱这种立场，可以积极地确立自我生存意义之路又在何方。她们只要逃离不出不安定的历史定位，就只能通过写作来回顾人生，创造能够超越现实，获得自我解放、确立自我价值的新世界"①。作者道纲母只有通过书写表述出自己的痛楚之情，将孤独的内心置于文学的创造世界中，才能获得自我解放。

日记文学中的读者意识并不同于虚构文学的公开读者，更像一种担心被他人阅读而面向读者的言辞，正是担心被他人看见，在意他人是如何评价自己，所以才自说自话地补充解释。这一点宫崎庄平有过论述，他指出"越是担心他人看见的日记作品，正因为警戒他人，所以看似读者意识的措辞和表现更多"②。当时书信、日记等私人写作也是被存在偷看的可能。如《紫式部日记》中对贺茂祭斋宫及其身边女官的评价源于紫式部偷看了中将君女官写给别人的信。"听说在斋宫身边有一位女官叫中将君。她写给别人的信，经别人偷偷拿给我看了。那封信的语气极其自负"③，这篇叙事最后再次提到"从那封信的语气来看，应该是写给一位身份高贵的人的，别人把那封信藏起来偷偷地拿给我看，看完后她又立刻偷偷地送回去了。真替她可惜"④。另外，被视为随笔文学的《枕草子》跋文部分也有"这本随笔本来只是把自己眼里看到、心里想到的事情记录下来，也没有打算给什么人去看，只是在家里住着，很是无聊的时候，记录下来的，不幸的是，这里

---

① 石坂妙子.『蜻蛉日記』研究の展望と問題点 [A].女流日記文学講座 第二巻 [C].東京：勉誠社.1990：337。
② 宮崎荘平.王朝女流日記文学の形象 [M].東京：おうふう.2003：43。
③ 紫式部.紫式部日記 [M].東京：小学館.2001：193。
④ 紫式部.紫式部日記 [M].東京：小学館.2001：201。

边随处有些文章，在别人看来，有点不很妥当的失言的地方，所以本来是想竭力隐藏着的，但是没有想到，却漏出到世上去了"①。紧接着又补充说想将自己随兴所写的东西公开来"倾听人们的评语"，清少纳言强调此书是没有意识到其他读者的私人作品，其实字里行间又透露出她已经意识到可能会被他人看见。但是这里所说的"想竭力隐藏"的意识或者行为，与日记文学是相通的。在私密性与现在不能同日而语的当时，必须有自己所写的东西可能会被他人看见的心理准备。"想到或许会被看到，因此不能赤裸裸地记述，因此在可以被看的范围内记述"②。赵宪章在《日记的私语言说与解构》的一文中，将日记作者担心所写被他人有意或无意阅读的心理，称之为假想到"隐身听者"的存在，尽管是对现代日记的论述，但同样适用于《蜻蛉日记》。"这一'隐身听者'是沉默的、无言的，没有独立的话语权，但其存在本身必然影响甚至左右日记的写作。'文饰'就是日记隐身听者存在的产物，从而在根本上导致了日记真实性和自由度是相对的、有限的"③。上卷序与跋的附加、第三人称的叙述、对素材的选择、结构的安排等，可能受当时物语文学手法的影响，但除了作者本人的写作造诣，更与"隐身听者"的存在有着不可分割的关联。正如宫崎庄平所言，"日记文学的第一义是自我完结、自我目的，这是日记文学的本性……但并不是说完全没有他者意识。即使第一要义是以自我为目的，但部分想让某位他者阅读也是不争的事实。"④但是，想让他者阅读并非目的，那种诉说自我，希望别人理解自己的真切心情才是动机。

日记文学正因为是以自我为中心的私语言说，所以才会出现叙事缺乏

---

① 清少纳言.枕草子［M］.周作人译.北京：中国对外翻译出版公司.2000：439。
② 今井卓尔.古代日記文学と読者［J］.文学・語学（13号）.1959（9）。
③ 赵宪章.日记的私语言说与解构［J］.文艺理论研究.2005（3）：90。
④ 石原昭平、三角洋一（他）.日記文学事典［K］.东京：勉诚社.1992：26。

127

紧凑性与统一性等结构特征。《蜻蛉日记》文章开篇在回顾过去的时光时，感叹"时光荏苒"，这已逝的时光，究竟是作者怀有梦想的青春时代，还是与兼家夫妇关系存续的期间，现行诸注释有着不同的解说，每个读者浮现的道纲母过去的影像可能都不尽相同。但是只此一句，作者自己会立即浮现要记录的昔日时光，不必对他人交代。进入正题后介绍兼家为"职任柏木的那一位"（柏木の木高きわたり），即使对熟知柏木是兵卫督・佐・尉（兵卫府的长官、次官、三等官）异名的当时的人来说，如果不是熟知作者的人，恐怕也并不能立即想到是兼家，何况现代读者。作者也不会特意去解说人物关系、自家的家庭身世等，因为是面向自己的。后文中尽管采用的是第一人称叙述视角，读者也能根据历史史实与文本叙事，推断出人物关系，但是作者本人未曾明确提到自己，以及兼家、道纲、家人这些自己生命中重要人物的名字与身世，仅用"×人"或者最多个别处用官职代称。正如渡边实际上将《蜻蛉日记》视为不考虑他者的"当事者表现""生动的自我告白"，"只有用与自己同化的当事者之笔写作，才能理解自己喜怒哀乐的事情……是没有特定对象，只是迫于自己内在欲求的表现行为"[①]。所以我们至今无法从文本中获得作者的姓名、出生年月等基本信息，近代读者疑惑的《蜻蛉日记》下卷主题的丧失、《紫式部日记》唐突的结尾等都源于其日记的私语性特征。

　　欧美十八世纪的自传文学同样是既以自我为素材又兼具文学性，因此有学者将日记文学视为自传文学。如森田兼吉认为"《蜻蛉日记》完全符合勒热纳所阐释的自传诸条件……从现代欧美文学形体论来看，《蜻蛉日记》与日记相比更近似于自传。"[②] 石坂秒子提出"自传文学的作者（严格来说

---

① 渡辺実.平安朝文章史［M］.东京：东京大学出版会.1981：103。
② 森田兼吉.日记文学の成立と展開［M］.东京：笠间书院.1996：92-93。

写作的人），叙述者与主人公同一，对个人生涯的回顾叙事等定位，日记文艺都符合。日记文学正是自传文学"①。但是两者还是不同的，自传文学兼以他人的阅读为目的，于是精密地挖掘过去，向读者厘清人物关系，探寻我是谁。而日本平安、镰仓时期的日记文学则缺少这样科学、合理、实验性的构想，而是立于某个出发点，选择人生的某个侧面、时期，并非面面俱到地叙写。作者的写作不像汉文日记那样以备忘为目的，也不像虚构文学以广泛的读者阅读为目的，而是以此作为抒发情感的家园，只叙写作者自明的事情，抒情述思。"一般来说平安日记，至少以执笔者的心情来说，不打算公开。而且从日记文学的形成过程来看，作为假名日记母胎的汉文日记，已经是非公开的了"②。平安朝日记文学作者对自我内心世界的关注方面更接近于现代日记，以"我"为基调叙述自我。

## 小结

"以《蜻蛉日记》为始，十世纪后半期至十四世纪中叶，出现'诉说自我'的女性文学，从世界视野来看也是称奇的"③。平安时期的女性日记文学不是单纯的记录性日记，而是作者通过写日记的自我告白来抒情解思，面向自我用来治疗心灵创伤。这和精神分析治疗的原理相通，即引导病人自己讲述出过去压抑的情感、欲望，从而宣泄负面记忆带来的伤害，努力为其建构一个更加有意义的自我，因此《蜻蛉日记》并非作者假借文学的名义将个人隐私公开化的哗众取宠。《蜻蛉日记》中和歌性技巧的多用、向读

---

① 石坂秒子.平安朝日记文芸の研究［M］.东京：新典社.1997：9。
② 柿本奖.蜻蛉日记全注释下 解说［M］.东京：角川书店.1973：275。
③ 今関敏子.仮名日记文学論—王朝女性たちの時空と自我・その表象［M］.东京：笠間书院. 2013：7。

者倾诉的叙述表现、《紫式部日记》"书信部分"某位不知名的收信人、《赞岐典侍日记》的受述者朋友常陆殿,都是源于"隐身听者"的存在,是作者为掩饰自我告白而采取的一种文学手段。作者预设的读者形象是能够理解自己、与自己感情产生共鸣的"隐含读者",与"隐含作者"一样都是无形的,并非真实生活中的读者。生活中的真实读者如果符合作者创设的隐含读者形象,与作者的感情产生共鸣,那么会与作者叙述交流的对象合体,自觉化为受述者。《蜻蛉日记》文本中的叙述者与受述者都是"我",因为是自我故事的真实叙事,因此声音与耳朵的真正主体为作者道纲母本人。作者试图通过"写"来表达自己所怀的悲叹之情,话语表面具有对他者倾诉与自说自话的双重性,但对他者的倾诉还是源于希望自我心情能得到释然与慰藉,归根到底还属于自言自听。两千余年后的我们能成为《蜻蛉日记》的真实读者,是作者创作伊始所不曾想到的。"她们的日记,恐怕不以他人阅读为目的。为了与自己的内心对话,抚慰无法忍受的自我孤独而写"[1]。作者道纲母在《蜻蛉日记》中,呈现了"我"不可与他人言说的情感,营造了私人的精神领域与审美空间,言为心声,自说自话。作者本不愿视之于他人,至少不以公开的他人阅读为目的,但结果上还是成了他人体悟生命的参照。

---

[1] 梅原猛.王朝女流日記の内面凝視[J].国文学:解釈と教材の研究.1969(5):20。

# 第三章 《蜻蛉日记》叙事的时间特征：昔今交织

叙事离不开时间，"叙事的本质是对神秘的、易逝的时间的凝固与保存"①。日记文学作品属于叙事文本，时间是日记文学的必要要素，"日记文学是基于时间才得以成立的文学"②。时间与叙事的关系也是叙事学的重要议题，"故事"与"话语"是西方叙事学家分析文本时间结构的两个层面，用"故事时间"与"话语时间"的差异来解释叙事文本所具有的双重时间。"故事时间"是事件发生所需的实际时间以及时间顺序，如我们日常生活中用时刻、日历来记录对时间的体验。但我们阅读某个文本，首先接触到的是"话语时间"，又称叙事时间、叙述时间，是经由叙述者对"故事时间"进行重新剪辑、组合后的时间。人生中发生的故事时间是立体的、多维的，几个事件可以同时发生，但是叙事却必须运用话语一件件将其厘清，所以时间顺序对叙事而言意义非同小可。"任何叙事文，都要告诉读者，某一事件从某一点开始，经过一道固定的时间流程，而到某一点结束。因此，我们可以把它看成是一个充满动态的过程，亦即人生许多经验一段一段的拼接"③。热奈特在《叙事话语》中运用"时序"（order）、"时距"（duration）、"频率"（frequency）的重要概念，对"故事时间"和"话语时间"之间的

---

① 龙迪勇.寻找失去的时间——试论叙事的本质[J].江西社会科学.2000（9）：48.
② 石原昭平.日記文学における時間—日次と月次をめぐって[J].日本文学11.1977（11）：58.
③ 浦安迪.中国叙事学[M].北京：北京大学出版社.1996：6.

关联进行了理论阐述。热奈特提出,"研究叙事的时间顺序,就是对照事件或时间段在叙述话语的排列顺序和这些事件或时间段在故事中的接续顺序"①,并且提出叙述过程中叙述者常采用事件发生前便预先叙述的"预叙"、事件时间早于叙述时间的"倒叙",以及回顾性填补时间的"省叙"技巧。

任何个人的经验都不可能与艺术完全吻合,叙述过程中完全按照故事发生的自然时序进行是不现实的,即便是日记式或者传记式叙事。正如法国哲学家保罗·利科(Paul Ricoeur)所说,虚构叙事与历史叙事均涉及"时间的塑形","历史叙事和虚构叙事在塑形层面的叠合并不令我们吃惊,只不过史学家参照的是实际的过去,而小说家参照的是虚构的过去"②。《蜻蛉日记》取材于作者道纲母21年的婚姻生活经历,作者在某个契机下回忆或近或远的过往,并将其付诸笔端,存在作者实际经历、体验的时间,也就是"故事时间",以及体现在文本中的叙事时间、作者执笔的写作时间。《蜻蛉日记》作者将个人实际生活中的和歌草稿、来往书信、纪行文、记录性日记等背负不同功能的多样素材,根据叙述需要进行取舍、消化、重组等艺术加工后,不可能与事件实际发生的物理时间,也就是故事时间保持绝对一致。俄国宗教思想家、哲学家别尔佳耶(N.A.Berdyayer)认为,时间按其特征来说有三种基本类型,即宇宙的(性质是环形的)、历史的(性质是线性的)以及存在的(心理上的,其性质是垂直的)。③本章节在吸收众前贤研究成果的基础上,从《蜻蛉日记》话语时间对故事时间的承袭与错位两个层面,以及历史的线性时间、自然的循环时间、内在的心理

---

① (法)热奈特.叙事话语 新叙事话语[M].王文融译.北京:中国社会科学出版社.1990:14。

② (法)保尔·利科.虚构叙事中时间的塑形[M].王文融译.北京:三联书店出版社.2003:290。

③ 转引自 谭君强.叙事学导论——从经典叙事到后经典叙事学[M].北京:高等教育出版社.2008:116。

时间三个维度，分析文本叙事的时间特征，探索作者如何在时间流中展现、拼接自己的人生经验与履历，对作者的写作时间也一并做以解析。

## 第一节　历史时间流中的循环更迭

人类认识时间之前已经切身体验到了时间，远古时代的人们对时间的认识源于对生活的直观需要。同属东方文化圈的古代日本文化中心所在地，四季分明，古人对诸如春去秋来、昼夜更替、草木荣枯的自然现象非常敏感，另一方面，又在自然万象生生不息的进展中，发现个人生命的短暂与无常，产生了对时间直线性、不可逆性的焦虑。可以说"时间意识一头连着宇宙意识，一头连着生命意识"[①]。中国历法大约七世纪传入日本并得以流传，在此之前古人采用的是自然历或农耕历。历法形成后，时间被等质划分成年、月、日、时的抽象时间，以月历为基础，每年正月始十二月终，每月一日始晦日终。为了掌握清晰的故事脉络，笔者依据小学馆刊新编日本古典文学全集中的《蜻蛉日记》版本，整理了上、中、下卷散文叙事部分的年历、月历、日历、时刻等时间表述，简明呈现文本中有关时间表述的叙事表现，详见本章文末所附表1、附表2。

### 一、历史时间流逝中的人情琐事

#### （一）编年体时间框架

《蜻蛉日记》"序文"未伴有具体的时间标识，但是开篇"因为已逝岁月有些久远，只能凭模糊的记忆叙述，可能有不够准确之处"的概述，奠

---

[①] 杨义.中国叙事学[M].北京：人民出版社.1997：120.

定了回顾性叙述视角，成为"叙述现在"，时况上应该属于追述的第一叙述层。"序"之后的故事从兼家与"我"交往的"故事现在"开始叙述，属于第二叙述层。从附表1和附表2中可见，第二叙述层中，几乎每年的叙事有完整的始与终，编年意识的流淌是《蜻蛉日记》叙事时间的基调。时序上基本按照事件自然发展的历史顺序进行顺叙。"顺序性要素的介入，于无序中寻找有序，赋予紊乱的片段以位置、层次和意义"[①]。所以叙述真实人物生平的日记、传记类文学通常选取人物生平的某个起点，按历史时间进行顺叙。《蜻蛉日记》只在下卷"天禄三年"处明确地体现了年历，而且用了"天明之后，应该是天历三年"的"应该"（めり）这一委婉判断表现，作者作为不参与政治的贵族女性，可能没有明确的纪年意识，但从附表可见编年意识，叙事的展开中有明显的年次更替表述可查，尽管有疏密之差，但也能结合史料及对时间的叙述进行历史时间的还原，属于隐性编年叙事时间类型。年次更替之时，作者总会提到新年、元旦以及年末、除夕的更年表述，大多年初与年末分开表示，也有类似"过完年，又迎来了新春""到了除夕，春天又过了一半"一句话涵盖年末与新春的概述。比如上卷应和三年（963年）夏天的叙事结束后，用"春天已过，到了夏季"，暗示时间来到康保元年（964年），年历的更替也是不言自明。

　　时间跨度为二十一年的叙事中，只有上卷天德二年（957年）至应和二年（962年）期间，叙事没有明确的年次标识，叙事顺序变得不明晰，更是将天德三年至应和元年三年间的叙事省略。上卷记录了村上天皇驾崩、藤原佐理夫妻出家等与"个人命运"（身の上）无关的事项，却对这三年间作者身边发生的兼家与兼忠女交往并产女（下卷有所补叙）、兼家父亲去世、兼家异母弟高光出家等素材全部省略，引起了学者的关注。学界通常认为

---

① 杨义.中国叙事学[M].北京：人民出版社.1997：61。

是作者缺失了对所咏和歌情况进行解释的"咏草"等资料。水野隆[①]提出了不同见解，认为作者于此空白期已完成了上卷与兼家长歌赠答之前的部分并供人传阅，创作欲求一度得到满足后，于此时间段开始执笔上卷后半部分，是作者有意空出。但是，正如本论第二章所述，《蜻蛉日记》作者并非以公开阅读为目的进行写作，上卷的整理写作时间晚于真实的故事时间多年，因此笔者也更倾向于认为此三年的叙事省略源于作者回忆执笔时的资料缺失或者误失。

五年叙事时间的模糊发生在天德元年（957年）（也有天德二年说）十月道纲母与兼家的长歌赠答之后，因此，道纲母向兼家倾诉衷肠的123句长歌也常成为探讨的对象。通常如川口久雄所言，作者时隔多年在写此日记时，"把长歌作为重要的资料，先按长歌的内容排列前期的和歌，并用散文衔接，最后再置入此长歌。因此，年历在此长歌处出现混乱"[②]。但是西原和夫认为，此长歌并非作为资料早已存在，而是作者回忆写作日记时，总括以前的经历新作，"长歌不只是之前经历的概括，而且是日记全体的原形，不能按作品中年次顺序的定位来理解作者的写作"[③]。宫崎庄平提出反驳，"此长歌好像作者之前经历的凝缩，但不是作者后期根据将日记的记事进行概括而咏，而是在长歌的引导下，展开日记记事的叙述"[④]。的确，长歌的内容与之前的叙事呈现对应之相，毕竟作者道纲母在组织文本时会按某种主题有意筛选，此长歌可谓道纲母之前经历的凝缩。但并非西原和夫等学者提出的，长歌是作者于上卷执笔时根据前半部分的叙事内容另作，否

---

① 水野隆.蜻蛉日記上卷の成立過程に関する試論［A］.上村悦子編.論叢王朝文学［C］.東京：笠間書院.1978。
② 川口久雄（校注）.蜻蛉日記 補注 日本古典文学大系［M］.東京：岩波書店.1957：340。
③ 西原和夫.蜻蛉日記注解 十三［J］.国文学 解釈と鑑賞.1963（5）。
④ 宮崎莊平.蜻蛉日記上卷の長歌をめぐって［A］.上村悦子.論叢王朝文学［C］.東京：笠間書院.1978：216。

则兼家89句的返歌，以及长歌赠答后与兼家的几组短歌赠答也是作者虚构创作的。但是从兼家返歌的笔调、语气、水平来看，此处兼家回的和歌与作品中其他兼家的和歌一致，应为兼家本人所作。

## （二）月历为单位的叙事推移

从本章附表1、附表2中可见，每年的叙事主要以月份或者季节为叙事单位。比如"到了×月""×月又过去了×天""×月的一天"等随着月历推移的顺序叙述。上卷以接近卷末的康保三年（966年）起月历及日历的时间叙事较为详细，到了中、下卷叙事速度放缓，日历、时刻频现，但依然遵循了以月历为单位的时间推移特征。从中卷天禄二年（971年）至下卷结束的天延二年（974年），每个月的时间表述都不欠缺，虽然有的只是模糊提及时间，未展开具体的叙事，连闰月都有清楚记录。但是上卷整整十五年间的叙事却没有闰月的记载，更多的是月份与季节的概述，也较少出现具体日历的标注，可见故事时间与作者写作时间间隔较远，存在作者对时间记忆的模糊。宫崎庄平分析了女性日记文学作品中闰月时间意识的单薄，认为中、下卷闰月的存在是个例外，"可以考虑到事先存有假名具注历"。①

但是中卷安和二年（969年）八月（据史料记载实为七月），道纲母被委托作屏风和歌的叙事，到第二年天禄元年三月，故事时间中约半年间跨度的生活、心情被简略而淡然地一笔概述，约半年时间的故事时长，在文本中的长度只有前后的六行：

> 时光在这些琐事中流逝，秋去冬来，自己没有什么值得一记的事情，但也在外界的诸事烦扰中到了十一月。积雪很深，有时会莫名心

---

① 宫崎莊平.日記文学における時間の問題一つ—「閏月」記載の存否をめぐって—[A].守屋省吾.論集日記文学の地平[C].东京：新典社.2000：364.

烦，厌己，恨他，悲命。沉思中想到一首和歌：积雪日深岁亦增，雪融未见愁恨消。这样胡思乱想着到了除夕。转眼间新的一年的春天又过了一半。他要搬至新建的豪宅，又是要明天搬、又是今夜搬的，却是意料之中搬新宅与我无关。①

这段时期发生的冷泉天皇让位、元融天皇即位的践祚仪式、兼家升至正三位、道纲被允许升殿见习、藤原登子成为尚侍、藤原师尹去世等身边的事情②用"外界的诸事烦扰"略掉，叙事时间几乎为零，只将反应此时心境的独咏和歌与简单散文纳入作品中。但是此文前后的时间密度都比较紧凑，而且以此为界，中卷前后的叙事风格存在差异，呈现"断层"，中卷前半部分比上卷叙事紧密，但赠答和歌多而独咏歌较少，叙事内容纷杂方面与上卷接近，后半部分则独咏和歌增多，叙事密度大。因此以独咏和歌为中心的这段叙事引起了众多学者的关注。川嶋明子与上村悦子③认为，接下来天禄元年（970年）作者未被迎入兼家新府的期待落空对作者来说是个沉重的打击，因此一首独咏和歌透露出文章中前所未有的一种悲哀、绝望感。长户千惠子④则考察认为，此和歌本身是十一月间作者睹雪而作的和歌，此类"积雪"和歌可谓日本古代和歌的惯用表现，而且独咏和歌中的"身をぞ恨むる"（愁恨）与散文叙述部分的"人つらく"（恨他）相呼应，来表达对自己不被恋人挂念而无可奈何的绝望与自怨自艾，也是《蜻蛉日记》同时代和歌所采用的表现套式。这样看来，独咏和歌是对自我命运的

---

① 藤原道綱母.蜻蛉日記[M].东京：小学館.2000：186-187。原文见附录3·8。
② 木村正中·伊牟田経久（注）.蜻蛉日記（新編日本古典文学全集）[M].东京：小学館.2000：186。
③ 川嶋明子.蜻蛉日記における不幸の変容—成立を探る一つの手がかり—[J].国語国文研究.1966年3月；上村悦子.蜻蛉日記解釈大成 3[M].东京：明治书院.1987。
④ 長戸千恵子.蜻蛉日記の表現と構造[M].东京：風間书房.2005：131-132。

感叹，而不是基于未被迎入兼家府邸的事件。笔者认同此观点，作者写作积雪的独咏和歌的时间应该发生在未被迎入兼家府邸之前，作者回忆过往人生，整理、写作上卷时心情压抑，受窗外积雪启发诉诸为独咏歌。安和二年（969年）秋至第二年天禄元年春，作者整理、执笔上卷，同时预备好可作为素材的身边的书信、和歌草稿、备忘录等，并进行选择取舍等基础的文学加工，完成上卷后开始中卷的执笔。① 因此中卷前半部分依然以季节与月份的推移为主，具有上卷风格的残存以及中卷后半部分叙事风格萌芽的两面性。

作者将自己人生的片段导入直线的时间长河中，以内在情感的关联进行叙述时，偶尔也会记乱事情的时间经过，毕竟不是虚构文学的精密构思。比如天延元年（973年）九月至二年正月，循环记录了三个叙事群段。这种重复叙述并非因为事件本身存在的重复，也不是作者为了强调而特地采取的叙述技巧，而是一种叙事时序的混乱。或许作者执笔时对此段时间的日记、笔记等素材资料未加整理，因此出现作者试图补写、修正错乱与遗漏的痕迹。

### （三）日历时间的印记

平安初期男性用汉文记录的应用体日记，不管公私，均明确标示年、月、日，乃至时刻，当日或者隔日记事。比如藤原道长的私人日记《御堂关白记》长和五年（1016年）正月条，从一日到二十四日几乎每日必付日历而记："一日、丙午、天地四方拜如常、（中略）二日、丁未、天晴、人々被拜禮、（中略）三日、戊申、左大将家上達部多来云々"②，公家日记更是毋庸置疑。《蜻蛉日记》为代表的女性日记文学虽然没有应用性日记中严格

---

① 長戸千惠子.蜻蛉日記の表現と構造［M］.东京：风间书房.2005：137-138.
② 藤原道長.御堂関白記全注釈　長和元年［M］.山中裕编.京都：思文阁出版.2009：3.

的日次排列，拘泥于年月日的明确标注，并非字面意义上的"日记"之意。但是到了《蜻蛉日记》下卷，随着故事时间与作者执笔时间间隔越来越近，话语中日历排列越来越紧凑。尤其下卷天禄三年正月、二月、闰二月、三月份的叙事，几乎每日都有提及。以下卷天禄三年二月及闰二月部分的叙事为例，可感受到日记的每日必记的时间特征：

> 二十五日的夜里，后半夜的时候外面一片吵嚷声，起火了。听喧闹声应该很近，原来是令我憎恨的女人（近江）处起火。二十五、二十六日两天，听说他有避讳不宜出门，让人从门下递来的信，言辞很真切，现在连收到这样的信都觉得不可思议了。二十七日，他家到我家的方向不吉。二十八日白天，下午两三点，听有人喊"大人来了"……闰二月的初一，静静地下着雨。此后，天晴。三日，想着我家方向该不会不吉利了，但全无音信。四日亦如此，虽觉得奇怪却也正准备入睡，听说有人家半夜失火……天明之后，便急匆匆回去了。六日、七日有避忌。八日下雨。夜晚，听见石上苔藓似乎因被雨水击打正发出不悦的呻吟声。十日，参拜贺茂神社。①

从上述例文可见，几乎每日必提，虽然只是寥寥数言，甚至仅有一句，或者只是单纯地叙天气，与前后叙事并无直接关联。虽然下卷因为迎接养女、右马头藤原远度的求婚等的叙事常被认为具有情节的曲折性。但是，排日记事的叙事比被称为最具"日记性"的中卷还多，叙事间相互分散，没有过多的相连性，笔者认为比中卷更具有"日记性"。

从本章附表2中可见，自中卷天禄元年（970年）起，早、午、晚，以及"未时""酉时"等具体时刻开始变多，日历及时刻的细化表述集中在天禄二三年。时间的细化主要用于纪行文以及"经验自我"的心境描写。

---

① 藤原道綱母.蜻蛉日记［M］.东京：小学馆.2000：287-290.日语原文见文末附录3·9。

如天禄二年（971年）元月一日及四日兼家从门前过而不入的叙事。"下午未时前后，听到他侍从们嘈杂的声音，我的侍女们以为他要来于是忙着做准备，没想到他们喧闹着过而不入。想着是不是有急事，结果一晚上都没来"。①兼家从"我"门前过而不入直接前往新情人近江处，时间具体到刻的叙述，将"我"由期盼转失望、进而绝望的心情跃然纸上，正是盼得深，恋得切，才去留意他何时去何时回。听着兼家一行早晚两次从门前经过时渐行渐远的脚步声、说话声时，"我"内心的煎熬与痛苦让读者也仿佛感同身受。但是天禄二年九至十一月三个月的叙事速度却突然加快，"九月末，天色引人愁思……十月在我们的惋惜中流逝……十一月依然如故"②，三个月的叙事仅仅占了文本的17行，而天禄二年每个月的平均时距则是48.58行③。天禄二年六月的鸣泷蛰居修行被认为是作者道纲母回顾人生的契机，从鸣泷修行到天禄二年后半部分，被认为是中卷或者上、中卷的执笔时期④。笔者认为天禄二年九月至年末是中卷的执笔期，九月至十一月中对人生的感慨是作者写作中卷过程中"叙述自我"的所感与所思。自天禄二年年末作者下决心努力放弃对兼家的执着起，极力表现出一种心境的平和，而进入天禄三年叙述者以看似平静的语调叙述着"我"的身边琐事与心境，日历、具体时刻的时间叙事也越发紧密，但是不再仅仅围绕兼家，还有了"二月十二日风夹雪，午时左右转雨""到了八月，一日那天下雨，未时左右开始晴"这样对外界自然的观照。据此，笔者认为天禄三年的叙事应该

---

① 藤原道綱母.蜻蛉日記［M］.东京：小学馆.2000：216.
② 藤原道綱母.蜻蛉日記［M］.东京：小学馆.2000：264-265.
③ 具体时距参照本章第二节【表2】.
④ 喜多義勇.全講蜻蛉日記［M］.东京：至文堂.1961；藤岡作太郎.国文学全史平安朝篇［M］.东京：塙书房.1905（本文采用的是1971年东洋文库的复刊本）；秋山虔.蜻蛉日记の世界//王朝女流文学の形成［M］.东京：塙书房.1967；上村悦子.蜻蛉日記成立論//蜻蛉日記の研究［M］.东京：明治书院.1972.

是继中卷之后即时执笔,近似于记录性日记,或者以此日记类为素材,叙述者与人物合体,体现的是天禄三年时作者的心相表征。接近尾声的天延二年,"我"与兼家的夫妻关系名存实亡,视线逐渐转向儿女身上,时间叙事较为集中的四五月间,是右马头频繁向养女求婚部分,儿女代替兼家成了"我"生活的重心,但字里行间透露出的还是对兼家的期待。从叙事时间来看下卷应在距天延二年间隔时间不短的天延三年最终完成。

"如果小说以某个人物或者某个事件的活动发展为线索叙事,评论家称这种叙事文学的特征为小说的'历时性',即以'过去—现在—将来'的物理时间为叙事模式在小说中艺术地展现客观世界。这种模式经几千年的积淀已成为传统小说的叙事模式"[①]。《蜻蛉日记》基本依循着故事时间的时序,按照年月日时的历时顺序、春去秋来的四季变迁,诉说着人生中从过去到现在的那些人与事。在不可逆转的时间长河中回顾人生,会意识到自我与他人的不同,进而产生了自我的自觉与意识。加上作者道纲母的文学素养,还有当时的社会、文学环境等外因,才有了《蜻蛉日记》的出现。贵族女性以自我为素材,取材于自己身边之事、之思的写作中,"直线前进的时间意识、不同于他者的自我意识也是不可欠缺的。这是自传、日记文学、私小说所共通的要素"[②]。个人的一生在有限的时间段内不可逆转地直线前行,而无限流动的岁月,在年历的圆周上、四季的循环中可以往复。

## 二、自然时间流转中的哀怨情愁

平安时代的日本,借鉴中国的历法,采用的是具备月影推移与季节推

---

① 袁芳.传统叙事模式的超越论—20世纪西方经典现代主义小说中时间模式的变革[J].北京联合大学学报(人文社会科学版).2014(4):85.
② 今関敏子.仮名日記文学論—王朝女性たちの時空と自我・その表象[M].東京:笠間書院. 2013:37.

移的二元历法，自然变化与农事相连，春来冬去中流走一年。八世纪的《万叶集》中吟咏自然的和歌，由于贵族已经与生产脱离，失去了记纪歌谣中与生活的密切性。四季不再与春耕秋收相连，而是与植物花鸟结合在一起，出现春花、夏布谷鸟、秋红叶、冬雪或者梅等类型化表达。万叶歌人感触到了自然的变化、四季的推移，但却不是依据历法知识的四季区分，而是与当时的自然合为一体而咏叹，与时共生。平安贵族进一步将生产者对时间的敏锐感性，转移并升华到非生产性的文化领域，孕育出"物哀"的美意识。《古今和歌集》等和歌集按历法知识的四季分类，感叹与自然的轮回相对照的人世的一次性，流淌着直线的时间意识。正如平野仁启[①]论证认为，《万叶集》时代的时间还是神话的、循环的时间意识，但是社会激烈变动，加上诸行无常的佛教思想影响，比如大半家持是漂浮在循环的时间与流逝的时间之间的存在，《古今集》所示的已不是循环的时间，而是在时间的推移中凝视人事与自然。《古今集》的这种时间性，进一步具体来说是对四季推移的敏感性，高木市之助将其拓展到整个平安时代的文学，认为原因在于平安京固定的、人工的性格，"强行按时间恢复了被空间夺取的自然"[②]。

平安朝的贵族女性更是在京都自己府邸这一狭小封闭的空间，伴随着春夏秋冬的季节更替，感受自然，并在文字的世界中省视人生。《枕草子》以春曙、夏夜、秋夕、冬晨等开头，四季之景物逐渐发展为一种制度化的"季语"。《蜻蛉日记》的作者道纲母在春莺、夏蝉、秋雨、冬雪中凝视人生，四季流转中映衬着个人的哀怨情仇，意识到了人世（世の中）——以男女关系为中心——的无常，并表现到了文本中。自然时间是无限流逝的，

---

① 平野仁啓.日本人の時間意識の展開—古代から中世へ—[J].明治大学文学部紀要 文芸研究 21号.1969（10）。

② 高木市之助.日本文学の環境[M].东京：河出书房.1938：111。

人的一生却在有限的时间线上由生至死，幼年、少年、青年、中年、老年的时间分节不能逆转，不管个人是否愿意，都必须投身于其中，经历着老、病、死诸种分离。认识到生命的有限性以及时光的不可逆性时，个人便涌现"世"是变幻莫测、"无常"（はかない）的悲哀情绪，表达无常、虚渺"はかなし"也成为作者道纲母意欲表达的叙事主题。正如《蜻蛉日记》"序"首句所点明的"时光荏苒，人世虚渺"，既是对人生时间流逝的感叹，更是对在兼家婚姻生活中孤苦与悲戚的哀息。

《蜻蛉日记》二十一年的春秋中，在充满希望与热闹的年次更替之时，"我"总是陷入沉思。平安贵族们依据历法，认为于新年第一天，倾听或者等待春莺的初音为风流之举，有新年迎春的时间意识。藤原道纲母也不例外，文中体现了人们共出现13次与春莺相关经历的叙述。天禄二年（971年）六月鸣泷修行之前的黄莺啼鸣，不只是春天的风情，更引起"我"对过去与现在的比较、慨叹，引发"我"的感伤。如天禄二年一月，"外面已是和歌所吟咏的和煦之春，每当听到莺鸣，没有不流泪的时候"①。但是到了第二年的天禄三年一月，"今日是二十三日，早晨尚未将格子掀起时，身边的侍女已经起床打开门说'啊，下雪了'，听到了春莺的初鸣，但是我的心态已经老了，不再想起那些毫无意义的和歌了"②。《蜻蛉日记》中最后一年的天延二年却根本未闻春莺鸣，"他从八月就音信全无，想到又是新年了，不禁泪流满面，自吟和歌：春莺春日不知啼，空留一人独悲泣"③。对或许还在冬眠不知春已来的春莺发问，也是对自己一直长夜孤独何时为尽头的发问，将无念的声音寄托于独咏和歌。"理解了春莺叙事的背后，是回想与过去、现在的比较、慨叹，才能明白天禄二年、天延二年的作者泪的真意以

---

① 藤原道纲母.蜻蛉日记［M］.东京：小学馆.2000：217。
② 藤原道纲母.蜻蛉日记［M］.东京：小学馆.2000：271。
③ 藤原道纲母.蜻蛉日记［M］.东京：小学馆.2000：322。

及天禄三年的消极"[1]。自始至终,不如意与悲戚都是《蜻蛉日记》初春的基本格调,明媚的春日会循环,但直线前进的青春却一逝不返,徒增徒劳感与孤寂感,作者在两种时间中分裂、叹息。

倘若说对四季更迭的时间循环敏感是古代东方人所共有的,那么昼夜的更换则对"访妻制"下的平安贵族有着别样的意味。婚后依然住在娘家的贵族女性,傍晚时分盼着心上人的到来,黎明又意味着分离与不舍;分别之后便盼望着所爱之人那饱含深情的和歌与书信来抚慰孤独与思念的心。因此,《蜻蛉日记》中的晨昏、时辰,更多是记录兼家本人是否来过,是否有和歌与书信送来,也才有"已有三十余夜,四十余日未见"的昼夜分明的哀怨。

《蜻蛉日记》中还多次记述了道纲母参拜寺院、僧人诵经等佛事。但道纲母参拜寺庙是为了摆脱现世苦恼,追求现世的幸福,诸如求生子、求与兼家的爱情长久、求儿子的健康昌达等,并非看破红尘,寄希望于来世,也未体现佛教的那种"生死轮回"的时间超越与循环意识。佛教的轮回观通常伴随着无常感,《蜻蛉日记》中共出现24例表达无常感的"ものはかなし""はかなし",但与万物百变流转的意识相比,更多的是诸如"その年はかなく暮れぬ"(这一年就这样匆匆流过)、"はかなきながら秋冬も過ごしつ"(无所依赖地度过秋冬)这样的对时间流逝的感叹,以及直线时间流中对人生虚无的惋惜。《蜻蛉日记》中"宿世"(すくせ)一词共出现5例,诸如"从以前就觉得夫妻关系不尽如意,不管多么痛苦,或许是我前世的宿命"[2],认为自己今世的悲苦是由于前世的罪孽,但只是限于某个场合的一时感叹,并未提及后世等,也非基于虔诚佛教信仰的三世轮回观。相

---

[1] 佐藤勢紀子.道綱母の年始観をめぐる一考察—時間意識解明の手がかりとして[A].深沢徹.かげろふ日記 回想と書くこと[C].東京:有精堂.1987:139.
[2] 藤原道綱母.蜻蛉日記[M].東京:小学館.2000:121.

反，道纲母在生病时、占卜中的"死期"临近时，流露出的是对尘世的眷恋，以及死的忧惧，体味到的是人生的短暂。正如津田左右吉所说："佛教的势力覆盖了当时贵族社会的方方面面，强大渗透到他们的生活中，但只是被视为贵族荣华的道具，迎合他们原始的宗教心来实施加持祈祷而已。构成佛教根本的修业解脱之说，只是学徒间进行的文字上空洞的索引，成为'进山'的风俗，给予失意的心些许安慰。"[①] 通常来说，佛教的无常之理以及浊世秽土的观念，仅仅存在于平安贵族的知识层面。因此，《蜻蛉日记》并未体现佛教中万物皆在时间中变幻的"诸行无常"，以及生死轮回的循环时间观。

从文末附表1中可见，作者道纲母常运用"烦恼中度过春与夏""春天已过，到了夏季"和"这种若即若离的状态下到了冬季"等有关季节的时间表述来将和歌等零散的素材自然地衔接。日月、季节的叙述，不仅限定了时间，还起到了叙事连接的作用。说到叙事连接，《蜻蛉日记》上卷因为含126首和歌，经常被指具有私人和歌集性格，甚至被认为是从私家集发展而来，但日记与和歌集在时间叙事上具有连续性并不相同。《蜻蛉日记》以月份的连续、季节的转移，或者于段落伊始用指示词"かくて・さて"（这样、这般）"さて"（那么）等将原本散乱的点状事件紧密串联起来，散文表现并非为和歌服务，而是与和歌并融，共同为叙述主题服务。《土佐日记》虽然同样按月历、日历时间顺序进行回忆叙事，文中五十五天行程排日记录，即使无要事依然补充"六日 同昨日"，但内容上前后缺乏连贯性，没有统一的主题约束，只是每日记些杂事、闲思，具有记录性日记的特点。《蜻蛉日记》虽然有着日次记的时间标识特征，但是又不拘泥于时间，而且叙事内容具有连贯性，作者在回想中将散乱的事件素材按照时间的流

---

① 津田左右吉.文学に現はれたる國民思想の研究1[M].东京：岩波书店.1951：426。

逝排列，并以时间为媒介前后连接。正如宫崎庄平对《蜻蛉日记》时间叙事特征的评价，"时间的经过、推移，赋予叙事以连续的时间样态，这是女性日记文学叙事方法的特征之一"[①]。

## 小结

《蜻蛉日记》正文部分将道纲母21年的婚姻生活按照自然时序编年叙事，具有纵向延伸的线性时间特征，流淌出故事时间流逝的轨迹。尤其到了中、下卷，有些素材甚至是故事发生时的即时书写，时态上采用现在时表述，后来作者根据需要，创作时直接采用这些素材或者加工后成为文本的一部分。因为时间跨度大，即使话语时间细部的时序出现不同于故事时间的错乱，也并不影响整体叙事时间的纵向绵延。道纲母人生的直线时间流中，每年的叙事又以春始冬终构成四季循环与首尾呼应。时间循环中的个人却无法永葆青春，道纲母牵挂着渐行渐远的丈夫，却只能为自己的容颜渐老而惋惜、惭愧，在不安与无奈中传达人生无常。"个体生命是线性的、短暂的，宇宙则是循环的、永恒的。线性时间观与循环时间观的并置与交错，是东西方传统时间观的共同特点"[②]。这也很好地诠释了《蜻蛉日记》的叙事时间特征。作者道纲母既在人生的时间流中观照自然，又在自然四季的循环流转中感触人生时光的一去不复返。人由生至死的线性时间段又由多个自然荣枯的循环时间组成，昼夜更替、春去秋来，"无可奈何花落去，似曾相识燕归来"，映射出人生的悲凉。历史时间的流逝是客观的、不可逆的，但回忆可以自由驰骋，线性时间与自然时间在人的追忆中可以融合。

---

① 宫崎莊平.平安女流日記文学の研究[M].东京：笠间书院.1976：406。
② 李卫华.叙述的频率与时间的三维[J].文艺理论研究.2013（3）：190。

自然与历史的时间流逝通常被视为不受个人支配的外部时间，对任何人都是均等的，但时间的流变不仅是外在的物理现象，还与人物的心理感受相连。物理时间用年月分隔开，心理时间或称主观时间，则把它们连接起来。个人对已逝时光的回想时间是内部的、主观的，石原昭平将日记文学中这种回想的时间称之为"文学的时间"①。接下来探索《蜻蛉日记》中的心理时间这一时间维度。

## 第二节　心理时间中的记忆与书写

《蜻蛉日记》作者对素材的整理与文本的创作，与事情发生的故事时间存在时间间隔，尽管文中的回忆痕迹并不明显，并非以脱离实际时空的、沉浸于回忆的心理时间叙事为主题。但为了情节建构与主题需要，作者有时也会在话语层次对故事时间进行调整与重新安排，存在细节上"话语时间"与"故事时间"的错时。可以说每个叙事文本都会存在故事时间与话语时间倒错的现象，完全的重合只能属于假想，但如何实现错时，则体现了作者的创作意识与文本的叙事时间特征。"假名日记文学，作者重视过去的哪个时期、哪个方面、赋予何种价值，体现了内部心理时间的流淌方向"②。探析《蜻蛉日记》中所现的时间构造特征，关联到作者的心理世界与作品的叙事主旨。

---

① 石原昭平.日記文学における時間―日次と月次をめぐって[J].日本文学.1977（11）：78。
② 今関敏子.仮名日記文学論―王朝女性たちの時空と自我・その表象[M].东京：笠間書院.2013：43。

## 一、心理时间流淌下的时间倒错

对于时间的种种区分离不开过去、现在、将来这三种最为基本的时态。而在涉及叙事作品以及进行叙事分析中,通常都会涉及什么时间、多长时间以及事件发生的时间频繁程度,也就是时序、时长、频率三个层面的问题。"迄今为止,在就故事时间与文本时间之间的关系以及诸方面差别进行的探讨中,以热奈特所作的研究最为全面与系统"[①],接下来参照热奈特在《叙事话语》中提出的"时序"(order)、"时距"(duration)、"频率"(frequency)概念,分析《蜻蛉日记》中"话语时间"与"故事时间"倒错的现象与缘由。

### (一)时序的表层错位

叙事的时序研究,就是叙事文本对故事时间顺序的排列。过去具有非可逆性,可以追忆,但难以再现,所以《蜻蛉日记》的叙述者除沿着故事时间的直线时间轴讲述故事外,并不排除细节部分还综合运用预叙、倒叙、插叙、补叙、省叙等方式试图"还原"故事时间。《蜻蛉日记》"序文"因为点明回顾性叙述视角,时况上成为错时依据的第一叙述层;兼家与"我"交往开始故事的"现在"(954年)为第二叙述层,基本依照事件发生的自然时序进入顺叙。但是这段顺叙的"现在",应该从情节意义上属于对故事发展到现阶段之前的过去的总体倒叙。现在学界基本认同"序文"至少于上卷本文成立以后由作者追加,上卷附有"序""跋"单独成立,那么上卷整体处于第一叙述层广度之内的内在式追述。作者对中、下卷的写作在上卷独立之后,随着文本故事时间与作者写作时间的间隔逐渐缩短,故事时间回到并越出序文叙述的"现在",成为混合式追述。"如果一种追述所

---

[①] 谭君强.叙事学导论——从经典叙事到后经典叙事学[M].北京:高等教育出版社.2008:120.

覆盖的时间开始于第一叙述层的起点以前，而广度却在此之后，换句话说，即后来又同这个起点相衔接或者越过了这个起点，那么，这种追述就是混合式追述"①。

即使是上卷，如同第二章对叙述自我的分析，叙述者也会时常运用时态，插入"那时""当时""那会"等带有距离感的时间名词等方式，通过插叙将读者与经验自我拉回到了叙述"现在"的第一叙述层。插叙主要用在立于故事"现在"对"过去"的回忆、解释、评价等，插叙常用的方式有"利用文章中的人物的语言插叙；人物内心回忆的插叙；作者直接交代性的插叙；情节复杂的作品中为适应情节发展需要随时插入一些场景的插叙等"②，在文中都有体现。以上卷康保元年（964年）秋母亲去世的章节为例，体味插叙在文章中的应用效果：

> 为母亲办理后事这段时间，他或者来站着看看我，或者派使者过来，每日都要安慰。可不管他想怎样感化我，现在都没有谈情叙思的心情。他却送来了诸多表达因为避讳不得相见而焦急、失落的信件，我甚至有些厌烦。（a1）因为当时精神恍惚，所以不记得他写的具体内容。（b1）虽然自己不着急回家，但是也不能随心而为，今天便是与大家一起离开寺庙回家的日子。（a2）来山寺的途中，母亲躺在我的腿边，路上一直想着尽量让她躺得舒服些，紧张、忙碌得自己浑身是汗。（b2）这返程的路上，我一个人可以坐得很舒适了，却不禁一路悲恸。（a3）③

整段叙事沿着（a1）→（a2）→（a3）的故事时间顺序顺叙，属于第

---

① 谭君强.叙事学导论——从经典叙事到后经典叙事[M].北京：高等教育出版社.2008：126.
② 田乃如.追叙·带叙·补叙[J].鞍山师专学报.1989（1）：58—62.
③ 藤原道纲母.蜻蛉日记[M].东京：小学馆.2000：133.原文见附录3·10，下划线笔者加。

149

二叙述层。虽然是回忆叙事，但是却用"现在""今日"等时间词，回到故事发生的"过去"的"现在"。作者执笔叙述时往事历历在目，用现在时态生动再现了失去母亲时的"我"悲痛欲绝、精神恍惚，再次沉浸到母亲去世时的悲伤中。同时，避居山寺服丧期间，兼家不避秽忌频繁来看望，但因为不愿兼家过多打扰，所以对他的来信甚至觉得有些厌烦。"叙述自我"已经不能经常见到兼家，倘若此时兼家频频来访，必求之不得，只有重温那时兼家对我的关怀备至。叙写此文，对母亲的缅怀不是目的，焦点还是与兼家的关系，使读者既体会到经历事件的"我"的悲切，又能感受到叙述自我的历尽沧桑，以及回首往事时的叹息。（a1）句后插叙了（b1）句进行补充说明，又回到第一叙述层，体现作者执笔时"叙述现在"的心态，也留下了回忆追述的痕迹。同样是插叙，但是（b2）句是立于"过去"的"现在"，对属于第三叙述层的"过去"的"过去"的回忆，从属于（a3）的第二叙述层。去山寺的路上母亲还躺在身边，如今返程路上已是阴阳两隔，通过与去程时"我"心境的插叙对比，"我"内心的悲伤不言而喻。作者先穿越到"过去"的故事中，又暂时脱离过去的"我"回到"现在"，最后又穿回"过去"以及"过去的过去"，在强烈的时间差异和生活处境对比中体味人生的悲凉。将此段的时间位置用图简略演示如下：

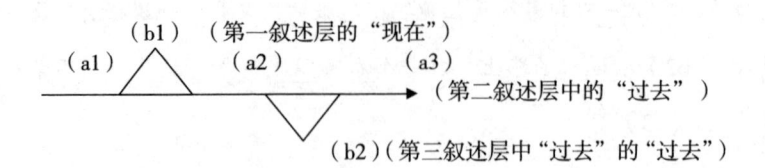

（b1）（第一叙述层的"现在"）
（a1）　　（a2）　　（a3）
　　　　　　　　　　→（第二叙述层中的"过去"）
　　　　（b2）（第三叙述层中"过去"的"过去"）

补叙则是叙述者叙述过程中有意在适当的地方安排某个片段对事情加以补足，最为代表性的当属下卷天禄三年（972年）二月"收养养女"部分的叙事。谈及养女时，才对养女生母兼忠女以及其与曾经兼家交往的事情以"我"与别人会话的形式进行了补叙，让读者明白了事情的原委经过。

近来一直有这种想法（收养养女），于是跟两三个人商量。有人跟我提议，"有个什么源宰相兼忠的女儿，曾经跟大人交往过并生有一可爱的女孩，如果可以的话，把这个女孩收为养女怎么样？现在这母女现在依靠这位女人的哥哥禅师君，一起生活在志贺山麓。"这么一说，我也想起来了。"对对，是有这么回事儿。还是已逝阳成院的后代。宰相去世，服丧期还不满，他（兼家）那种风流的性格，不知什么缘由，两人就开始接近了。他本身就是好色之人，这女人没有什么过人之处，年龄又大，可能开始并不愿意，但还是有回信。后来他去她那两次，不知什么原因最后只抱着那个女人的外罩衣回来了。还有些别的事，我都忘了……那就收养这个小女孩吧。"让人一打听，这个连生父是谁都不知道的小女孩如今已经十二三岁了。①

兼家与兼忠女交往并生女的事情，根据所记养女年龄时间逆推算，原本发生在上卷被省略的天德三年（958年）至应和元年（961年）三年期间，叙述者道纲母暂时摆脱了时间流逝的束缚，填补了"过去"省叙所留下的空白。"省叙"是一种时间的省略，但又不完全同于历时性片段的省略，是对叙事情境中一个组成部分的有意遗漏，"在此，叙事不像省略跳过一个时刻，而是绕过一个已知数"②。从文中叙述可知，不仅是通晓全部事情脉络的叙述现在的道纲母，还有天德三年至应和元年间正经历事情的"经验自我"的道纲母，显然都对兼家与兼忠女的交往是知情的，但叙述者道纲母却一直避而不谈。犬养廉③认为兼家与兼忠女的交往虽然发生在这段时间，但作者为了照顾养女面子而有意忽略。笔者却认为更是作者的有意安排，为起

---

① 藤原道綱母.蜻蛉日記［M］.东京：小学馆.2000：279-281.原文见附录3·11。
② （法）热奈特.叙事话语 新叙事话语［M］.王文融译.北京：中国社会科学出版社.1990：27。
③ 犬養廉.平安朝の日記文学—蜻蛉日記における養女をめぐって—［J］.文学・語学.1968（9）。

到制造波澜，形成悬念的效果。包括接下来兼家与养女相认的场面，同样打乱原本的时序，一改叙事为主、淡化情节的风格，引而不发，营造了立体的时间感与戏剧般的情节感。

总之，《蜻蛉日记》在时序上先是整体上立足"叙述现在"进行倒叙追忆过去，又以素材成立的"过去"作为"现在"开始沿着事件的进展进行顺叙，并通过插叙进行补充。叙述者既在"过去"的时间中经历事件，有时又会回到"现在"，或者回想"过去的过去"。不同时间的第一人称"我"对立、交错、重合，既能超前又能回溯，进行人生的省视。通过插叙、补叙、省叙等局部对时间的穿插与打乱，并不影响《蜻蛉日记》主体叙事时间的连贯性与直线性。

### （二）时距的伸缩跳跃

叙事速度所要探讨的问题，是考察由故事事件所包含的时间长度（用秒、分、小时、天、月、年来确定），与描述这些相关事件的叙事文本的叙事长度（行、页）之间的比例关系，通常用时距、时长或跨度来表示。"时间倒错可以在过去或未来与'现在'的时刻，即故事（其中叙事中断为之让位）的时刻隔开一段距离，我们把这段时间间隔称为时间倒错的跨度。时间本身也可以涵盖一段或长或短的故事时距，我们将称之为它的幅度。"① 热奈特认为故事的时长与叙事的时长完全等时是不现实的，提出了省略、概要、场景、停顿作为叙述运动速度的四种基本形式。后来，查特曼在他1978年出版的《故事与话语》加上了第五种速度，即延缓（stretch），米克·巴尔称之为"减缓"（show-down）。总体来说叙事时间与故事时间的时距速度可概括为三种关系：叙事时间小于、等于，或大于实际故事时间。

《蜻蛉日记》作者实际执笔"序文"的时间存在争议，因此故事时刻距

---

① （法）热奈特.叙事话语 新叙事话语［M］.王文融译.北京:中国社会科学出版社.1990: 24.

序文所述的"现在"是多少年，所述的过去时间长度有多长，也就是错时的时间跨度，以及幅度或广度都不甚明了。但总体来说，被追述的过去距离"序文"的叙述现在，至少有约十五年时间的时长以及时间倒错的跨度。由于追述的时间跨度与幅度大，加之支撑作品材料的和歌草稿类、书信、赠答和歌、旅行的随手记录、"具注历"的历书等存在多样性，事件时间与执笔时间的时距长短不同等因素，叙事时间少于故事时间的概述或者叙事时间为零的省略、纪行部分的场景描写等便不可缺少，导致流淌于作品的各个时间要素、性格复杂。笔者原文引文所采用的新编日本古典文学全集本的《蜻蛉日记》有着现代日语译文，故采用了同样以宫内厅所藏桂宫本为底本进行校注，但以未附有译文的新古典文学大系本[1]为例，统计了叙事文本中每年的记事量所占的行数来简略衡量故事时长与文本长度的时距关系，意欲管中窥豹。具体统计见下表：

表2 《蜻蛉日记》的时距

| 卷数 | 年次 | 行数 | 行数合计 |
|---|---|---|---|
| 上卷 | 序 | 8 | 815 |
| | 天历八年（954年） | 85 | |
| | 天历九年（955年） | 27 | |
| | 天历十年（956年） | 65 | |
| | 天德元年（957年） | 63 | |
| | 天德二年（958年） | 77 | |
| | 天德三年（959年） | | |
| | 天德四年（960年） | 0 | |
| | 应和元年（961年） | | |
| | 应和二年（962年） | 55 | |
| | 应和三年（963年） | 20 | |

---

[1] 今西祐一郎（校注）.かげろふ日記 新日本古典文學大系［M］.东京：岩波书店.1989。

续表

| 卷数 | 年次 | 行数 | 行数合计 |
|---|---|---|---|
| 上卷 | 康保元年（964年） | 88 | 815 |
| | 康保二年（965年） | 34 | |
| | 康保三年（966年） | 120 | |
| | 康保四年（967年） | 35 | |
| | 安和元年（968年） | 138 | |
| 中卷 | 安和二年（969年） | 192 | 1093 |
| | 天禄元年（970年） | 318 | |
| | 天禄二年（971年） | 583 | |
| 下卷 | 天禄三年（972年） | 448 | 1039 |
| | 天延元年（973年） | 117 | |
| | 天延二年（974年） | 474 | |

因为校注者的不同理解、编辑排版格式的不同等，版本间的数值必定存在差异，但各年的叙事在文本中所占的比例大致相同。上卷的时间广度比中卷与下卷各长五倍，但从叙事量的总行数来说，上卷含"序文""跋文"与共近十五年间的叙事量占815行，中卷三年间占1093行，下卷三年间占1039行。上卷从故事开始的天历八年起，叙述速度较为不均。到了中、下卷叙述速度逐渐放缓，上卷的年平均行数为54.3行/年，中卷与下卷分别为364.3行/年与346.3行/年，以中卷天禄二年的速度最为缓慢，为583行/年，可见上中卷间的明显差异与断层。

上卷叙事速度跳跃性较大，有的年份甚至直接越过，采用故事时间大于叙事时间的概要或称概述，以及话语时间为零的省略的时间叙事模式较多，"省叙作为时间省略，显然非常适于回顾性填补"[①]。概述与省略两种速度之间的分界线有时并不是绝对的。故事开端的"序"便对叙述契机与内容等进行了概述，引出故事与人物。进入第二叙述层后，首句便是"经过

---

① （法）热奈特. 叙事话语 新叙事话语 [M]. 王文融译. 北京：中国社会科学出版社. 1990：27.

短暂的恋歌赠答后,出身权门的兵卫佐就这样(向我)求婚了"。一句话将兼家求婚之前的事情全部省略,因为"序"中明确要写自己不幸的婚姻生活。文中"两人就这样书信、和歌赠答着""转眼间到了九月""日子就这样一天天过去""秋天过完,冬季也从冬初走到了岁末"等一句话便能涵盖较长时间段的概述表达比比皆是。以上卷天历九年(955年)町小路女人出现的叙事为例,感受叙事速度的跳跃。

  正月里有两三天那一位没有露面,我因为有事要出门,便写了和歌留下,吩咐下人他来的话给他(和歌略)。回来时,家里留了首和歌(和歌略)。和歌交换中时间流逝,发现自己身体有孕。春与夏便在烦闷中度过,终于八月末生子。那前后,他对我很用心,照顾体贴。但到了九月,有一次他外出时,我无意地打开他放到那里的信箱,竟然发现了一封写给别的女人的情信。①

"和歌交换中时间流逝"将前面的和歌与后面的散文巧妙地衔接起来。作者道纲母一生仅有一个儿子,生子对她来说应该是人生大事,即使当时未曾留下作为日记作品的素材,也应该有所记忆。人生中第一次怀孕到生子的重要而辛苦的过程,被"春与夏便在烦闷中度过,终于八月末生子"一笔带过,转眼跳跃到九月町小路女人的出现,以及后续给我带来的伤害。其实,天历八年秋兼家向我求婚,作为中层受领阶层的女子能够嫁给时任右大臣九条师辅的儿子,应该是值得庆贺的、感到幸福的,但是和歌的赠答中却渗透着作者与兼家无法真心相通的不满。叙事伊始字里行间隐含着对丈夫兼家的不信任感、对夫妻关系的不安感。生子时"我"沉浸在兼家的关心中,但是立于叙述"现在"来看,那时兼家已经与町小路女人

---

① 藤原道綱母.蜻蛉日記[M].东京:小学馆.2000:99。原文见附录3·12。

相好，是种讽刺，因此用"那前后，他对我很用心，照顾体贴"仅一行字概述。绕过的不是时间段，而是已知事件本身。曾经的幸福与当下的凄凉对比，会让回忆板结，阻滞未来，因此要学会适度遗忘与自我疗伤，町小路女人出现之前的新婚甜蜜与初为人母的喜悦都被简略，那些兼家移情给"我"造成的伤害，"我"的凄凉与失望被详尽。与叙事主题关系不够密切的部分、记忆模糊的地方，作者以和歌赠答代替，或者简略概述，或者根本省略不提。在编年体叙事中，有时寥寥数语就交代完了半年甚至大半年的生活经历，省略与概述的运用凸显了作者在事件素材选择上的主观情感，加快了故事节奏。

《蜻蛉日记》虽然是惯用概述将时间连续，也包含了部分静止的时间，一方面叙述者为了向读者提供某些信息，会从"叙述自我"的视角以插叙、补叙的形式进行叙述者干预，这时往往要暂停故事世界的实际发生时间的连续，形成停顿。另一方面，也会减缓对故事时间的叙述，故事的真实世界里仅仅几分钟的事情，却用较长的篇幅进行叙述，延长叙述时间。文中细腻的心理描写、人物的外貌描写、书信内容的复述等都是一种现实时间的瞬间断裂，暂缓了故事时间。如上卷町小路女人失宠后，"我"给兼家所写的倾诉衷肠的长歌内容便占据26行，兼家的返歌内容占19行，故事时间暂停，"我"回到主体心灵的时间意识流，失去了明晰的线性时间特征。

文中大量的和歌赠答、书信往来、人物会话都试图最大程度试图还原故事的原样，降低叙述者声音，通过场景叙述让读者直接感受人物的言行，增加临场感。比如上卷康保三年（966年）三月兼家急发病被细述，在上卷中可谓独具一格。只有一个月时间长度的叙事却极为详密，占据了35行，接近上卷54.3行/年的平均叙事量，打破了与其他叙事组之间时间的均衡。依恋道纲母的病弱的兼家、道纲母前往兼家看望并留宿时两人的琴瑟相和，都被极为细致地叙述。尤其通过逐一引用记录兼家的原话，以人物会话的方式，以近乎现场直播的形式进行了生动展示，给读者以直观的感受，这种场景描写恰到好处的运用使叙事呈现生动力。此段叙事只有接近叙事末尾有一组和歌赠答，与其他叙事群之间没有紧密的衔接，具有相对完整性与独立性。可能这段往事对作者来说是难以忘怀的特殊经历，故在日记上卷执笔之前早已作为备忘录之类写好。进入中、下卷叙事速度的放缓，故事时间与话语时间时长接近的情境描写也逐渐增多。提到场景描写，不得不提文中纪行文部分的描写，接近中卷的康保三年（966年）与安和元年（968年）叙述量较多，比上卷前半部分呈飞跃性增长，很大原因便是对贺茂神社的参拜、初濑参拜等纪行文部分的存在。纪行部分记录内容详细，叙述像慢镜头在展开，把路途中对景物的新鲜感、触景生情的回忆、自身的凄凉等诸多感受写得淋漓尽致。

总之，《蜻蛉日记》中时间跨度大的回忆部分采取概述，与主题无关的省略或者概述，心理冲突处减缓，叙述补充处暂停，随着作者写作时间与故事时间间隔的缩短，有些场面描写出现了话语时间与故事时间的近乎同步。省略、概述、延缓、暂停、场景等不同时距叙述手法的交替出现，使作品的叙述节奏随着情节与话语模式跃动。

### （三）"不来"到"来"的叙事频率

叙事频率，即"叙事与故事间的频率关系（简言之重复关系）"[1]，也就是一个事件在故事中出现的次数与该事件在文本中被描述的次数之间的关系，也是叙事时间的主要方面之一。从文末附录2的《蜻蛉日记》编年叙事表中也可见，《蜻蛉日记》的叙事主轴一直是道纲母与兼家的感情状态。叙事的中心是人物道纲母与兼家的关系，时间并不是叙事的中心，而是作为两人关系的背景，为叙述事情经过服务，所以根据叙事的需要，日期会

---

[1] （法）热奈特.叙事话语 新叙事话语[M].王文融译.北京：中国社会科学出版社.1990：73.

有疏密之差。

《蜻蛉日记》基本上按照历史时间，根据故事发生次数如实记录一次或者多次的单一叙事，如"十二日深夜兼家来过""十五日兼家很早来过""到了八月，二日夜晚掌灯时分兼家突然来访"这样根据兼家来的频率一一记录的单一重复。又因回顾叙事中时距上大量概述的存在，存在"约过七八天来一次""算来已有三十余夜四十余日未见""那个月仅仅来了三次，这一年便结束了"这样概括性讲述一次发生多次的事的话语重复，热奈特称之为"反复叙事"。类似"他和往常一样，隔数月来访"简单一句概括性叙述，却诉说着"我"重复的心酸。作者也会为了强调某种叙事效果，讲述多次只发生过一次的事，如在雨夜多次回忆起上卷新婚伊始兼家风雨无阻来看望自己的事情，来反衬现在兼家对自己的冷落，热奈特称之为"重复叙事"。如天禄二年（971年）元旦，兼家从自家门前经过而不入时的心理描述，主要采用了对多次发生的相同事件，按发生的次数逐一叙述的单一叙述。一日未时前后、四日申时、五日晚上，一连三天每次兼家一行从门口经过时的喧闹都被分别记录下来。五日"内心想着他今晚一定会来。每次听到车队的声音，内心就开始激动、紧张。夜已很深了，听到大家都回家的声音了，每当听到有车队从门前一辆辆驶过，就感到痛心。听完最后一辆车,大脑一片空白"[①]。这段话既是对这次兼家再次过家门而不入这一事件的单次叙述，又将"我"多次由期盼到失望的心情进行概括性叙述，强调了"我"的失落与悲愤。连续几天的过而不入，"我"听到车声时的期待、临近前的紧张、远去后的失望跃然纸上，达到了一种紧张、生动的节奏效果。同年五月再次提到了"那位让我绝望了的人，还是如以往那样，时常

---

① 藤原道纲母.蜻蛉日记［M］.东京：小学馆.2000：217。

高声喧嚷着从我门前经过"①，多次的重复叙述足见此事对"我"的打击，只好此后入般若寺静心。同样有关听到车马声时"我"由期待转失望的心情，早在天禄元年四月已经出现，"到了晚上，每当听到外面的车轮声，心里激动地想着是不是他来了，有时候会睡着了，睁眼已是天亮，更是失望"②。

在女方静候男方到自家过夜的"访妻制"婚姻形式下，夜晚门前的车马声、脚步声无不牵动着佳人们的心。因此，兼家是否到自己处来访、何时来何时归、多长时间来一次、是否有信件与和歌送来便成为衡量感情的标准。"来"（見えたり、通ふ）与"不来"（みえぬ、あとをたちぬ）也就成为叙事中频率较高的词语。天禄元年（970年）三月以道纲参加宫廷射箭比赛为界，兼家与道纲母交往频繁，但是到了四月却突然变为"约七八天过来一次……最终却连书信也不送来了，这样过了很长时间"，以这样的心境在月末拒绝了兼家突然来信让帮忙缝制衣物的请求，于是两人关系更加恶化，到了六月，已是"三十余夜，四十余日未见"。后来才听闻兼家的变心是源于兼家新情人近江的出现。当兼家的足迹离我这里渐行渐远时，对是否来访的叙述，也逐渐从上卷"不来"频率的记载，变成了下卷"来"的频率的记载。尤其到了下卷，7例有关日常记事中的6例具体时刻表述中，3例是关于兼家来访时间的。或许是因为兼家的久不来看望，所以记忆深刻，或许是因为白天来访，从他不能如期待中来看望"我"的失望与不满，到已经不抱希望后他却突然来访时的意外与安慰。直到下卷其实兼家仍然是人物道纲母的情所爱、心所依，当叙事的核心人物离自己远去，不得不将视线转移到身边的自然与子女身上。

另外，《蜻蛉日记》中对能否见到兼家的记录，除了外在的历法时间外，

---

① 藤原道綱母.蜻蛉日記[M].东京：小学馆.2000：224。
② 藤原道綱母.蜻蛉日記[M].东京：小学馆.2000：191。

还有"道纲母的时间"①。通过对平安时期阴阳道中某方位不吉利,暂不适合居住或者不宜前往的方向不顺（ふたがり、方たがへ）等的记录,以及供奉神灵或者祭事、佛事期间要求身心洁净的避忌②（忌、物忌、精進）,或者因为女人月事、分娩、死亡、疾病等被认为应当避讳的不洁净情况（不浄、さわり、けがれ）的记述,来说明兼家能否来见道纲母,时隔多长时间该见,因此与其说是事实记录,不如说是作为女人从内心期待兼家来访的时间规定。"第一个五月的二十九日,兼家有禁忌,也开始斋戒,暂居山寺""兼家六天的避忌过去后到了七月三日,兼家的使者们先到了我处,兼家到晚上最终却没露面,那天他没物忌"等。如果兼家没有什么避忌,到"我"这里方向又顺,那么如果未见其人,便会因为失落而心生哀怨。

与这种私人情感的期待不同,还有在正月、三月节、盂兰盆节等重要行事节日,以及道纲参加的公事,也希望能够见到兼家,以示对"我"作为权贵之妻身份的尊重。平安时代从新年第一天的朝贺与四方拜,到除夕夜的驱鬼仪式"追儺",包含政务、宴会、佛教、神道、咒术、季节相关的多个庆典都成为一年当中的传统节日,称为"年中行事",而在朝廷中举办的政务或仪式被称为公事。冈田博子将此视为"对社会待遇的期待,显示了对兼家的外在期待"③。内在期待与外在期待是相连的,"我"与兼家关系恶化时,对外在待遇的期待就更高,以期挽回在世人面前的尊严。经历过上卷町小路女人事件带来的伤害后,"我"与兼家的感情一度有所回升,所以在天禄元年四月以前的叙事带有明快色彩。但是四月份起兼家突然鲜少

---

① 冈田博子.蜻蛉日记の作品構成[M].东京:新典社.1994:51。
② 物忌（ものいみ）:原先指原先祭事中为迎接神灵,在一定时期内要保持身心清净。后也指基于阴阳道思想,占卜或者黄历中出现"凶"时以及做恶梦时,闭居在家谨慎行事,以躲避厄运。
③ 冈田博子.蜻蛉日记の作品構成[M].东京:新典社.1994:52。

现身，"到了六月，算来已有三十余夜四十余日未见"。因此对七月孟兰盆节就有更深的期待，"已是七月十几日，周围开始喧闹起来，之前每年的贡品都是他来安排。可是或许已经与我再无关系了，如果他再不送来，我该自己准备了，否则九泉之下的母亲也该伤心了。以泪度日中，他还是如往年一样派人送来了贡品，并附有书信"①。类似的还有，天禄二年元旦"这些年，想来不可思议，每年元旦他都来。今天想着应该也会来吧，让下人做好准备"②。等来的却是兼家从我门前堂然而过，前往近江处带来的伤痛与耻辱。"如往年一样""每年元旦都来"的概括性重复，与今年节日开始担心的单一叙述的对比中，突显了"我"如今的备受冷落。增田繁夫认为"日记作者感叹的基调在于期待通过与兼家结婚而获得成为权力者正妻的地位，但最终却没获得的遗憾与可惜"③。这种在行事节日对兼家抱有外在期待的时间叙事，到下卷天禄三年后逐渐消失，也侧面反映了道纲母对成为兼家正妻的谛念。

  道纲母除了作为女人对感情的追求、作为妻子对身份的执着，还有作为母亲对孩子的偏爱，因此兼家对道纲的关注度与"我"的幸福感成正比。比如天禄元年先后两次记录了兼家未陪送道纲回家时"我"的怨恨，足见"我"对道纲的重视。天禄元年七月朝廷相扑节时期，道纲与兼家同赴朝廷，但是连续两天兼家最后只命人把道纲送回家，他却回自己家了，"我"备感心痛。同年十一月大尝会④期间，二十二日道纲去了兼家处，结果到了深夜，看到担心的儿子一人孤单而回，失望至极，"天已如此黑了，如果心

---

① 藤原道綱母.蜻蛉日記［M］.东京：小学館.2000：202-203。
② 藤原道綱母.蜻蛉日記［M］.东京：小学館.2000：216。
③ 増田繁夫.『蜻蛉日記』の成立［A］.一册の講座　蜻蛉日記［C］.东京：有精堂.1992：93。
④ 大嘗会（だいじょうえ），天皇即位后第一次向天地神灵供祭新谷的仪式，并亲自尝食，亦称新尝祭，一代天皇只举行一次。举行大尝会之前，天皇到贺茂川净身的仪式称为被禊。

思还如以前，绝不会让孩子一人回来吧，真让人受不了。之后也是音信全无"①。甚至可以说与兼家对自己感情如何相比，道纲母更敏感于兼家对独生子道纲的态度，因此到了下卷，兼家对自己的感情走向余烬后，作者心境逐渐从男女世界中解脱出来，变成了老后的谛念，便把感情重心转移到了子女身上，记录"我"与兼家感情为主的日记也逐渐走向终焉。

兼家能否来访的"来"（見える）出现频率，不仅是衡量"我"与兼家感情的关键词，也是理解文本叙事结构的时间线索，单一叙述和概略的交错运用，收放自如地营造出了超越它们自身的效果。过去到现在的时间轴使得《蜻蛉日记》形散神合，道纲母的生命历程为明的轴线，根据年月日来安排事件的进展。回忆性追述使时距上多采用概要叙事，这又需要借助反复的叙事频率；追述中的顺叙，又倾向于以事件的单一叙述为主。追忆中心理时间的流淌，才使得《蜻蛉日记》参照实际发生事件的历史时间顺序记事，却又不受客观流逝的日次时间束缚，存在话语时间与故事时间的错时。"记忆把（历史性）阶段化为（共时性）时期，把事件化为图景，不按时期和图景的顺序，而按它自己的顺序把二者排列起来"②。

## 二、回忆叙事中的昔今交织

东西方哲学史、美学史上，时间与回忆被历代大家反复论说过，法国哲学家亨利·柏格森（Henri Bergson）提出了代表性的绵延时间论。柏格森在其著作《创造进化论》中，将时间分为外在的"物理时间"与内在的"心理时间"，强调心理时间的"绵延性"。他提出，"线性时间"是可以用刻度和数字分割肢解的，排列均匀且不可逆转的机械状态，与"环形时

---

① 藤原道纲母.蜻蛉日记［M］.东京：小学馆.2000：213。
② （法）热奈特.叙事话语 新叙事话语［M］.王文融译.北京：中国社会科学出版.1990：104。

间"都属于外在的物理时间，借助固定的空间概念尺度来度量，是对时间和生命本质的歪曲，内在的"心理时间"才是更为原初的时间状态。"心理时间"的特点是"绵延"，"这是一条无底的、无岸的河流，它不借可以标出的力量而流向一个不能确定的方向。即使如此，我们也只能称它为一条河流，而这条河流只是流动"①。这条绵延不绝的时间"流"中，过去、现在、未来不断渗透，相互交融，不是客观存在的时刻间的替换，只有在回忆中才能呈现出来。虽然柏格森的理论有其形而上学之处，但是突出了主观意识与回忆在时间把握中的重要性，引导我们在个人记忆与潜意识中探寻生存意义。

《蜻蛉日记》中道纲母在意着时间的流逝，并试图从中捕获自我存在感，因此在旧年末、新年初，"我"总是陷入沉思，感慨人生。佐藤势纪子便从年初道纲母不悦的心境入手，探寻《蜻蛉日记》中体现出的作者道纲母的时间意识，认为"年初叙事中所表现出的道纲母，既被直线前进的时间所束缚，又确实加强了对绵延时间意识的倾斜"。② 因为在感到"不悦"的年始，道纲母总是通过回想，将过去、现在的身边状况进行比较，强烈意识到直线前进的人生时间一去不复返，通过对自我的凝视，又获得了停滞的时间——绵延的时间意识。与这种周而复始、无限流动的岁月，在年历的圆周上循环，与之相对的是自己有生之年不同时间点上的不同心境，所谓"年年岁岁花相似，岁岁年年人不同"。在回忆中，"过去"与"现在"可以融合互渗，得以体现作者心灵的主观真实。不只是日记文学，日本文化"与客观时间相比，更注重主观时间，或者说不严格区分过去、现在、未

---

① （法）亨利·柏格森.形而上学导言［M］.北京：商务印书馆.1963：28。
② 佐藤勢紀子.道綱母の年始観をめぐる一考察—時間意識解明の手がかりとして［A］.深沢徹編.かげろふ日記　回想と書くこと［C］.东京：有精堂.1987：140。

来，而将过去与未来集中到现在的倾向"①。比如日本独特的文学形式——俳句，注重瞬间"现在"的感觉，时间停滞中凝视自我。作为女性自我书写的私人日记，文本的话语时间是个体的、主观的。《蜻蛉日记》对"现在"与"过去"的把握，同样存在主观性。

　　从《蜻蛉日记》表达"过去"与"现在"的时间名词中便可感受到时间界限的模糊。《蜻蛉日记》中的"昔"（むかし）、"古"（いにしへ），虽然表示过去，但是指涉模糊，需要根据前后记事内容而定，不能一概而论。《蜻蛉日记》中书信赠答、会话文以外的散文叙事部分，"昔"首次出现在上卷应和二年（962年）兼家与章明亲王书信往来片段后。"从以前就觉得夫妻关系不尽如意，不管多么痛苦，或许是我前世的宿命"②。此处的"以前"（昔）可以理解为，以过去经历事件时的"现在"为基准，也就是婚后因为町小路女人的出现，引发道纲母对丈夫、对婚姻失望的时间段。柿本奖将这种"过去"的"现在"称之为"历史的现在"③。再比如中卷天禄元年（970年），道纲母与兼家的关系一度恶化，十一月兼家却在忙碌的大尝会期间抽空常来看望，并在大尝会结束日天还没黑就对外装病留宿"我"处，于是"我"觉得"有种回到从前的感觉"。这时的从前（昔）同样是与"历史的现在"相对，指天禄元年四月份之前"我"与兼家的感情甜蜜期。到了下卷，散文叙事部分已经不见"以前"（昔）的出现，说明随着故事时间与作者写作时间间隔的缩短，作者对"现在"的认识逐渐过渡到脱离过去的"现在"，凝聚到叙述现在的认知。

　　与"过去"相对的便是"现在"，文中多次出现诸如"今天""如

---

① 加藤周一.日本文化中的时间与空间［M］.彭曦译.南京：南京大学出版社.2010：24。
② 藤原道綱母.蜻蛉日记［M］.东京：小学馆.2000：121。
③ 柿本奨：蜻蛉日记全注釈［M］.东京：角川书店.1966：11。

今""这时"等时间名词,增强了叙事的临场感。近藤一一①对散文叙述部分的"现在"(今)与"过去"(昔)进行了举例分析,提出因为作者直接参与故事时间,所以"现在"所指的对象暧昧不明,但是"体味如今悲凉的心情"是共通的。"我"对兼家失望之时,总是忆起"以前"他对自己的好,突显"我"此刻的心理感受。道纲母的"现在"不是表现为延伸的"将来",而总是被时间的线性带离到"过去"。"现在"与"过去"间的往返,也是种时间的环形循环。以中卷天禄元年十二月的雨日沉思为例,感受《蜻蛉日记》中"过去"与"现在"的昔今交叠。

> 今天中午开始渐渐沥沥地下雨,后来雨脚渐密,清清寂寂。不再奢想他是不是会来。回想起以前,或许未必是出于对我的爱,而是他天性的风流使然,但总是风雨无阻来看我。今日看来,以前总是希望他不断来我这里是多么过分的奢望。曾经还希望他风雨无阻,如今已不怀期待。时间在沉思中静静流过,不觉到了掌灯时分,雨依然下得很密。②

中卷天禄元年的两次"今日"都现于此句,日语原文时态上皆采取现在时。此处的"今日"首先是回想体验时叙述现在的时间,但根据上下文亦可推测为故事发生当日执笔的时间,作为日记素材早已存在,故事时间、作者写作时间、话语时间近乎等时,叙述自我同化到了人物的经验自我中。看到外面冷雨淅沥,倍感孤寂,想到曾经他不管风雨都来相会,如今再难期待,要从"过去"中解脱;听到现实中院里妹妹的情人雨中来相会的脚步声,不禁潸然泪下,思绪化作和歌,彻夜难眠。她在苦恼的背后深感时

---

① 近藤一一.日記文学における時間の問題—蜻蛉日記を中心に[A].日本文学研究資料刊行会編.平安朝日記1[C],东京:有精堂.1991:33。
② 藤原道綱母.蜻蛉日記[M].东京:小学館.2000:215。原文见附录3·13,重点号为笔者加。

间的直线流逝，通过"今日"与"过去"的反复比较，"过去"的"我"是幸福的，可那时并不知足；现在的"我"如此凄凉，已不抱希望，如实再现了作者的心理历程。转过身的回顾，能实现对客观的线性时间的超越，唤起已逝的时间。作者于中卷天禄元年六月至天禄二年间叙事中时常回想过去，而且觉得"过去"比"现在"幸福，自我命运感较强。但是上卷结尾处的跋文却觉得自我命运是无法把握的、无依无靠的"ものはかなき"状态，因此叙述自我的心境是不同的，这也可以证明上、中卷完成时期的不同。

以天禄二年（971年）六月的鸣泷闭居为转折点，作者道纲母逐渐放弃了对兼家的执念，开始将视线转向身边的自然与对人生的思索，将孤独转化到日记的写作中。到了天禄三年，也是整部作品中唯一一次出现明确年历的纪年，叙事更加细腻生动，体现的多是"经验自我"的所感与所思。如天禄三年一月末，"这样到我这里的足迹渐远，但是因为现在不去多想了，反而轻松多了"①。例中的"现在"应该是经验自我彼时的心理感受，另一方面，在"现在"的放弃与"过去"的执念比较中感慨人生，谛念的背后透露出作者的无奈。最后一次"今日"出现在下卷末"想到自己能活到今天，已经有些意外了"②。或许是作者对自己二十一年爱憎静观的感叹，历经沧桑，逐渐成熟，过去的"我"与现在的"我"逐渐合体，作者也失去了继续写作的动力，日记的故事世界终结。

从古代日语的时态特征上来说，有表示推量、结束、回想等的助动词，但是缺少英语时态那样明确表达过去、现在、将来的助词。《蜻蛉日记》中在表达"过去"时使用的是助动词"き""けり"，并非简单表述事情结束

---

① 藤原道纲母.蜻蛉日记[M].东京：小学馆.2000：272。
② 藤原道纲母.蜻蛉日记[M].东京：小学馆.2000：363。

的"过去",而是具有回想性质的"过去"。对此《岩波古语词典》中有清晰的解释,认为现代欧洲人和古代日本人之间在把握时间的方式上存在较大的差异。欧洲人认为时间是客观存在,是可以分割的东西,并将之作为区分过去、现在、未来的基础。但是,对于古代日本人来说,时间不是能客观延长的连续,具有主观性,未来是说话人的推测,但过去则是根据说话人的记忆,是对记忆的唤起,"因此,我们不认为"き""けり"表示过去,而认为它们表示回想"[1]。伊牟田经久指出"在作者回想已逝时光并执笔之际、忆起过去经历的事情或者心情时、将过往之事定位为人生的一环重新认识或者感慨之时、回忆已逝时间和往事而生感慨时,都用'けり'结句"[2],可见"けり"体现的是与现在有关联的、回顾中的"过去",包含着对过去的思索与评价,不仅仅是动作或者事情的结束。

"记忆是一个心理学范畴,在某种意义上,它是架在时间与叙事之间的桥梁。"[3]《蜻蛉日记》作者在以第一人称回忆过去时,"过去""现在"与"未来"的时间维度并不明了。"'体验、回想、叙述的时间交错',成为《蜻蛉日记》的时间构造特征"[4]。作者道纲母从叙述的"现在"与过去体验时的"历史现在"交替出发,使叙事时间呈现多重性。有时现在的"我"会以旁观者的眼光审视着曾经的"我",有时似曾相识的情境又会使现在的"我"恍若置身彼时,忆往昔时与过去的"我"合体,仿佛时光未曾流逝。既在"过去"的时间中经历事件,有时又会回想"过去的过去",或者预想"过去"的"将来",在过去与现在、将来的时间世界中循环。永藤靖将

---

[1] 大野晋、佐竹昭广、前田金五郎编.岩波古語辞典[K].东京:岩波书店.1974:1439-1440。

[2] 伊牟田経久.『蜻蛉日記』の<ケリ止め文>[A].王朝日記の新研究[C].上村悦子.东京:笠间书院.1995:155。

[3] 龙迪勇.寻找失去的时间——试论叙事的本质[J].江西社会科学.2000(9):50。

[4] 秋山虔.王朝女流文学の世界[M].东京:东京大学出版会.1972:343。

《蜻蛉日记》的这种时间构造称之为"封闭的心理时间"。[①]在可以伸缩或者压缩的心理时间中，产生了比物理时间更丰富的内涵。作为读者，有时很难确定作为叙述自我的"我"是在某年某月写日记的那个"我"，还是多年以后回忆这些事件的"我"，这种叙述自我的不确定性也成为日记文学的一个叙事特征。

不同于男性日记，女性日记文学作者的叙述重点并不在于时间的准确性，重点在于故事的内容与情感的倾诉，时间只是内容表述的一部分，这成为平安朝女性日记文学的叙事时间特征之一。《和泉式部日记》从叙事时间来看，所现日期意识淡薄，以事件的进展为中心，日期只是为方便记录事情的经过，时间连续意识亦不明确，具有不同于其他女流日记文学的叙事时间特征。《紫式部日记》因为既具有记录皇子诞生的公家日记性质，又在其中倾诉私情，所以说可谓兼具《土佐日记》时间的历时性与《蜻蛉日记》时间的心理性。《更级日记》从东国启程返京，到入京之前的叙事，也有"九月三日……同月十五日……十七日早上……翌日早上"等时间印记，但与何月何日到达何处的纪行相比，作者的叙事重心在路途中的兴趣点，后文则按照自我省视的心路历程组织素材。《赞岐典侍日记》的时间意识类似于《紫式部日记》，按堀河天皇驾崩前后的日历时间顺序，记录自己对先皇的侍奉经历与追思慕情。《紫式部日记》与《赞岐典侍日记》的作者作为宫廷女官，既按照当时律令社会的历法时间叙事，又融入了渗透着个人情感与经历的回想性时间，将片段性素材按照独有的心理时间衔接与统合。

---

① 永藤靖.古代日本学と時間意識［M］.东京：未来社.1997：154。

## 小结

"叙事的方式主要有两种：纪实与虚构。前者主要以实录的形式记述事件，从而挽留和凝固时间；后者则主要以虚拟的形式创造事件，从而以一种特殊的形式保存甚至创造时间……这两种方式的目的其实是相同的，即共同完成对时间的把握、保存和超越"[1]。面对直线时间的不可逆性，作者道纲母选择了回忆过去，并用文字按照日历时间凝聚下来。作者将体验与记忆诉诸文本的行为本身就是一种对时间的抗衡，让如今的我们得以走进千年前贵族女性的生活与情感世界。一方面《蜻蛉日记》作者具有明确的编年与日历时间意识，在追述的时长部分按照故事的历史时间顺序连续叙事。另一方面，《蜻蛉日记》中草木枯荣、四季更替的自然循环与个体生命的生老病死、荣辱盛衰相应，传射出人生短暂的悲凉。"日本的自然是循环的、规则的，同时背后藏有超越的东西。因此，人的世界的线性时间，与自然的循环时间相连续，融合到背后的超时间中"[2]。作品正文表面按照历史时间进程发展，但内在的叙事动力是"意"，而非"事"。线性的历史时间隐藏在人物的感情主线之下，事件的取舍、叙事速度的快慢取决于作者回忆执笔时的心理时间，渗透着主观情感，因此出现时间上的插叙、逆转、概述、减缓等时间的"变形"。遇到对叙述自我的内心产生影响较大的"过去"时，经常通过与当前的感觉重合，来实现对已逝岁月的逆转，变成"现在"。心理与现实、回忆与现在交叉，构建了多维的叙事时空。《蜻蛉日记》的线性时间叙事与心理时间的绵延，不仅对其后的日记文学，而且对长篇巨作《源氏物语》产生了深远影响，"成为与其后出现的《源氏物语》实质

---

[1] 龙迪勇.寻找失去的时间——试论叙事的本质[J].江西社会科学.2000（9）：53.
[2] 田中元.古代日本人の時間意識[M].东京：吉川弘文館.1975：101.

性关联最密切的先驱作品"[①]。文本作为文字形式的语言叙事行为,涉及某一段时间以及某个(或几个)相应的空间,"时间维度只是叙事的表征,空间维度作为时间维度的前提"[②]。叙事作品中时间与空间是相互关联的,引向下一章对《蜻蛉日记》叙事中空间问题的考察。

---

① 秋山虔.日本文学史 中古[M].东京:学灯社.1978:177。
② 龙迪勇.空间叙事学[M].北京:生活·读书·新知三联书店.2015:2。

## 附表1 《蜻蛉日记》上卷的时间表述

| | | 年历更迭表述 | 季节、月历时间表述 | 日历、时刻表述及"今日"（けふ）的出现 |
|---|---|---|---|---|
| 上卷（15年间） | 天历八年·954年 | 这一年很快就到了岁暮 | 到了秋季 | |
| | | | 转眼间到了九月 | 九月末晦日左右 |
| | | | 这样到了十月 深秋时节徒增悲伤 | |
| | | | 到了十二月 | |
| | 天历九年·955年 | | 正月里 | |
| | | | 春与夏在烦闷中度过，时间来到八月末 | |
| | | | 到了九月左右 | |
| | | | 十月末的时候 | |
| | 天历十年·956年 | 又是新的一年 | 到了三月 | 今日 四日清晨 |
| | | | 五月三四日 | 三四日前后 |
| | | | 到了六月 | 自一日起 |
| | | | 这样和歌吟咏中到了七月 | 相扑节的时候 |
| | | | 大约是九月 | |
| | | | 若即若离的状态中到了冬季 | |
| | 天德元年·957年 | 又过了一年 | 迎来了新春 | |
| | | | 赠答着这些和歌便到了夏季 | |
| | | | 到了七月 | 相扑节会前后 |
| | | | 十月左右 | |
| | 天德二年·958年 | （注：这五年间叙事时序不明了，天德三年至应和元年间叙事省略） | | 七月五日 |
| | 天德三年—应和元年 | | | |
| | 应和二年·962年 | | 那年的秋冬这样平淡而过 | 五月二十九日开始 六月左右开始 七夕节；到（七月）十五六日，正值盂兰盆节 |
| | 应和三年·963年 | 又是新的一年 | | 这个月一日；贺茂斋院禊日 |

续表

| | | 年历更迭表述 | 季节、月历时间表述 | 日历、时刻表述及"今日"（けふ）的出现 |
|---|---|---|---|---|
| 上卷（15年间） | 康保元年·964年 | | 春天已过，到了夏季 | |
| | | | 秋季开始的时候 | 今日 |
| | | | 心绪惆怅地过了秋冬 | |
| | 康保二年·965年 | 以泪度日中改年更岁 | 春过夏终 | |
| | | | 姐姐这个夏季该离开京城 | |
| | | | | 九月十几日左右 |
| | 康保三年·966年 | 惦念旅途中的人中迎来了新的一年 | 三月左右 | 二十三日左右 |
| | | | 四月的时候 | |
| | | | 思虑万千中迎来了八月 | 到了五六日的时候 |
| | | | 到了九月 | |
| | | | 秋天过完，冬季也从冬初到了岁末 | 除夕这天 |
| | 康保四年·967年 | | 三月末 | |
| | | | 到了五月 | 十几日天皇染病，惶乱之中到了二十九日，天皇驾崩 |
| | | | 天皇四十九日忌后到了七月 | |
| | | | 那是十一月中旬的事 | |
| | | | 十二月末 | 除夕那天 |
| | 安和元年·968年 | 天明后，新年的太阳升起 | | （正月）十五日 |
| | | | 到了三月 | |
| | | | 在五月 | |
| | | | 七月的一个明朗的夜晚 | |
| | | | 到了九月 | 午时左右；酉时左右；今日；三日 |
| | | | | 天明之后，被禊的忙碌临近 |
| | | | 这个月大家忙着大尝会，到了年末又忙着准备新年 | |

注：月历及日历都未出现的月份表中不体现；日历部分只包含明确的如"十五日""三月三日"，以及固定日期的行事如"七夕""除夕"，不含"第二天""过了五六天""过了几日"等需要推算的模糊时间表述；时刻则只包含"午时"等时间明确的时刻，不含拂晓、深夜等时间表述。

附表2 《蜻蛉日记》中、下卷的时间表述

| | 年历表述 | 季节、月历表述 | 日历表述 | 时间经过、时刻及类似时间表述、"今日"（けふ） |
|---|---|---|---|---|
| 安和二年·969年（中） | 无所聊赖中迎来了新的一年 | | | 新年过后到了早晨<br>第二天 |
| | | | 三月三日<br>十日左右<br>二十五六日 | |
| | | | 第一个五月的二十几日 | |
| | | 说着这些便到了闰五月 | | 从月末开始 |
| | | 在六月末 | 二十几日 | |
| | | | 七月一日 | 中午 |
| | | 到了八月 | | |
| | | 这样秋天已逝，冬日来到 | | |
| | | 诸事烦扰中到了十一月 | | |
| | | | 到了除夕 | |
| 天禄元年·970年（中） | （到了除夕）春天又过了一半 | | 三月十日左右；到十日这天<br>十二日 | 今日<br>到了这一天；晚上<br>那天晚上到之后的两三天 |
| | | 这样到了四月 | 从十日起 | |
| | | | （从十日起）到大约五月十日 | 过了七八天；晚上<br>那个月底 |
| | | 又到了六月 | 到了二十几日 | 这样算来已有三十余夜，四十余日未见<br>大约寅时；巳时过；未时将过；申时将过；天黑后；第二天；天明之后<br>到了月末 |
| | | | 到了七月十余日 | 曙光初露；天亮；申时将过；到了晚上；天明；晚上；拂晓；尚未天明；黎明；巳时<br>大约是举办相扑节的时候<br>第二天；晚上时分 |

续表

| | 年历表述 | 季节、月历表述 | 日历表述 | 时间经过、时刻及类似时间表述、"今日"（けふ） |
|---|---|---|---|---|
| 天禄元年·970年（中） | （到了除夕）春天又过了一半 | 这样到了八月 | 二日夜晚时分<br>五日 | |
| | | 九、十月日子依然平淡 | | 大尝会的禊日（十月二十六日） |
| | | 到了十一月 | 二十二日 | 大尝会结束那天晚上<br>第二天早晨<br>到了深夜 |
| | | | 十二月一日<br>七日前后的中午<br>十七八日 | 今日中午；到了点灯时刻<br>天明了 |
| 天禄二年·971年（中） | 又迎来了新年 | | 一日<br>四日 | 下午未时；过了一夜；第二天早上<br>这样过了两三天<br>申时；今日；第二天；今夜；深夜；第二天早上很早<br>过了大约两天<br>已二十余日毫无音信 |
| | | 二月又过了十几天，外面已是和煦之春 | 今日是二十四日<br>二十五日 | 有两天左右<br>傍晚 |
| | | 到了三月末 | | 夜深后<br>第二天早晨 |
| | | 毫无音信地到了四月 | 一日 | 斋戒持续了约二十天的某日<br>过了七八天 |
| | | 到了五月 | | |
| | | 到了六月中旬 | 六月一日<br>四日<br>今日十五日 | 山寺第四次吹响海螺时（约己、亥时）；时刻为八（约丑、未时）；天明了；黎明；中午<br>过了五六日<br>五天左右；今日；傍晚；天明后；暮色渐浓<br>今早；第二天；第二天；天色暗下来；这天过完后又是一天；傍晚时分；第二天；申时；到了点灯时分；亥时；终于夜深；第二天早晨 |

续表

| | 年历表述 | 季节、月历表述 | 日历表述 | 时间经过、时刻及类似时间表述、"今日"（けふ） |
|---|---|---|---|---|
| 天禄二年·971年（中） | 又迎来了新年 | 六天的避忌过去后到了（七月三日） | 七月三日 | 中午；天黑了；天明后又一天；夜深；天明那之后七八天没来午时；那一天；第二天过了七八天去初濑；巳时；未时；到了半夜；黎明；天明了；天色暗下来；到了白天；不知夜已深；天明之后；太阳已经很高；天色暗了；第二天中午；第二天早晨明天就是八月了 |
| | | 是八月了 | | 今日起四天过了三四天大约过了两三天；到了晚上每七八天来一次 |
| | | 九月末，天色引人愁思 | | 昨日与今日到了二十日；今早；今早 |
| | | 十月在我们的惋惜中流逝 | | |
| | | 十一月依然如故 | 到了二十日 | 今日；二十余日未来 |
| | | | 十二月十六日 | 到了月末到了驱鬼日 |
| 天禄三年·972年（下） | 这样又迎来了新的一年，天禄三年 | | （元月）三日七日过去了，八日左右十四日左右今天是二十三日二十五日晦日前后 | 今晚开始第二天早上第二天 |

续表

| 年历表述 | 季节、月历表述 | 日历表述 | 时间经过、时刻及类似时间表述、"今日"（けふ） |
|---|---|---|---|
| | | 三日夜晚 | 今日；中午；直到天黑 |
| | | 八日左右 | 第二天早晨；午时左右；天快黑时 |
| | | 十二日风夹雪 | |
| | 天明后便是二月 | 十七日 | 中午午时左右转雨；直到今天；今日起四天 |
| | | 二十五日后半夜 | |
| | | 这二十五、六日 | 第二天 |
| | | 二十七日 | 今日；第二天早晨 |
| | | 二十八日白天未时前后 | 天黑了 |
| | | 闰二月初一 | |
| | | 三日 | 半夜 |
| | 闰二月 | 四日 | |
| | | 六七日 | 今日；过了五六天 |
| | | 八日 | 天也黑了，到了深夜；连着八九日没有音讯 |
| | | 十日 | |
| 天禄三年·972年（下） | 这样又迎来了新的一年，天禄三年 | 十六日 | |
| | | 今天是二十七日 | |
| | | 到了七日 | |
| | | 十日 | |
| | 到了三月 | 十八日 | 石清水临时祭；中午时分 |
| | | 二十日 | 第二天 |
| | | 二十一日起四天 | 午夜子时；到了早上 |
| | | 二十日 | 第二天 |
| | | 二十五与二十六日 | |
| | 到了四月 | 十九日 | 贺茂祭 |
| | | 二十八日 | 到了月末也毫无音讯 |
| | 到了五月 | 六日早上开始下雨，持续了三四天 | 今天；天黑后 |
| | | 十日 | |
| | 这样平淡度日中到了六月 | | 有天半夜；时隔二十多天 |
| | | 到了七月十九日 | |
| | | 十四日 | |

续表

|  | 年历表述 | 季节、月历表述 | 日历表述 | 时间经过、时刻及类似时间表述、"今日"（けふ） |
|---|---|---|---|---|
| 天禄三年·972年（下） | 这样又迎来了新的一年，天禄三年 | 如此到了八月 | 一日<br>十一日<br>十七日 | 未时左右<br>第二天早上<br><br>到了月末<br>第二天；第二天；又一天 |
|  |  | 平安地来到九月 | 二十七、八日 |  |
|  |  | 十月比起往年阴雨连绵 | 十几日前后 |  |
|  |  |  | 十一月一日 |  |
|  |  |  | 十二月二十九日 | 这一年也结束了，到了除夕 |
| 天延元年·973年（下） |  | 喧闹中又是一年 | 正月初三、四<br>初五中午<br>十几日<br>二十日左右 |  |
|  |  | 到了二月 | 三日午时左右<br>五日夜间<br>十日前后 |  |
|  |  |  | 三月十五日<br>二十几日<br>二十三、二十四日 | 过了两三天<br>连续十几日毫无音信<br>大约月末 |
|  |  |  | 五月的第一天<br>五日<br>二十日左右 | 过了大约两天 |
|  |  | 六、七月同以前差不多的频率来访 | 七月末 | 二十八日 |
|  |  | 一直到八月二十几日也未来 |  | 今日和明日；今日<br>过了两三天<br>二十五、六日 |

续表

| 年历表述 | 季节、月历表述 | | 日历表述 | 时间经过、时刻及类似时间表述、"今日"（けふ） |
|---|---|---|---|---|
| 天延元年·973年（下） | 九至十二月 | 到了九月 | 到了二十九日 | 清晨还很早<br>这一年就这样过去了 |
| | | 九月末十一月 | （十月）一日 | 新年的念佛时期已过 |
| | | 冬天时到十一月，十二月也结束了 | | 三天以后 |
| 天延二年·974年（下） | | | 十五日<br>二十五日 | 自八月份他一直未露面，恍然间已到正月 |
| | | | 二月二十日<br>到了二十五、六日 | 暮钟敲响时；第二天；深夜；到了那天<br>又过了两三天<br>今天 |
| | | 到了三月 | | |
| | | | 月初七八日中午<br>二十余日<br>二十二日夜晚 | 过了两天<br>夜深了<br>贺茂祭的禊日<br>第二天早晨很早<br>第二天；这天傍晚；这天晚上很早<br>这样四月就结束了 |
| | | 到了五月 | 四日<br>天明后五日拂晓 | 今日；天色暗了下来<br>第二天早上很早<br>过了两天早上很早<br>又过了两天，早上很早；直到晚上<br>第二天 |
| | | 偶尔来信间六月已逝 | | |
| | | 到了七月 | 到七月二十日左右 | 这个七月即将过完 |

续表

| | 年历表述 | 季节、月历表述 | 日历表述 | 时间经过、时刻及类似时间表述、"今日"（けふ） |
|---|---|---|---|---|
| 天延二年·974年（下） | | 到了八月 | 二十日左右 | |
| | | 九月初 | 这个月十六日 二十余日 | 八月二十九日开始至今 第二天 |
| | | 这样到了十月 | 二十几日 | 初更时分 |
| | | | | 后天贺茂临时祭（据日本纪略，十一月二十三日） 贺茂祭当日 |
| | | 到了十二月 | | 到了这一年的最后一天；今日；夜深了 |

注：因为中、下卷的时间表述表比上卷的更加细致，故上卷的时间表述中未计入的时间经过、模糊的日期表述如"第二天"也记入最后一栏。同一天或者同一件事情的时间表述之间用"；"隔开，否则空行。季节、月历栏不附有日历；日历叙述栏仅表"十五日"等明确的日历，原文如"五日拂晓"等日历后直接带有"拂晓""深夜"的，按原文样式摘出记入"日历的表述"一栏；其他的具体时刻、"黎明"等模糊时刻放入最后一栏。

# 第四章 《蜻蛉日记》叙事的空间形态：实虚相映

故事不能脱离时空而存在，既有发生、发展的时间历程，又有自身固有的空间环境。文本中的空间问题也是叙事学研究的关注对象，虽不像时间与叙事的关系那样受到充分的讨论，近年来叙事学理论的"空间转向"问题也受到关注。西方叙事学领域，1945年弗兰克（Josef Frank），在考察乔伊斯、普鲁斯特等作家的作品基础上，指出这些作家抛却了传统的线性叙事，追求结构上空间并置的叙事模式，提出了"空间形式"（spatial form）理论，引发学界对叙事文本中空间问题的关注。[1] 空间形式侧重叙事文本中包含空间在内的各种因素之间的时间性关系。叙事学家西摩·查特曼（Seymour Chatman）在《故事与话语》（1978年）中首次提出了"故事空间"与"话语空间"这两个概念。他指出故事事件的维度是时间性的，但是处于故事空间中的存在物（人物与环境）则是空间性的，将传统小说批评几乎边缘化的背景（setting）作为一个"存在物"摆到了理论研究的视野中。"正如'故事—事件'的维度是时间一样，'故事—实存'的维度则是空间。又正如我们把'故事—时间'与'话语—时间'区别开来一样，我们也必须把'故事—空间'（story-space）与"话语—空间"（discourse-

---

[1] （美）约瑟夫·弗兰克. 现代小说中的空间形式[M]. 秦林芳编译. 北京：北京大学出版社. 1991：1—50。

space）区别开来"①。根据查特曼的观点，"故事空间"指故事中事件发生的场所或地点，"话语空间"则是叙述行为发生的场所或环境，指涉叙述者讲述与写作的环境。叙事文本的故事世界中通常不仅存在一处或多处故事发生的实体空间，还包含想象、幻想等人物心理活动所呈现出的空间特性，也就是心理空间，甚至超越人类一般经验的异界等虚幻空间。"通过人物视角展现的故事空间，通常可以是真实空间，也可以是想象空间"②。另外，文本结构性安排的形式空间，也被纳入"故事空间"范畴。

中国学者龙迪勇在《空间叙事学》中，探索研究文本的空间叙事理论，将叙事文本的空间细分为四个层面：故事空间、形式空间、心理空间和存在空间。③ 其中故事空间指文本中故事发生的物理空间，形式空间指叙事作品整体的结构性安排，心理空间是作家在创造一部叙事作品时的心理活动（如记忆、想象等）所呈现出来的空间特性，存在空间则是叙事作品存在的诸如图书馆、教堂等场所。也有学者将真实的实体物理空间称为"第一空间"，思想性或观念性领域的构思性空间称为"第二空间"，第三空间则"源于对第一空间、第二空间二元论的肯定性解构和启发性重构"④，是一种既真实又想象化的存在，如某些实物意象等。

可见目前关于文本叙事中的空间问题，存在"叙事空间"与"空间叙事"两种概念，各自也未对内涵与外延进行明确界定，对空间层面的分类标准也不尽相同。从"叙事空间"与"空间叙事"的汉语语言习惯来看，"前者注重的是由读者在叙事文本的阅读中重构的空间结构和空间想象，是名词性的。而后者却是作者在叙事文本的创作中对故事发生的地点、场

---

① （美）西摩·查特曼.故事与话语［M］.徐强译.北京：中国人民大学出版社.2013：81。
② 申丹、王丽亚.西方叙事学：经典与后经典［M］.北京：北京大学出版社.2010：135。
③ 龙迪勇.空间叙事学［M］.北京：生活·读书·新知三联书店.2015：563。
④ 潘泽泉.空间化：一种新的叙事和理论转向［J］.国外社会科学.2007（4）。

景等空间要素所作的技术性设置，是动词性的"①。换句话说，"叙事空间"更侧重对叙事作品的故事结构、叙事技巧等的关注，"空间叙事"则不仅局限在结构形式空间，还体现在实体空间、想象空间等空间形态的叙事功能层面，外延更广。"总之，研究各类空间形态和叙事之间的关系，探究各类空间之间的关系以及对艺术效果的影响，都属于空间叙事研究的范围"②。本章节综合中西方叙事学中有关空间问题的理论，主要从作品中人物活动的家与寺院、神社的实体空间，以及雨意象、梦境的心理空间两个层面，分析《蜻蛉日记》中的空间形态与叙事功能，属于广义的空间叙事学研究范畴。

叙事文本被视为空间的时间性排列，《蜻蛉日记》叙事的线性时间结构也属于文本的形式空间，本章不再重复。《蜻蛉日记》以作者道纲母的生活经历为情节建构，"话语空间"与"故事空间"中的实体空间属于同一维度，也就是真实存在的平安京的道纲母家或者京郊的山寺。作者的因素与文本创作密切相关，作家生活的实体空间在一定程度上限制了故事人物的行动与情节的展开。另外作家的身份、性别、职业等隐性的空间规约也会影响到文本中的故事空间形态，因此对文本空间问题的分析，离不开作者生存的实体空间与隐性空间。

## 第一节　实体空间的位移

实体空间是人类的生存之基，也是借以确认自我的第一空间维度。故事中的实体空间不仅为人物活动提供必要的场所，又常与人物的心境相映

---

① 陈晓晖.叙事空间抑或空间叙事［J］.西北大学学报（哲学社会科学版）.2013（3）：159。
② 刘保庆.空间叙事：空间与叙事的历史逻辑关系［J］.云南社会科学.2017（3）：178。

照，也是投射人物心理活动、烘托人物形象、展开故事情节、揭示作品主旨的重要方式。徐岱把小说人物的活动空间分为包含社会时代背景的大空间与个人具体活动的场所、环境在内的小空间。小空间又可进一步细分为地域空间和地点空间。"即使在同一个地域空间内，不同的地点空间也会对故事情节和人物命运产生不同的影响,使作品呈现出不同色调"①。空间的转换与变异也成为时间的标识物，笔者将《蜻蛉日记》中人物道纲母活动的不同时间段的主要实体空间整理如下。

表3 《蜻蛉日记》中道纲母的实体空间位移

| 时间段 | 主要居所 | 到神社与寺院的参拜 ||
|---|---|---|---|
| 天历八年夏至康保四年十一月 | 居于娘家 | 应和二年 | 七月，随兼家去某山寺避忌四十五日 |
| | | 康保三年 | 九月，参诣稻荷神社、贺茂神社 |
| 康保四年十一月至安和二年正月 | 搬至兼家邸附近 | 安和元年 | 九月初濑参拜（1） |
| 安和二年正月至六月 | 搬至离兼家邸稍远处 | 安和二年 | |
| 安和二年六月至天延元年八月 | 搬回娘家旧宅（天禄二年三月末至五月，因避忌暂居父亲处；同年七月搬至斋戒的父亲处七八日；天禄三年九月，因避忌暂时搬至别处） | 天禄元年 | 六月，前往唐崎参拜（2） |
| | | | 七月，前往石山参拜（3） |
| | | 天禄二年 | 六月，闭居鸣泷般若寺修行（4） |
| | | | 七月，再度前往初濑参拜（5） |
| | | 天禄三年 | 闰二月，前往贺茂神社 |
| | | | 三月，参拜清水寺 |
| | | | 四月，与别人参诣贺茂神社；前往知足院参拜 |
| | | | 十月，参拜常去的山寺； |

---

① 徐岱.小说叙事学［M］.北京：商务印书馆.2010：290—293。

续表

| 时间段 | 主要居所 | 到神社与寺院的参拜 ||
|---|---|---|---|
| 天延元年八月至天延二年末 | 迁居至广幡中川一带 | 天延元年 | 冬天参拜某处；十一月参拜贺茂神社 |
| ^ | ^ | 天延二年 | 二月，参拜某山寺 |
| ^ | ^ | ^ | 五月，参诣稻荷神社 |

从上表可见，道纲母的地域空间主要是平安京，地点空间则主要是位于平安京不同的家宅，以及外出"物诣"①时京郊的神社与山寺。本章节将结合时代大背景下的平安京，具体分析"我"的空间转换与叙事主题、叙事时间等的关联。

### 一、花与影的平安京

日本延历十三年（794年）十月二十二日，桓武天皇（781—806年在位）颁布迁都诏书，正式迁都，当年十一月命名为"平安京"。桓武天皇于延历十五年（796年）元旦端坐于大极殿中央的高御座上，首次接受了群臣朝贺，此年元旦被视为平安京的开始，直到十二世纪的平安后期，"京都"才作为固有地名用于指平安京。由于新都自延历十二（793年）年三月起才开始兴建，所以无论是桓武天皇发布迁都诏书，还是桓武天皇第一次在大极殿接受朝贺，都是建都刚开始不久的初始时期。建造工事一直持续了十余年，于延历二十四年（805年）停工，此时建都仍未完成。

平安京是日本文化的象征及繁荣之地，不仅是当时的政治中心，也是孕育平安文化与文学的土壤。宫廷贵族居住在平安京，以宫廷或自家庭院为活动中心，男性在京郊附近优雅地打猎或者外出参拜便是与自然的接触，贵族们只需要将自然美移入生活中进行欣赏，不需要经受大自然严酷的一

---

① 物诣：ものもうで・ぶっけい。参拜神社、寺院。

面。"确乎是京都的自然孕育了平安文学的诗情"①。这里所说的自然多数是在宫廷或者贵族府邸，日本平安时期的庭院建筑受中国唐朝布局风格的影响，格局均齐，又融入日本贵族的典雅与细腻，于自然中见人工，增添了诸多情趣。被排除在政治之外的贵族女性们，披着如瀑般垂至脚踝的长发，穿着层层繁丽拖地而行的十二单，化着雪白的脸、鲜红的唇，在封闭的深宫帐纬内，赏景和诗、看书作画、冥思遐想，静听风声雨声、鸟啼虫鸣，还有夜晚时分牵挂的心上人的脚步声，催生出了称奇世界的文学盛宴。贵族庭院内孕育的自然之姿伴随着季节的推移，浸染着这些居住在几乎与外界隔绝的狭小世界的女人们。"以平安京为中心，这片土地上绽放出了美丽的文化之花，比如《源氏物语》《枕草子》以及《古今和歌集》。我们今日重读这些文学作品，或许能够领会到其中所孕育的优雅、洗练和纤细的感情"②。

在文化繁荣的背后，也藏着生活中的诸多不安。在建造都城时，贺茂川被人为地改变流向，朝廷又过度治水常常导致贺茂川泛滥。加上建造新城时，周围大量杉林植被遭受砍伐，一旦下大雨便加重河水的泛滥，水灾频发。卫生条件极差的当时，洪水泛滥常常伴随着天花、麻疹等瘟疫，一旦瘟疫爆发，当时医药资源与医疗水平受限，人们只有向神佛求助，所以通常病情传播很快，无法控制。如今有名的京都祇园祭就是从平安中期为了祛除瘟疫的御灵会演变而来。不算潜在的、小规模的流行病，只有案可寻的疫病，"平安时代，京都先后于861年、915年、947年、1016年、1025年、1027年、1144年八年流行痢疾"③。可见，平安京的人们常饱受疫病之苦。瘟疫常伴随着由于某某怨灵作祟等流言的散播，这更加重人们的

---

① （日）奈良本辰也.京都流年[M].陈言译.北京：北京大学出版社.2014：2。
② （日）奈良本辰也.京都流年[M].陈言译.北京：北京大学出版社.2014：168。
③ （日）高桥昌明.千年古都京都[M].高晓航译.上海：上海交通大学出版社.2016：53。

不安与阴郁。《蜻蛉日记》中有对天延二年（974年）八月爆发的瘟疫与洪水的记载：

> 八月，社会上流行水痘引发骚乱。二十日左右，传染至周围。时任右马助的儿子也被严重感染，我们无计可施，甚至到了要通知一直杳无音信的他的程度。我焦急万分，却手足无措。想着不能总这样，便写信告诉了他，结果他回了封不痛不痒的信。只派使者口头上问了问病情如何了，连平时没有那么亲近的人都来看望，他却这般冷漠态度，令我内心无法平衡。右马头虽然因为向养女求婚期间的不光彩之事失去脸面，都频繁来看望。九月初，儿子病情终于好了。雨从八月二十几日开始一直下到这个月，周围一片阴沉。中川似乎要与贺茂川合流，我的房子也眼看要被冲走的样子。社会上弥漫着凄凉的氛围。门前的早稻尚未收割，趁着偶尔的天晴，人们收稻制成炒米。水痘依然猖狂，一条太政大臣（藤原伊尹）的儿子少将两人都感染水痘于九月十六日离世。世间议论纷纷，想想就觉得悲痛。每当听到别人议论此事，就想到儿子能够痊愈真是幸运。①

从上文可见，《蜻蛉日记》作者作为脱离生产与政治的贵族女性，不会去详叙这些平安京的阴暗面。《蜻蛉日记》作为作者叙述自我身世的日记，对瘟疫的叙述，是为了记录自己唯一的爱子不幸得此危险的病后兼家的态度，并透露出人在灾情面前的无力感。

另外，强盗横行，他们或闯入宫中胡作非为，或到贵族家里大肆放火抢劫，火灾不断。《蜻蛉日记》中共有五处关于火灾的记载，而且全部集中在下卷前半部分的一年多时间，分别是：天禄三年（972年）二月、闰二月与三月、天延元年（973年）二月与四月。叙事重点都不是关于火灾本

---

① 藤原道纲母.蜻蛉日记［M］.东京：小学馆.2000：351-352。原文见附录3·14。

身，而是在于火灾发生时兼家对"我"的态度，始终围绕着"我"与兼家的感情这一叙事主轴。家里遇火灾时，既包含作为女人希望兼家能前来安慰内心恐惧的内在期待，又包含作为达官之妻以向外界证明兼家对自己重视的外在期待。最初天禄三年二月火灾的记载是继道纲母收养养女后，兼家与养女相见场面的叙事之后，"二十五日晚，深夜时分，听到屋外传来嘈杂声，原来是发生了火灾。从人们的喧杂声来判断应该是在附近，原来是可恨的女人处"[①]、或许是因为近江这一"可恨的女人处"失火，对她的妒心让"我"有点幸灾乐祸。而且作者执笔叙述时，"叙述自我"与兼家感情并不那么融洽，以此火灾为契机兼家随后的表现令当时的"经验自我"道纲母感到满意，两人感情有所升温，于是记录下来。《蜻蛉日记》前后21年间的叙事，仅此一年多便相继记载了5次火灾，而其他部分对火灾却只字未提。白井辰子认为，"并非因为作者缜密的构思，而是或许恰巧近江处发生火灾后，以此为契机——记录"[②]。但是笔者认为这正是源于作者的有意安排。一方面因为叙事速度放缓，叙事具体到日历，而火灾发生在自己周围并非小事，理应记录。另一方面，对素材的选择源于"我"与兼家的感情主线，以前的火灾不管大小，与"我"关系微弱，或者对夫妻感情影响不大，因此略去不记，而这5次火灾每次过后都有兼家的书信或亲自慰问，这在兼家对"我"感情日渐冷淡的下卷记事中是值得记录之事。

彼时的平安京里并存着花与影。花的唯美催生了灿烂的宫廷文学，透露着细腻、优雅与洗练之美；影的阴暗，又加深了生活的不安，让无力的女性对男人更加依恋。可是男人又可以同时拥有多名女子，只能在自己家里被动等待的女性倍觉世事与恋情的无常，于是平安的贵族女性文学中又

---

[①] 藤原道纲母.蜻蛉日记［M］.东京：小学馆.2000：287。
[②] 白井たつ子.『かげろふの日記』下卷の構成—火事に関する記事の統出—［A］.かげろふ日記・回想と書くこと［C］.深沢徹編.东京：有精堂.1987：176。

笼罩着淡淡的哀悲，并最终孕育出了"物哀"的美理念。所幸，无论是紫式部那样在宫供职的女房，还是道纲母那样在自己家中等待心上人到来的贵族女性，都有一个相对稳定的生活环境，为施展才华提供了独立的空间。"一个女人如果要想写小说一定要有钱，还要有一间自己的屋子"[1]。男士晚上到妻妾处过夜的访妻制婚姻状态下，拥有一处居所，对贵族女性的意义非同小可。

## 二、居所的变迁

住宅在各式各样的建筑中，由于与人的生活关系最为密切，所以这一物质空间载体常常成为叙事者用来表征人物形象的"空间意象"。英国建筑学家安德鲁·巴兰坦（Andrew Ballantyne）曾经论述了"家"的重要性："家负载有意义，因为家是我们认识世界的基础，与我们生活中最为私密的部分密切相关。家目睹了我们所受的羞辱和面临的困境，也看到了我们想展现给外人的形象。在我们最落魄的时候，家依然是我们的庇护所，因此我们在家里感到很安全，我们对家的感情最强烈，虽然大多数时间这种感情并没有为我们所察觉。"[2] 众所周知，作者道纲母不像《紫式部日记》《和泉式部日记》《更级日记》《赞岐典侍日记》的作者那样或多或少有宫廷女房任职经历，道纲母是完全没有宫廷供职经历的"家的女人"[3]，因此对道纲母而言，"家"是物质生活的据点、自己身心栖息的地方，也是痴痴等待心上人到来的寂寞空间。诚然，"家"包含许多方面的内容，坚固的房屋只是家的一部分，但如果没有一个"房屋"作为空间性的框架，为与"家"

---

[1] （美）弗吉尼亚·伍尔夫.一间自己的屋子[M].王还译.上海人民出版社.2008：2.

[2] （英）安德鲁·巴兰坦.建筑与文化[M].王贵详译.北京：外语教学与研究出版社.2007：152.

[3] 菊田茂男.家の女—蜻蛉日记[J].国文学.1975（12）：65-72.

联系在一起的一切提供一个容器的话，家也就不成其为家了。"家宅中的房间有常常成为构成人物性格的最基本的空间元素"①，尤其对于大部分时间只能在帷幔遮掩下的房间里度过的贵族女性而言。"屋和家的词语自万叶集以来被明确区分使用，屋指房屋，家指生活的根据地"②。接下来分析道纲母几度变换生活空间背后的心境。

### （一）一条院的母亲处

"通い婚"（走婚）婚姻状态下，女人只有在自己住处的"家"切切等候男人的到来。表3中出现的第一处居所，是道纲母自己的娘家，同时也是道纲母婚姻开始的地方。从文本开端天历八年（954年）夏，兼家派使者径自来敲门送求婚之意的信件，以及同年秋季结婚后十月份父亲藤原伦宁离开京城远赴陆奥国等多处叙述都可知，当时道纲母的住处为自己娘家，并未跟兼家同居，"他几乎到我这里断了足迹的时候，正巧我家在他进出朝廷的必经之路旁，即使不想去听，他早晚经过时的咳嗽声也会传入耳旁，无法入眠"③。此处的道纲母家通常注释为居于一条大路的西洞院。道纲母在康保三年（966年）感慨自己十余年的婚姻生活时言道："我一直依赖的父亲，这十几年作为地方受领四处任职，偶尔在京的时候也是住在四五条周围，而我住在左近马场旁边，相隔甚远。我现在的住处没有人为我修缮，愈发荒凉。他（兼家）竟然淡定地出入，该是丝毫未曾注意到我的担心与不安。"④根据《和海抄》的记载，"左近马场"在一条西洞院，故通常推测作者府邸在此，而四五条处则是父亲伦宁的本府所在。文中也多次叙

---

① 龙迪勇.空间叙事学［M］.北京：生活·读书·新知三联书店.2015：267。
② 藤井贞和.蜻蛉日记と平安朝の婚姻制度［A］.一冊の講座 蜻蛉日記［C］.东京：有精堂.1992：175。
③ 藤原道綱母.蜻蛉日記［M］.东京：小学馆.2000：106。
④ 藤原道綱母.蜻蛉日記［M］.东京：小学馆.2000：147。

述因为方向的避忌前往父亲处,据此推测一条的家是作者道纲母母亲春道女的住处,在母亲去世后愈发荒凉,而四五条处是父亲正妻的居住处。① 字里行间透露着希望兼家能为自己修缮或者提供住处的期望,为后文康保四年十一月的搬迁埋下了伏笔。

高群逸枝早在《招婿婚的研究》②一书中对日本平安时期的婚姻状态、府邸的居住及传承问题做了详细研究。他指出日本十世纪初期至十一世纪中期为"純婿取婚期"(纯纳婿婚期),新郎新婚前段时间可能会跟妻子的父母一起生活,但女方一直不跟丈夫的父母生活在一起,具有较强的母系家族制性格。虽然道纲母与兼家结婚前,已有时姬这一原妻,但至少在道纲母结婚伊始时姬尚未与兼家同居。比如应和二年六月称时姬为"通ひ所"(常去的地方),说明兼家对时姬也是走婚形式,后来才逐渐成为正妻,被称为"北の方"。因为当时贵族们的住宅被称为"寝殿造"的建筑样式,以面南的"寝殿"为正殿,其他方向设置配殿,称为"对屋",分别用穿廊连接。《大镜》等文献中称时姬为"北の方",近江为"对の御方",从此称呼可见,时姬曾经与兼家同居北殿,而近江生前可能被接入兼家东三条府邸的对屋,具体时间未知。服藤早苗考证分析认为,"丈夫与正妻同居,与次妻以后的妻子交往时,也就是访婚的情形下,妻子通常按地名称呼"③。正是因为走婚,所以通常用场所来称呼男人的妻子们。道纲母对在自己之后出现的"町小路的女人""近江"这些不喜欢的人,都用带有负面感情色彩的场所"××所"来代称,如称呼町小路的女人为"正得宠之处"(こ

---

① 道纲母以及家人房屋的地理考证及传承问题不是本论的研究重点。可参考:增田繁夫.蜻蛉日记作者　右大将道綱母 第二章[M].东京:新典社.1983;服藤早苗.平安王朝社会のジェンダー[M].东京:仓书房.2005;加奈重文.平安文学の環境 後宫・俗信・地理[M].Ⅲ编第一章『蜻蛉日記』の邸宅.大阪:和泉书院.2008等。
② 高群逸枝.招婿婚の研究[M].东京:讲谈社.1953。
③ 服藤早苗.平安王朝社会のジェンダー[M].东京:仓书房.2005:69。

の時のところ)、"觉得刺眼处"（めざましと思ひしところ），称呼近江为"可憎之处"（にくしと思ふところ）、"忌恨之处"（かの忌のところ）。其中"町小路"是位于室町与作者道纲母府邸的西洞院之间的地名，"近江"的称呼则源于其父亲藤原国章曾于安和元年（968年）左右任近江守的官职来称呼的，只有时姬在史载中留有名字。对此服藤早苗认为，"由于超子被封为女御，天皇可能要给超子女御的母亲授位，官方文书需要正式的名号，故唯有时姬留有名字，这也表明时姬的社会地位当时已受到认可"[①]。

### （二）兼家附近的家宅

町小路女人失宠后，"我"与兼家的关系有所升温。康保四年（967年）十一月，兼家不断晋升，在自己的住宅附近为道纲母提供了一处合适的房子，并让其搬了过去。"就在他家附近，即使不用乘车，也能到的距离。世人会觉得我应该十分满足了吧"[②]。从后文可知，此处是道纲母一生中离兼家最近的居所,过着"接近于兼家夫人的生活"[③]。平安时期，女人成婚伊始原本住在自己娘家，如果有多位女儿，通常府邸最后只能留给其中一位，其他的在婚后会陆续搬到夫家提供的住处。比如《蜻蛉日记》中有道纲母的姐姐搬出的叙事。"此次迁居的具体地址，至今没有确切资料"[④]，但能够搬入丈夫提供的离自己府邸较近的住处，是丈夫对自己身份的认可，也是种荣耀，可以说道纲母当时成为正妻的希望很大。尤其道纲母早已觉得自己房屋荒芜，希望兼家能为自己做什么。当时经验自我的道纲母应该是满足的，可是因为后来又搬离了此处，所以已知后事的叙述者道纲母仅用一句

---

① 服藤早苗.平安朝　女性のライフサイクル［M］.东京：吉川弘文馆.1999：113。
② 藤原道纲母.蜻蛉日記［M］.东京：小学館.2000：154。
③ 渡辺久寿.道綱母が兼家に最も近かった時—『蜻蛉日記』における「家移りと妻意識」［A］.論集日記文学の地平［C］.东京：新典社.2000。
④ 加奈重文.平安文学の環境　後宮・俗信・地理［M］.大阪：和泉书院.2008：424。

话就概括了这件原本可喜可贺的事,并用"世人觉得我应该十分满足了"来评价。

### (三) 搬至离兼家较远的某处

安和二年(969年)的正月一日,作"希望三十日三十夜都来我身边"的寿歌①,并与兼家和歌赠答,人物道纲母认为是"非常好的年初祝词赠答"。但是第二天道纲母的下人与时姬的下人之间就发生了冲突。"虽然他(兼家)向着我,觉得我比较可怜,可我觉得一切都是住处离得太近的缘故,搬到附近住是个失策,于是跟他商计搬家的事儿,在他的安置下搬到了离他稍微远点儿的地方"②。表面上叙述"我"的下人与时姬下人之间的冲突,重点却在兼家处理此事态度。"我"的搬迁,某种意义上也可以说是与时姬纷争的失败,尽管"我"搬家后兼家特地带着侍从们以约每隔一天的频率,声势浩大地来访,其实更是源于对弱者的同情。随即三月份的叙事尽显夫妻和睦,在闰五月道纲母生病时兼家也常来看望,并不时汇报些位于东三条院的新府邸的建造情况,并说"真想早点让你看到"。当时的"我"肯定期盼着自己将来被接到新造的气派府邸中去,这意味着自己有望成为正妻,而且从兼家的言行中也会窃以为希望很大。但是叙述者道纲母清楚,后来被迎入的是时姬,于是用"怎样都无所谓,我可能就此离去吧,心里满是消极与悲戚"来模糊叙事。

### (四) 搬回一条院母亲处

安和二年六月道纲母在兼家侍从的帮助下搬回娘家旧宅。"现在的住处离他家比较远,以为他短时间不会来",但是兼家七月一日凌晨从御岳回来

---

① 寿歌:ことぶきうた。含有祈愿、祝福、祝贺之意的和歌,元月一日,为新一年的好运避免讲不吉利的话。

② 藤原道纲母.蜻蛉日记[M].东京:小学馆.2000:170。

后，竟然拖着疲惫的身体前去看望。可见对于此次的搬家"我"没有太大怨言。但是接下来的天禄元年（970年）三月，"他要搬至新建的豪宅，又是明天搬、又是今夜搬的。却是意料之中，搬入新宅与我无关。反正去哪住都一样，这样住下去也挺好。这样一想，虽然因为他若无其事地违背诺言让我灰心，相反死心后我竟不再去争风吃醋"①。之所以"意料之中"，是因为"我"深知此处住宅应该不是为自己准备，概是兼家为已正式入宫的女儿超子②所准备，时姬作为超子女御的生母被迎入也是合情合理，但是因为兼家的口头约定，不免仍然抱有一线希望。希望破灭后，甘拜下风的道纲母内心对兼家产生了谛念。"作者道纲母不幸意识的背后，是现实中与时姬相比处于劣势，以及由此引发的败北感"③。于是，中卷安和二年八月至天禄元年三月约半年时间跨度的叙事，仅用十一月的"积雪"独咏和歌为中心的几行概述，而且叙事笔调也由明快转向哀愁。为了排解这种失落与郁闷，道纲母自天禄元年（970年）六月起频繁踏上旅途，呈现对家庭的回归与从苦恼中逃避的循环，并在中卷末的天禄二年末达到人生观照的透彻心境。伊藤博将道纲母天禄元年6月以后的记事整理为：家居记——唐崎祓——家居记——石山参拜——家居记——鸣泷隐居——家居记——再度参拜初濑——家居记（中卷末）。④

**（五）搬至广幡中川父亲处**

天禄二年二月兼家又结新妻近江，并一直对其宠爱有加，"我"与兼家

---

① 藤原道綱母.蜻蛉日記［M］.东京：小学館.2000：187。
② 据《日本纪略》藤原超子安和元年（968年）十月正式入宫，十二月七日升为女御。女御，在天皇寝所侍奉的女性，地位较高，仅次于皇后和中宫。
③ 宮崎莊平.右大将道綱母論—『蜻蛉日記』の作者として—［A］.女流日記文学講座 第二巻［C］.东京：勉誠社.1990：302。
④ 伊藤博.蜻蛉日記研究序說［M］.东京：笠間書院.1976：73—74。

的心理距离愈来愈远,"听说他频繁前往那个女人处(近江)。想着他的心真是变了,茫然无采地度日。或许是因为住的人少,所住的房子也日益荒凉"①,并最终在天延元年(973年)八月,在父亲的建议下迁居至广幡中川一带父亲的府邸。"无法成为经济活动主体的贵族女性,如果没有可依仗的丈夫,很难维持府邸"②,面对丈夫兼家的不可靠,道纲母只有继续回到父亲的住处。广幡在中川与鸭川中间,按文中描述,东边是片稻田,早晨河里雾气笼罩,是个风雅的地方。但如兼家所说,是"不便的地方",伴随着地理空间的远离,道纲母与兼家的关系更加疏远了,后文中再无兼家来访的叙事,也就是到了"分居"(床離れ)③的地步,宣告着夫妇关系的名存实亡。"在男士前往女方处的时代,女方搬家意味着女方提出离婚宣言,在这次搬迁中得到了强有力的认证"④。现在就客观结果上来说,搬迁至广幡中川意味着"分居",但是当时的人物道纲母是否已经意识到这一点了呢?或许道纲母在搬家时想到的还是积极改善与兼家的关系,因为无论空间距离的远近,即使是搬至广幡中川后心灰意冷,"我"内心里依然是对兼家情意未尽。"他自八月份音信断绝,这样到了正月,想起这些不免泪流满面"⑤。搬迁后的天延元年五月仍然在稻荷神社奉上三首和歌,向神灵祈求与兼家的感情长存,更是凸显了"はかなき身の上"之感,下卷可谓与兼家叙事主题的别样延伸,并非"主题的分裂"。天延二年年末,道纲母在京外的中

---

① 藤原道綱母.蜻蛉日記[M].东京:小学馆.2000:316。
② 服藤早苗.平安王朝社会のジェンダー[M].东京:仓书房.2005:70。
③ 床離れ(とこばなれ):夫妻分居,并不全等于现代意义上的离婚。通常是妻子觉察到丈夫逐渐不来自己处过夜时,妻子提出;即使夫妻间不再同床,但是还会有书信往来与生活上的帮助等,并非永不往来。参考 柿本奘.蜻蛉日記全注釈 下卷[M].东京:角川书店.1973:131。
④ 藤井貞和.蜻蛉日記と平安朝の婚姻制度[A].一冊の講座 蜻蛉日記[C].东京:有精堂.1992:179。
⑤ 藤原道綱母.蜻蛉日記[M].东京:小学馆.2000:322。

川家等待宫中驱鬼仪式的人们敲门，《蜻蛉日记》也迎来了终章。《蜻蛉日记》搁笔后，作者道纲母此后又大约生活了二十年，但是因为与兼家的关系几近断绝，已经脱离了与兼家的感情这一叙事主轴，于是不再继续写入日记中。

综上所述，作为"家的女人"，道纲母没有宫廷供职经历，无法通过外部世界确认自我的存在，唯一的生存场所就是"家"。但是她只能依仗自己的丈夫或者父亲，自始至终都没有属于自己的真正的"家"，居无定所，加重了生活中的不安，这也是那个时代大部分女性的生存处境。《蜻蛉日记》是背负走婚课题的作品，以现实体验为基础，作为时代的证言也是极为重要"[①]。从上述道纲母"家"的空间变换可见，"我"离兼家的空间距离，与两人的心理距离相系。兼家对"我"情浓意切时，搬至离兼家较近的府邸，而且差点入住代表兼家正妻身份的东三条新府邸；相反，感情出现隔阂时，便远离兼家的住处，而与兼家空间距离拉远的同时，又加深了感情距离的裂痕。一夫多妻与"访婚制"的婚姻状态，以及女性无权参与政治的社会形态下，对婚后的女性而言，丈夫不再前往的"家"似乎失去了存在的意义，故而那些未能尽享"爱"的女性，消极者要么香消玉殒走向彼岸，要么落发为尼斩断尘缘，还有的独守空闺虽生犹死。积极者如紫式部、清少纳言等在宫廷任职中尽显才华，或如道纲母在文字世界中寻求自我存在。作为兼家妻室之一的道纲母最终未能被迎入兼家府邸与夫同居，说明她的婚姻的状态一直处于序文所言的"はかない"（缥缈）状态，内心一直伴随着不安。又无法完全舍弃俗世，于是她通过不断外出参诣神社、拜访寺院，来逃避"家"中的哀愁，在自然观照中短暂地舒缓身心，并试图寻求神灵

---

[①] 武者小路辰子.『蜻蛉日記』の特質—道綱母の結婚生活—[A].女流日記文学講座　第二巻[C].东京：勉诚社.1990：31。

相佑。

### 三、灵山佛寺之纪行

与时间要素相比，空间要素在日记文学中相对薄弱，两者的均衡问题可谓衡量日记文学与纪行文学（游记）的标尺。日本古代日记文学中《土佐日记》作者纪贯之记录了自土佐国府到京都自家住宅的陆路、海路见闻与感想，游记要素最为浓厚，因此又被视为纪行文。平安时期贵族女性的旅行，大多是寺社参拜、随父或夫前往地方任职。《蜻蛉日记》作者道纲母的生活空间同样主要限于平安京，同时文中又有多处外出"物诣"记载，其中京外出行的有初濑两次、唐崎和石山[①]各一次，以及平安京近郊的鸣泷寺、稻荷神社、清水寺、贺茂神社等寺社。日本自奈良时期朝廷便重视佛教，除了平安京中的东寺与西寺，山清水秀的京郊外坐落着大大小小的寺院、神社。当深居家中的女性们感觉内心的不安无法化解时，会暂时离开家庭，前往寺院与神社参拜，既能祈祷神佛帮助自己实现某心愿带来幸运，又可以疏散内心的压抑。"当时的贵族女性，通常将外出参拜作为从郁闷的日常生活中解脱的手段，也就是借前往寺、社的参拜之由享受短暂的旅行"[②]。但是，对当时活动范围狭窄的贵族女性来说，踏出京城的地域空间并非日常小事，而是伴有困难与危险。正如《更级日记》中"我"觉得终日无所事事沉湎于幻想，不如去参拜寺院，母亲劝阻道："如果去初濑，太可怕，万一在奈良坂遭遇坏人如何是好？如果去石山，需要翻越关山，太可怕。如果去鞍马寺，你知道那座山太危险，不能带你去。你父亲回京后再

---

[①] 初濑，今奈良县樱井市初濑长谷寺，真言宗丰山派的本山，观音信仰灵地；唐崎，今滋贺县大津市北部琵琶湖岸；石山，今滋贺县大津市濑田川西岸，石山寺以观音信仰而闻名。

[②] 中野幸一. 日记文学と仏教　更级日记の物诣でと終焉［A］. 日本文学講座7［C］. 日本文学协会编. 东京：大修馆书店. 1989：98。

考虑。"① 反复用"可怕"（おそろし）一词，可见彼时的远距离参拜并非轻松的散心之旅。那么道纲母花费时力去参拜的动机与意义何在，接下来以表3中叙事详细的（1）–（5）为中心展开论述。

## （一）安和元年的初濑之行

上卷安和元年九月，"这些年来有个宿愿，想设法去趟初濑"②。之前是否踏上旅途文中未叙。此次初濑参拜是在搬至兼家附近，与贵族高层交游等所谓"明快记事"（明るい記）之后，因此"宿愿"可能既指去初濑参拜本身，也指去初濑参拜以祈多生子女，尤其是女儿。这点从天禄三年（972年）道纲母迎接养女部分所言可知，"以现在的状态来看，未来令人担忧，加上只有一个孩子，而且还是位男孩，所以这些年四处参拜神社佛阁时，都祈求神灵再赐我个孩子"③。因为九月份超子担任此次冷泉天皇大尝会祓禊仪式的女御代理，所以兼家建议祓禊仪式过后十月一同前去。道纲母表面装作不在乎，实际上内心是不平衡的，于是拒绝了兼家的邀请，决定暗自动身。或许因为是第一次参诣，"我"的内心充满新奇感，目不暇接地"看"着周围的风景。根据笔者所引用的新编日本古典文学全集中的《蜻蛉日记》版本所计，共出现不同形态的"看"（見る）21例，其中18例用于道纲母描述自己所见风景，如"見やれば""見れば""見ゆ""見るに"等用来视觉叙事。并不时被周围的风物所感动，表达心物相接时感动的"あはれ"（哀）一词6例，而且集中于前往路途中的描述上。下面引用部分日语原文，随着"我"的视线与空间移动，感受下所看到的沿途风景以及那份心动。

---

① 犬養廉（校注）.更級日記 新編日本古典文学全集［M］.东京：小学館.2001：319。
② 藤原道綱母.蜻蛉日記［M］.东京：小学館.2000：158。
③ 藤原道綱母.蜻蛉日記［M］.东京：小学館.2000：279。

见やれば、木の間より水の面つややかにて、いとあはれなるここちす。(中略)簾まきあげて見れば、網代どもし渡したり。ゆくかふ舟どもあまた見ざりしことなれば、すべてあはれにをかし。しりのかたを見れば、来困じたる下衆ども、悪しげなる柚や梨やなどを、なつかしげにもたりて食ひなどするも、あはれに見ゆ。(略)明くれば、川渡りていくに、柴垣し渡してある家どもを見るに、いづれならむ、かもの物語の家など思ひいくに、いとぞあはれなる。湯わかしなどするほどに見れば、さまざまなる人の行き違ふ、おのかじしは思ふことこそはあらめと見ゆ。(略)例の杉も空さして立ちわたり、木の葉はいろいろに見えたり。水は石がちなる中よりわきかえりゆく。夕日のさしたるさまなどを見るに、涙もとどまらず。道はことにおかしくもあらざりつ。紅葉もまだし、花もみな失せにたり、枯れたる薄ばかりぞ見えつる。ここはいと心異に見ゆれば、簾巻き上げて、下簾おし挟みて、見れば、着なやしたる物の色も、あらぬやうに見ゆ。①

笔者译文：透过林间，只见对面的河面波光粼粼，深触内心。(略)卷簾望去,河面布满冬季用来捕鱼的鱼簎②。从未见过众舟泛于水面的光景，所以觉得一切都触动内心而有趣。向后看去，走累了的侍从们，很珍重地用手拿着干瘪的柚子与梨子吃着的姿态，也印象深刻。天明后，渡完泉川后继续乘车赶路，途中看见零零落落的院子的柴垣，边行路边想着该是贺茂物语中出现的房屋吧，颇有感发。(略)烧洗澡水期间向外望去，形形色色的人来来往往，看上去应该各有各的烦恼。(《古今集》中）传说的杉树直指晴空，树叶看上去五光十色。

---

① 藤原道綱母.蜻蛉日記[M].东京：小学馆.2000：159-162。下划线为笔者加。
② 網代，将竹子或木条扎成一排，呈拉网状设置在河流的浅滩处，出口端装上筛子、捕鱼的设备。

河水流过石缝。看到夕阳映照的景象，深受触动不禁泪流不止。这之前路上的景色并无特别之处，红叶尚不够韵味，花也已零落，只有枯萎的芒草映入眼帘。这一段感觉别有风情，所以卷起车帘，将内帘左右拨开固定好，只见夕阳映照下，身上的衣物似乎失去了原来的色彩。

道纲母通过外出参拜得以从宫闱中解压，亲密接触到京城见不到的自然风景，感受到和歌、屏风画、物语中出现的景物。"物诣的第一功用是驱散忧郁的内心，通过接触屋外广阔空间的风景，将沉思的内心转向外界"[①]。从频繁使用"見る"（看）有关的词可见，此时的散文表述尚存不成熟之处，自然描写虽然新鲜生动，但较为平铺直叙。返途中兼家声势浩荡地特地迎接至宇治川，并受到兼家叔父按察使大纳言的盛情款待，在周围人的恭维声以及兼家爱的包围下返京。故此次的初濑之行，不同于下文为排解心情压抑、浸有悲情的纪行，被视为"幸福之记"（幸せの記）[②]。

冈田博子认为，作品中伴随"見る"（看）的自然描写，全集中在旅途、参诣地等生活圈外的自然，这一阶段的自然风景与道纲母的心境呈分离状态，天禄二年以后用"ながむ"（望）来描写生活圈内的自然，这时风景描写才与道纲母的心情融合。[③]但是笔者认为此段"纪行"中的风景描写并不仅仅是对自然的观察，同样与"我"的心情相映照。从上述引用的例文可见，去的路上"見る"总与"あはれ"（哀）、"涙"（泪）并用，但在与兼家的返程中，已不见"あはれ"。同样是宇治川的鱼簖，去程时用"あはれ"描述，与兼家的返程则是"いふかたなくをかし"（无比有趣）。不仅因为去程时人少路生，返程时在兼家一行的陪同下热闹前行，更因为途

---

① 增田繁夫. 蜻蛉日记作者　右大将道綱母 [M]. 东京：新典社. 1983：179。
② 松原一義. 蜻蛉日記の原初形態—「幸せの記」の想定 [J]. 国語と国文学. 1976（8）。
③ 岡田博子. 蜻蛉日記の作品構成 [M]. 东京：新典社. 1994：130。

中在景物的观看中，涤荡了心灵，得以治愈，并延伸到后面的纪行中。"见る"在后文纪行中的出频率为：天禄元年六月的唐崎参拜7例、七月的石山参拜13例、天禄二年六月的鸣泷闭居7例、七月的再度初濑参拜12例。"蜻蛉日记的物诣，包含梦在内，本质上是寻求'看'（见る）之旅。"①

**（二）天禄元年的唐崎与石山寺之行**

天禄元年四月起"我"与兼家"已有晚上三十余日，白日四十余日未见"的状态下，心中郁闷无法释怀，于是想"到个凉爽的地方，散心之余顺便祓被，决定前往唐崎"②。在自然风光的慰藉下，内心得到些许安慰与救济，正如文中所言，到了清水附近，"将手脚都浸到水中，不愉快的回忆都烟消云散，顿觉内心清爽"③。水本身就是信仰的根源，洗涤了内心的忧郁，一时间摆脱世俗的羁绊。但是回家后因为兼家依然对自己淡漠，日子又回到了日常的郁闷中。只有向年幼的道纲倾诉出家的意愿，道纲表示愿意将心爱的鹰放飞而追随出家，当时连周围的侍女听后都心酸地泪流不止，"我"更是整日以泪洗面。此时我的心情正从"明快"向"低沉"转换，之所以对尚未成人的儿子倾诉，是因为丧失了兼家这一直接倾诉的对象，透露着"我"的无助与哀切。后听闻兼家与近江有意，距离六月份的唐崎之行仅仅一个月，便再次前往石山寺。当时观音作为实现人们现世利益的佛而受到人们的信奉，石山寺则是当时颇受欢迎的观音信仰的名寺，在其他的女性文学作品、男性汉文日记、《今昔物语集》等说话文学中也常出现有关石山参拜的叙事。

面对兼家新欢的出现，此次的石山寺参拜，完全没有了观赏自然的余

---

① 三田村雅子.蜻蛉日記の物詣［A］.一冊の講座 蜻蛉日記［C］.东京：有精堂.1981：208。
② 藤原道綱母.蜻蛉日記［M］.东京：小学館.2000：193。
③ 藤原道綱母.蜻蛉日記［M］.东京：小学館.2000：197。

裕。去的时候只带上少量随从，连妹妹等身边的人也没告知，便匆忙悄然出行，而且从"走る"（跑）、"步み"（走）等词中推测是徒步前行。"当时有种观点认为徒步参拜较有灵验"[①]，道纲母可能希望徒步参拜所蕴含的虔诚能打动神灵，让灵验的观音赐福与她。去的路上，内心的悲痛加上路途的艰险，悲痛的词语"悲伤"（悲しい）"眼泪"（涙）频现，甚至一度想到轻生。"利用离开家的这次机会，每当想到死，就首先挂念到这个孩子，无法割舍，一直哭至泪干"[②]。因为与兼家的关系陷入冰期，内心的痛苦无处化解，只好转向神佛求助，文中开始出现与佛教修行相关的表述。"到了晚上，用清水净身后，登上佛堂。想向佛灵倾诉自己的命运，却只能无语凝噎"[③]。踏入佛寺的神圣空间，意味着俗世空间的暂时中断，"我"做了第一个灵梦[④]。对当时的人来说，灵梦也是一种宗教体验，做了灵梦即意味着参拜修行的目的达到。西乡信纲提出，"做了灵梦意味着蛰居修行的物忌结束，人们下山，返回俗界"[⑤]。返程路上的情景描写有着不同以往路上的清新感，道纲母内心得到了净化。在从石山的返程中不仅视觉上观照自然，而且听觉叙事增多，感受到鹿、马、鸟等生灵的"あはれ"（哀），画面感向立体发展。"从远方的山谷深处传来稚嫩的、伴有长长余音的鹿鸣声。此时听到这种声音，再无法凝神"[⑥]。船夫的歌声、船桨声都会让我泪流不止。张世君认为，"视觉、嗅觉、听觉、触觉等感官意象都可以建构叙事的空间层面，但是在不同的文本中，出现的各种感官意象多少不一，其中有的带规律性的感官意象，是文本描写的独特表现，成为一个系统，贯穿文本始终。它直

---

① 增田繁夫.蜻蛉日記作者　右大将道綱母［M］.东京：新典社.1983：151。
② 藤原道綱母.蜻蛉日記［M］.东京：小学馆.2000：208。
③ 藤原道綱母.蜻蛉日記［M］.东京：小学馆.2000：208。
④ 关于此次灵梦的具体内容与分析，详见本章第二节。
⑤ 西郷信綱.古代人と夢［M］.东京：平凡社.1972：108。
⑥ 藤原道綱母.蜻蛉日記［M］.东京：小学馆.2000：207。

接为建构文本的空间叙事层次服务，并组成叙事的空间层面"①。

### （三）天禄二年的鸣泷与初濑之行

石山参拜结束后，道纲母与兼家的关系并未迎来好转，反而是又回到了哀怨的日常生活中。自天禄二年元月起，兼家多次从道纲母家门前经过直接前往近江处，对道纲母造成了莫大的伤害，使其感到"碎心之痛"。当听闻兼家在近江处连过三夜意味着两人婚姻关系成立时，再次表露出意欲出家的心思。"如果出家能够拯救我的内心的话，就去个世人不能轻易打扰的地方，自己也能离开俗世，落发为尼吧"②。在重重压力下，道纲母于四月份起在父亲家开始长期斋戒，厌世并寻求菩提救济，其间两次经历灵梦。在父亲家斋戒的这段时间，"应该是道纲母宗教信仰的最高点"③。虽然身居俗世的家中，但这种虔诚的长期斋戒可视为对"圣"的世界的模仿。但是斋戒结束搬回自己家后，为了逃避兼家依然堂而皇之地从自家门前过而不入给自己造成的苦恼与烦闷，道纲母迫切地需要去兼家不在的空间疗伤，所以决定前往常去的西山寺庙（鸣泷般若寺）闭居祈祷。前后21天的鸣泷闭居经历占据了中卷叙事量的一半，可见在作者道纲母心中所占的分量。

同石山参拜部分一样，在前往鸣泷途中的描述中，字里行间流露着"我"痛苦的心情。"途中的山路没有什么特别的风情，但是却思绪万千。以前与他因事一起经过此路。以前我生病的时候，大约也是这个季节，他三四天都未去朝廷陪我在鸣泷居过，于是边流泪边走过这条曾经的路"④。在"过去"与"现在"的对比中体味人生的凄凉。记忆不仅涉及过去，与时

---

① 张世君.《红楼梦》的空间叙事[M].北京：中国社会科学出版社.1999：79。
② 藤原道綱母.蜻蛉日記[M].东京：小学馆.2000：219。
③ 小野村洋子.蜻蛉日記の宗教意識[A].一冊の講座 蜻蛉日記[C].东京：有精堂.1981：201。
④ 藤原道綱母.蜻蛉日記[M].东京：小学馆.2000：228。

间有着千丝万缕的联系，还与空间有关。故地重游，此处相关的往事便在回忆中苏醒。看到的不只是新奇的景色，还有"树阴""松影""暗空"这些模糊或者阴暗的风物，草木知愁，天人感应，如同道纲母此时的内心，看不清未来的曙光。看到寺院草丛中凋零的牡丹，想起"花开一时"的和歌，再看自己如今青春不再，夫妻情分淡薄，不仅黯然伤悲。黄莺、布谷鸟、秧鸡的鸣叫都触动"我"脆弱的心。"听到山寺的暮钟声、液蝉的鸣叫声、周围小寺庙不断敲响的低微的钟声，还有坐落在前面山丘上的神社里传来的法师们的诵经声,不由自主陷入悲伤"[1]。听觉叙事与视觉叙事共同为叙事主题服务，明与暗、远与近、动与静，画面感鲜明。道纲母再次向道纲倾诉了出家的意愿，道纲"伤心地哭泣不止"，更加凸显了"无依无靠"（はかなき身の上）的叙事主题。

  对寺院的参拜原本是脱离日常生活进入"圣"的空间，但是在鸣泷21天的闭居期间，世间传言道纲母出家，于是兼家、姨母、妹妹、登子、兼家与时姬的长子藤原道隆、父亲等以不同形式劝"我"下山，将家的日常性带到了非日常的空间，已经从外部破坏了"圣"的时空，参拜的意义发生了变质。如果所居的山寺被日常化，那么日常生活中的烦恼也会相伴而至。道纲母执意前往鸣泷，并非仅仅是为了在清净之地寻求佛祖的救济，"对道纲母来说类似一种赌注"[2]，也是对兼家与自己感情深度的试探。最终表面上是被兼家强行带下山，其实字里行间隐藏着对兼家迎接的期待。返回京城，除了被冠以"雨蛙"[3]的绰号，道纲母还意识到自己不能对兼家抱有过多的期待，假装出家也不能挽回兼家的心，只好任凭自我在命运之流中挣扎。因此鸣泷的闭居祈祷，被认为是道纲母人生抵抗的失败。

---

[1] 藤原道纲母. 蜻蛉日记［M］. 东京：小学馆. 2000：235.
[2] 川村裕子. 蜻蛉日记の表现と和歌［M］. 东京：笠间书院. 1998：53.
[3] 雨蛙的日语发音"あまがえる"，与"尼帰る"（回家的尼姑）发音相同。

以鸣泷闭居修行为转折点，空间的日常性与非日常性界限不明，这种模糊性在同年七月与父亲等诸多家人热热闹闹前往初濑的参拜中达到顶点。道纲母放弃了对兼家之妻身份的执着后，心境渐趋从容，此次参拜已经没有了初次参拜初濑时的落寞，也没有了石山与鸣泷之行的悲怆感和佛教意识，看到沿路曾经见过的风景，只是静静地回想过去，频用"有趣"（おかし）一词。自此以后文中道纲母的"物诣"，或者应他人所邀，或者为养女之事，不再主动去求神灵相助挽回夫妻感情，去的也尽是近郊的稻荷、贺茂、清水以及一些未记名的山，经过不再被详叙。如天延元年冬天，应别人邀请前去参拜某神社的叙事，对殿堂上垂下的冰柱、吃冰柱的人的描写，充满了游玩的乐趣感。可见"我"终于从婚姻的苦闷中走出，回到了"家"中平淡的日常生活。

平安时期女性日记文学作品中，都或多或少含有地理空间的叙事。《和泉式部日记》中的人物行动范围较窄，基本限定于女主人公"女人"的家宅与男主人公帅宫的府邸，当然也有偶尔外出。如"女人"觉得与帅宫的关系要陷入危机，"倍感无聊"（つれづれなぐさめん）而参拜石山，收到帅宫的书信后立即回京，还是给叙事带来新鲜的空间感。宫廷女房所学的《紫式部日记》与《赞岐典侍日记》则将地理空间限于平安京的宫廷，鲜有京城以外地域空间的叙事。平安时期的羁旅的一半模式是自京城出发，返回京城，但是《更级日记》却是逆方向，作者从偏僻的东国出发前往京城的路途写起，包含少女时代自东国赴京之途的叙事、宫廷供职的生活叙事、老年后数次前往清水・石山・初濑・太秦・鞍马等神社与佛寺参拜的叙事。外出参拜的叙事部分，孝标女的心境也从因为"无聊"（つれづれとながむるに）前往清水寺，到为了"神佛定能知晓我等诚心"（かならず仏のみしるしを见む）而参拜初濑。《更级日记》兼具《土佐日记》《紫式部日记》《蜻蛉日记》的空间要素，空间叙事中的美意识与佛教意识都浓于

《蜻蛉日记》。

## 小结

  道纲母几经易宅也没能与兼家同居荣升为正妻，作为没有经济能力的女性，只有寄住在别人提供的家宅内，被动地等待丈夫的造访。而丈夫兼家造访的时断时续，感情的忽冷忽热，让"我"随着兼家的脚步一喜一忧，内心始终处于不安的状态。于是道纲母需要兼家不在的空间，来自我凝视。"岁月乃百代之过客，流年亦为旅人"，旅途可以丰富诗情，前往寺院、神社的神圣空间，更能静思人生，得到内心的净化。对于深居寝殿内部，每日面对暗淡世界的贵族女性来说，物诣不仅是空间上踏入广阔的外部世界的机会，重要的是可以通过接触眼前未知的世界，得以再次客观地审视置身于狭小世界的自我。在出行极为不便的当时，道纲母的参拜不仅是散心之旅，又有祈求神灵赐予子嗣，保佑夫妻恩爱的期待。向神佛表心，即使流露出家意愿，也并非真心欲皈依神佛追求来世，而只是将其当作夫妻感情僵滞期的清凉剂、内心痛苦的避难所，最终还是回归了家庭。她的精神世界在俗世与圣空之间往返。对静态空间进行细致描述时，叙事时间暂时中顿，但是空间的转换与流动也推动着叙事的进展。每次空间的变换，都是对兼家爱的变相索求，为夫妻感情长存所作的努力，叙事的主线依然是道纲母与兼家的感情起伏。

## 第二节　心理空间中的梦信仰与雨意象

  《蜻蛉日记》的叙事不仅离不开实体空间，也包含有意识或者无意识催生的虚化空间。因为梦境乃主体"日有所思、夜有所梦"的结果，蕴含着人深层的潜意识，是一种意象语言。灵梦体验是佛教信仰的一项重要内容，而日本平安时期的女性日记文学被誉为"梦的宝藏"[①]。《蜻蛉日记》如前文所述，出现了作者本人以及他人所做的数个灵梦，接下来结合文中有关梦的叙事出现的语境、时空，探讨道纲母的梦信仰，以及折射出的深层内心世界。另外，《蜻蛉日记》线性的时间流中对自然的观照呈现不同的情趣，将出现频率较高的自然物象"雨"作为关键词，分析不同时期的雨意象映射出道纲母的心境历程。

### 一、梦里倾心语

从古至今，梦的神秘引发了人们从神学、心理学与精神分析学等不同领域的分析与探讨。现代人通常认为，梦是人在睡眠状态中有些脑细胞尚未完全休息，在外界的微弱刺激下所引发的脑部活动，从心理学角度来讲，则是人潜意识的显现。对于科学认知尚不完备的古人来说，梦是神圣、神秘与值得敬畏的。在千年前的日本平安时代，人们认为梦是神佛托梦谕示于己的途径，是人神交流的神秘空间，寄托着人的愿望。人们常常通过祈祷、斋戒、参拜等方式期望神佛托梦，以获得神灵与佛祖的启谕与点播。"神佛通过梦来传授旨意。作为获得神佛谕示的方法，只有梦是谁都可以采用的"[②]。这在平安时期的《小右记》《源氏物语》《大镜》《今昔物语集》等汉文与和文的文学作品中都可见。平安时期的女性日记文学中关于梦的叙事较多的作品当属《蜻蛉日记》与《更级日记》，包含"梦路"（夢路）"解梦"（夢解き）等有关"梦"（夢）的词，前者出现24次，实际所做的梦10例（作者6例，他人4例）；后者出现22次，实际的梦叙事11例（作

---

① 古川哲史.夢—日本人の精神史 [M].东京：有精堂.1967：85-90。
② 森田兼吉.日記文学論叢 [M].东京：笠間書院.2006：85。

者 9 例，他人 2 例）。两部作品都为非虚构文学，因此梦境是这个时代下的真实生动的个人体验，寄寓着作者的人生期望，诉说着心语，对于理解作品具有不可忽视的作用。关于平安时期人们的梦信仰，已有诸多成果，如西乡信纲的《古代日本人与梦》[①]，通过梦的记录挖掘了日本古代人精神史的深层。平安时期人们的梦信仰考察不是本论的探讨重点，下面将主要分析《蜻蛉日记》中道纲母梦境的语境，以及与人物心境、信仰的关联。

表 4 《蜻蛉日记》的梦境一览表

| 序号 | 时间 | 做梦者 | 梦境情况 |
| --- | --- | --- | --- |
| （1） | 安和元年五月 | 贞观殿尚侍登子 | 登子对道纲母说自己"做了不吉利的梦"，之后也"频繁做不吉利的梦"，想找人解梦避祸。 |
| （2） | 天禄元年七月 | 道纲母 | 石山寺的总管僧师将酒器中注入清水洒在"我"的右膝盖。 |
| （3） | 天禄二年四月 | 道纲母 | 在父亲藤原伦宁家中长期斋戒时，梦见自己剪去了长发，并分开了额前的头发。 |
| （4） | 同（3） | 道纲母 | 梦（3）过去七八天后，梦见蛇在自己腹中蠕动，要吞食"我"的内脏，要想治退，需要向脸上浇水。 |
| （5） | 天禄三年二月 | 石山寺的僧师 | 天禄元年七月石山参拜时拜托替自己祈祷的石山寺僧师托人捎口信说："十五日晚上梦见夫人袖藏日月，将月踏脚下，日抱胸中。烦请询问下占梦人。" |
| （6） | 同（5） | 某人（通常解释为身边某侍女） | 梦见所住府邸改成了四角门（此种门，大臣公卿的高官才能居住） |
| （7） | 同（5） | 道纲母 | 梦见自己右脚底，突然被写了"大臣门"几个字，受惊而缩脚醒来。 |
| （8） | 同年七月 | 道纲母 | 梦见自己八月将死 |
| （9） | 同年八月 | 兼家 | 十一日兼家来信说自己"做了个不可思议的梦，总之去趟你那里"。但是梦的内容文中未体现，详情不明 |
| （10） | 天延二年二月 | 道纲母 | "二月二十日左右，做了个梦。"缺少梦的后文，详情不明。 |

---

[①] 西郷信綱.古代人と夢［M］.东京：平凡社.1972。

## （一）中卷的灵梦

从上表可见，道纲母所做的梦，时间上来说未出现在上卷的 15 年间，内容上跟神灵、佛祖有关，没有丈夫、朋友、亲人等的出现。日本文学中，奈良时期的和歌集《万叶集》中的梦，尤其是男女相恋的"相闻歌"中，更多地与情感联系在一起，认为当你思念他（她）时，思慕的人会在梦中出现，如果现实中不得相见，可以借助梦来相会。平安时期的《古今集》中，与梦相关的和歌共 34 首，内容都与恋情相关联，但通常认为梦是不真实的、虚幻的（はかない）。有名的恋歌要属《古今和歌集》中小野小町的"思君情切梦中逢，若知是梦何须醒"（思ひつつ寝ればや　人の見えつらむ　夢ち知りせば覚めざらましを）(《古今集》恋二 552)。但是"梦中与恋人相逢的表达，在女性日记文学中未见，此类型的展开在《篁物语》(《篁日记》) 中可见"[1]。《蜻蛉日记》围绕"我"与兼家的情感主轴展开，也有苦念恋人而不得相见的时候，但是文中的散文与韵文部分都没有通过梦境向兼家诉说思念的叙事。只有天延元年八月，在父亲建议下搬至广幡中川后，道纲母哀叹"此后，连梦中都不得相见，此年已过"[2]。可见，此前多次与兼家梦中相见，这也是符合常理的，但是却未记载。笔者认为因为《蜻蛉日记》属于事后回忆，可能一方面缺少当时记录梦境的资料，另一方面作者执笔时觉得那些资料与作品的基调或者主题不符而有意略去。作品中的"梦"一词，也不像《更级日记》开篇所言的"比梦境还虚幻的人世"（夢よりもはかなき世の中）指男女恋情的虚幻，更多是睡眠时所做的灵梦。

表 4 中（2）是道纲母所做梦的第一次叙事，如前文所述，天禄元年

---

[1] 原冈文子. 日记文学事典 [M]. 东京: 勉诚出版社. 2000: 56.
[2] 藤原道纲母. 蜻蛉日记 [M]. 东京: 小学馆. 2000: 318.

四月起"我"与兼家"已有晚上三十余日，白日四十余日未见"，在听闻兼家与近江相好的苦恼状态下，七月份徒步前往石山，希望自己的虔诚能感动神灵赐福于她。道纲母在佛堂进行各种祈祷，哭至天明，黎明前小睡时，梦见这个寺里总掌寺务的法师，用铫子[1]装满水，拿来浇到自己的右膝盖上。猛地醒来后，"想到这应该是佛祖所示启谕，更受触动，不禁悲从心生"[2]。关于此梦日本学界有着诸多解读。川口久雄指出"想到这应该是佛祖所示启谕"，可见此梦与观音的灵验有关，但是指出总掌寺务的法师是男性形象，带柄的酒器是男性性器的物化，此梦暗示了道纲母的性压抑。[3] 冈一男从精神分析的角度将梦简单化，认为酒器形状以及水的出现乃为性的象征，此梦是道纲母性欲望被压抑后苦恼的典型体现。[4] 河东仁认为，当时的人们相信参拜石山寺与长谷寺等观音灵验寺就会得到灵梦，从这种时代精神来看，只能解释成灵梦。[5] 因为做梦时道纲母与兼家已经长时间未见，将水与酒器解释为作者被压抑的性欲望，从现代精神分析的角度解读也可以理解，但是此种解读对彼时的作者并无意义。作者将此梦记录下来，是想倾诉自己的心声，毕竟当时的道纲母并未意识到这是性压抑使然。如道纲母自己所言，"想到这应该是佛祖所示启谕，更受触动，不禁悲从心生"，自身认为是重要的、感动的灵梦。认为自己的虔诚终于打动了观音，得以在佛前赐灵梦，给当时陷入苦恼与无助的"我"以极大的安慰。"从日记的叙事来看，作者想突出的是观音显灵这一事项"[6]。梦里总掌寺务的法师出

---

[1] 铫子（ちょうし）：带长柄的木制或金属的斟酒器。
[2] 藤原道綱母.蜻蛉日記[M].東京：小学館.2000：209。
[3] 川口久雄.かげろふ日記評釈（十）[J].国文学 解釈と教材の研究.1960（12）：146。
[4] 岡一男.道綱母—蜻蛉日記芸術攷—[M].東京：有精堂.1986：145。
[5] 河東仁.日本の夢信仰—宗教学から見た日本精神史—[M].東京：玉川大学出版部.2002：111-112。
[6] 白井たつ子.蜻蛉日記の風姿[M].東京：風間書院.1996：224。

现，是因为当时人们相信神佛以僧侣的姿态出现在梦中。岛内景二认为《蜻蛉日记》中石山参拜时梦中的水，"玉乃水之精，因此可以理解为浇水是授玉的梦的变形"[①]，因为灵梦中神佛或者使者僧侣多以授予人们如意玉、日、月、莲花等形式谕示。

在前文已经有述，石山参拜结束后，道纲母与兼家的关系并未迎来好转，面对兼家与近江感情的日益加深，在时姬面前也是甘拜下风，道纲母的痛苦与绝望在长期斋戒前可谓达到了作品中的顶点。对宗教的虔诚度这段时间也达到了最高点，表达了出家的欲望，想要寻求菩提救济，并在父亲处斋戒期间做了（3）与（4）两次灵梦。梦（3）是在斋戒持续了二十几日所做，自我补充说"不知此梦吉凶"。大约又过了七八天，梦见腹中有蛇的梦后，再次补充"虽然不知梦的吉凶，暂且记下，留待了解我最终命运的人，来判断、印证梦与佛是否可信"[②]。梦（3）一般解释为佛祖劝告道纲母削发为尼，出家修行。关于梦（4），川口久雄、冈一男[③]仍然从现代精神分析角度，将蛇、水视为男性性器异化的象征，认为梦体现了道纲母性压抑的苦闷。品川和子[④]、岩濑法云[⑤]则从佛教信仰的角度将蛇视为作者的苦恼，浇水为带有咒术性质的水疗法，被浇水治愈类似密教的醍醐灌顶，暗示道纲母要通过密教或者出家助其祛除执念。与性压抑相比，被灌顶的水治愈蛇所代表的欲望带来的苦闷，可能更接近当时人物的感觉。因为这时平安贵族的佛教还是以天台、真言的密教为代表的咒术佛教，追求现世

---

[①] 島内景二. 物詣で//王朝女流日記必携 [M]. 秋山虔編. 東京：学灯社. 1986：163.

[②] 藤原道綱母. 蜻蛉日記 [M]. 东京：小学館. 2000：223.

[③] 川口久雄.『蜻蛉日記』校注（日本古典文学大系）[M]. 东京：岩波書店. 1957：347；冈一男. 道綱母—蜻蛉日記芸術攷—[M]. 东京：有精堂. 1986：150.

[④] 品川和子. 蜻蛉日記における仏教の周辺について [J]. 学苑. 1965（1），后被品川和子. 蜻蛉日記の世界形成 [M]. 东京：武蔵野書院. 1990 收入.

[⑤] 岩瀬法雲. 源氏物語の仏教思想 [M]. 东京：笠間書院. 1972：223-224.

安稳，道纲母所参拜的初濑、石山、鸣泷般若寺都是真言寺。梦（2）（3）（4）的体验都脱离了自己日常生活的"家"，在进行佛教修行的场所，空间具有神圣性，这样时空下的梦自然也有灵验性。

对于作者"梦与佛是否可信"的叙述补充，西乡信纲[①]认为这表现了道纲母"对于梦的独特清醒态度"，意味着对梦深信不疑的神话时代已经结束，梦信仰在平安时期出现了重要转折。日本记纪文学时代的"梦"是无意识的，是人神交流的神秘空间，神托梦与人，人按旨行事，对梦深信不疑，不违神意。平安时期，"人们对于梦的信仰态度，已经有别于神话时代对梦的那种深信不疑"[②]。但是笔者更倾向于从作者当时的心境来考虑。或许是因为石山参拜时的第一次灵梦并没有给自己带来命运的转机，因此，"我"再次经历灵梦时，已经没有了初次灵梦的感动与安慰，而叙述者的"我"更是清楚，此梦以及其后的鸣泷修行都未曾挽回兼家的心，多年的四处参拜也未为自己带来更多的子嗣，因此叙述者道纲母，也就是执笔时的作者道纲母对两个梦都只是淡淡地写到"不知吉凶"（悪し善しもえ知らず），记录此梦是为让知晓自己命运的后人评判。经历灵梦时的"经验自我"或许还对神佛抱有一线希望，而且应该意识到此梦是劝其出家，因此随即前往鸣泷般若寺闭居修行，最后修行以失败而终，让执笔时的叙述者道纲母不愿承认。对梦的怀疑，尽管有着作者不同于他人的强烈自我意识，但更多是体现了叙述自我，也就是作者执笔时的心境，透露出对自己的命运抱有一种绝望感。这三个灵梦都是发生在人物道纲母与兼家感情极度不和时期，所以感情相对温和的上卷未出现，都是"我"内心无助时所得，当内心的苦闷减弱时，求道之心也随之减弱，因此到了下卷"我"的心态渐趋

---

[①] 西卿信冈.古代人と夢［M］.东京：平凡社.1972：199。
[②] 陈燕.藤原道纲母之梦信仰再考［J］.日语学习与研究.2009（5）：95。

平和。

### (二) 下卷的解梦

"因为是梦'灵魂的世界'，所以只要有想法，便不会受现实的制约，而心灵相通。"① 从《大镜》《今昔物语集》等诸多文学作品中可知，这时的人们普遍认为梦具有预言性，可以告知你今世的凡事，诸如生男生女、自己何时死去等。不仅现世的，梦境中还可以告知前世和来世。比如《更级日记》中"我"梦见自己在清水寺礼堂中，总管的僧人过来说"你前世是此寺雕刻佛像的僧侣，功德深厚，故转生为人"②，而自己的姐姐则梦见侍从大纳言的女儿是猫转世。但是梦的预言大多数情况下都不以明确的形式出现，因此要想知道正确的旨意，需要具有求助有某种灵验之力的解梦者解梦（夢合せ、夢解き）、占梦（夢占），才能得知梦的吉凶，并设法化险为夷。《蜻蛉日记》中的梦（1），贞观殿登子频繁得到不吉利的梦谕（夢のさとし），叙述者为此苦恼，并试图通过方向避忌、寻求占梦者等方式避祸为安，可见对梦谕的敬畏。

中卷的梦（4）中，叙述者道纲母对佛与梦是否可信持怀疑态度，到了下卷三禄三年二月，适逢有解梦的占卜师去自己住处，便将石山寺僧师所做的梦（5）、身边侍女所做的梦（6）、自己所做的梦（7）都请求占梦人评判。从梦的内容以及占梦者所言，通常将三个梦视为预示道纲将来前途无限的吉梦。虽然"我"觉得梦（5）的僧师特地派人说梦有点小题大做，甚至怀疑他在夸大其词，故也未特地请人占梦。但是假装当作别人的梦求助占梦师解梦时，"不出所料"（うべもなく）是预示家里有人将来能左右朝廷的吉梦。"不出所料"一词，透露出道纲母对此梦的吉利谕示也是有所期

---

① 加奈重文.平安文学の環境 後宮·俗信·地理［M］.大阪：和泉书院.2008：346。
② 犬養廉（校注）.更级日记（新編日本古典文学全集）［M］.东京：小学馆.2001：327。

待的，正如她本人所言"因为这个家族也是有这种可能性的，心中暗想或许我的独生子道纲将来能有意想不到的幸运"①，并用接下来稀有的两人同梦来印证吉梦的可信性与可能性。毋庸置疑，在与兼家感情生痕的时刻，预示儿子道纲美好前程的吉梦，给了"我"莫大的安慰与支撑。可见，道纲母对佛与梦的态度存在理性，但并非完全不信。

天禄三年的梦（8）同样是有关梦示神谕的。道纲母七月份梦见自己将于下个月去世，因此在八月小心翼翼，谨言慎行，最终平安度过时不免感慨，"也许像我这样薄幸之人不会轻易死去，而那些幸运的人反而可能寿命不长"②。作者同样用了"不出所料"（うべもなく）一词来形容平安地来到九月，说明作者对预言自己将会死去的"神谕"（さとし）并非完全相信。梦（10）是道纲母的梦，但是梦的内容与后文的叙述呈现断层，与梦（9）兼家的梦通常都被视为原文的文字脱落。大仓比吕志也提出了不同意见，"大胆推测，此两处叙事，是因为叙述了道纲母满意的内容，或者道纲母执笔回想与兼家的关系时，觉得内容过于空洞而删去的呢"③。

道纲母对梦境预言的态度，不同于平安后期的《更级日记》作者菅原道标女，道标女晚年在自己家梦见阿弥陀佛来迎，并将此梦作为"余生的寄托"。"《更级日记》以作者悔恨自己因为轻视了梦与信仰的告诫与规范，因而人生失败为契机成立"④。《更级日记》的梦，从治安元年（1022年）耽溺于《源氏物语》的作者被劝读《法华经》五卷的第一个梦开始，直到长历三年（1039年）12月32岁的"我"被告前世为佛师的第六个梦，梦境

---

① 藤原道綱母.蜻蛉日記［M］.东京：小学馆.2000：279。
② 藤原道綱母.蜻蛉日記［M］.东京：小学馆.2000：308。
③ 大倉比呂志.『蜻蛉日記』の夢と信仰［A］.日記文学講座第二巻［C］.东京：勉誠社.1990：247。
④ 松本寧至.更級日記：夢と信仰（蜻蛉日記と更級日記—王朝女流の生の軌跡）［J］.国文学 解釈と教材の研究.1978（1）：67。

的谕示都是劝其不要再耽溺于物语，而是皈依佛道，但是"我"却一直无视。以宽德二年（1045年）做的第七个灵梦为转折点，作品中道标女的态度发生转化，开始遵循梦的谕告频繁外出参拜修行，但信仰不够彻底，最后梦见阿弥陀佛来迎，并将此作为人生的支撑。可见这些梦是诉说主人公精神成长、变容的存在，是作者后来执笔时有意所选。

　　道纲母只有人生失意时才去向佛，追求现世幸福，当觉得神佛也不能救助自己时，便逐渐把目光转向了现世的子女身上；道标女虽然也是人生失意时才想起以前灵梦的神谕，但是最后将人生希望寄托于佛教的来世。之所以出现如此差距，除却个人的自我意识与思维方式的不同，也有着当时佛教信仰环境的不同。被视为净土教思想基础的源信的《往生要集》完成于985年，晚于《蜻蛉日记》的最终年974年，因此视现世为秽土，追求极乐净土的净土教，在《蜻蛉日记》诞生的时期尚未流行。道纲母在向神佛倾诉着现世的不幸，追求的是现世的利益，并非来世。她的现世利益就是兼家对自己的爱，当得不到满足时便向佛求助。平安中期以后，伴随着律令制国家的解体，社会的不安加深了人们的无常感，人们开始向往净土教宣扬的极乐净土，祈祷着临终前能有阿弥陀佛、观音、势至诸菩萨将自己迎至净土。《紫式部日记》的"书信"部分，紫式部面对别人的评判，转向内心思索如何自我救助，虽然有向往净土之意，但觉得罪恶颇深的自己已无法救赎。《更级日记》中则明显飘荡着平安晚期的忧愁，净土教思想较为浓厚。《成寻阿阇黎母集》充满了母亲对远赴宋土的高僧儿子成寻的思念之情，作者本人传记不明，是位八十几岁高龄的佛门尼姑。从日本中世开始，离开俗世出家为尼的女性人数更是逐渐增多。

## 二、雨中见心像

　　日本平安时代的贵族女性基本是在宫廷内或者自己府邸的有限空间内，

欣赏那缤纷飘落的春花、青绿欲滴的草木、热情奔放的红叶、晶莹洁白的冬雪，便是与自然的接触。那宫闱中隔帘而诉的细语、遮脸的扇，以及高丽纸上附的带露花枝，都自成诗画，如诗如画的感伤世界生牵扯着贵族们的敏感之心、纤细之情。无论是萧瑟深秋中的凄楚之情，还是细雨淅沥中的寂寥之感，花草雨雪都能拨动他们敏感的心弦，带给他们一种深深的感动。借助偶尔在外出参拜时的短时间旅行，才能与野外宏大空间的自然进行更加自由的对峙，给她们时常忧郁的内心以愉悦的刺激与灵魂的净化。绚丽多彩的平安朝女性文学作品中，被誉为随笔始祖的《枕草子》，其作者将自然风物本身作为主体加以描绘，而不是作为人物情感的陪衬，春晓夏夜秋夕冬晨，捕捉四季景物变化的纤细和灵动，凝练出"趣"（おかし）的审美意识。倾诉私语的《蜻蛉日记》作者则更侧重情感，上卷除了康保元年（964年）秋母亲去世部分对山寺"雾气笼罩着山麓"景物的描写，以及安和元年（968年）九月的初濑之行部分以自然风景为描写对象外，就没有其他以景物为中心的描写了，而在自己府邸部分的自然描写仅仅是为和歌吟咏或者情感渲染作铺垫。以中卷的鸣泷闭居修行为转折，才逐渐开始观照自然本身，有时会在"雨"这一封闭的虚化空间内陷入沉思，叙事时间暂时中断。下卷天禄三年以后的自然观照，已引起诸多学者[①]的关注。下面将以自然物象的"雨"为关键词，分析自然观照在作者人生时间流中的不同意蕴。

雨不仅作为客观的自然物象在人类生活中充当着生命之源，还因为它具有迷离朦胧、飘逸空灵、闲适恬淡、清寒冷寂、迅疾狂骤等多样的审美特征，"雨"融入作者独特的人生与情感体验，浸润到古今中外的文学作

---

[①] 木村正中.蜻蛉日記下卷の構造［J］.日本文学.1961（4）；秋山虔.蜻蛉日記の世界//王朝女流文学の形成［M］.1967等。

品中，被赋予了多种意象与美感。《蜻蛉日记》全卷共处现类似"雨""阵雨"（時雨）"连雨"（ながめ）有关"雨"的词语分布如下：上卷 8 例（含和歌内 4 例），中卷 26 例（含和歌内 4 例），下卷 32 例（含和歌内 2 例），具体见下表：

表 5 《蜻蛉日记》全卷"雨"的出现例数与分布

| 月份 | 上卷 |  |  |  | 中卷 |  |  | 下卷 |  |  | 每月合计 |
| --- | --- | --- | --- | --- | --- | --- | --- | --- | --- | --- | --- |
|  | 天历八年 | 天历十年 | 天德元年 | 应和二年 | 安和二年 | 天禄元年 | 天禄二年 | 天禄三年 | 天延元年 | 天延二年 |  |
| 1 |  |  |  |  |  |  |  |  |  |  |  |
| 2 |  |  |  |  |  |  | 4 | 5+4* | 1 | 5 | 19 |
| 3 |  |  |  |  |  |  |  | 1 |  |  | 1 |
| 4 |  |  |  |  |  |  |  |  | 1 |  | 1 |
| 5 |  |  |  |  | 3 | 1 | 1 | 1 | 1 | 4 | 11 |
| 6 |  | 1 |  | 3 | 1 |  | 2 |  |  |  | 7 |
| 7 |  |  |  |  |  |  | 5 |  |  |  | 5 |
| 8 |  |  |  |  |  | 1 | 2 |  |  |  | 3 |
| 9 | 1 |  |  |  |  | 2 |  |  | 1 |  | 4 |
| 10 |  |  | 3 |  |  |  |  | 2 |  |  | 5 |
| 11 |  |  |  |  |  |  |  | 1 |  |  | 1 |
| 12 |  |  |  |  |  | 3 |  | 3 |  |  | 10 |
| 合计 | 1 | 1 | 3 | 3 | 4 | 4 | 18 | 16 | 5 | 11 |  |
|  | 8 |  |  |  | 26 |  |  | 32 |  |  |  |

备注：以新编古典文学全集的《蜻蛉日记》版本为基础，不含"雨間"（雨停的期间）、"雨皮"（雨披）这种固有名词，以及会话部分的"雨"字。*部分的 4 例为天禄二年闰二月。

关于《蜻蛉日记》中的"雨"，伊藤博在《蜻蛉日记下卷的构成》[①] 一文中就《蜻蛉日记》中雨的下法进行了细分，并在《蜻蛉日记 与自然的相

---

① 伊藤博.蜻蛉日记下卷の構成をめぐって[J].山形大学紀要第七卷第三号.1972（1）.

遇》[1]中作为自然观照的一环，就雨的描述方式与作者道纲母的情感关联进行了分析；内野信子在《蜻蛉日记的表现论》[2]一书的第六章中重点分析了文中下卷天禄三年的雨为何频繁用"闲适"（のどか）来形容。《蜻蛉日记》作为非虚构文学，不同的雨物象背后隐藏着作者复杂微妙的心像，因此本章节将《蜻蛉日记》中的雨分为"自然雨""哀怨雨""宁静雨"的不同模式探索意象背后蕴含的深层意味。

**（一）故事背景的"自然雨"**

《蜻蛉日记》上卷中出现的有关"雨"的叙事，现摘录如下：

（1）一段时间内未来相会，于某个下雨之日捎口信说"傍晚来"，回和歌：草依柏木生，吾承君恩宠。常誓晚来会，言空新泪添。他亲自到来算作对此和歌的回复。

（2）到了六月。从一日开始下连阴雨，望向屋外，不由自吟和歌"门前树叶润雨盛，屋内妾颜经时衰"，这样到了七月。

（3）十月份，他深夜说"有要事急回"，正要出门时阵雨下得正大，可他还是执意要回。我顺口咏了句"君言有事急匆归，雨大夜浓能留否"，但他还是毅然离开了，还有这种人。

（4）到了六月，大雨还是一直连续下着，大家都为其所困。[3]

（1）发生在天历八年（954年）九月，道纲母与兼家新婚不久，兼家在下雨之日主动来访。（2）的故事背景是天历九年兼家公然前往町小路女人处后，长时间冷落道纲母。望着外面从五月份一直下的连阴雨，雨中不

---

[1] 伊藤博.蜻蛉日记 自然とのであい[J].国文学 解釈と教材の研究.东京：学灯社.1981（1）.

[2] 内野信子.蜻蛉日記の表現論[M].东京：おうふう.2010。

[3] (1)—(4)分别引自 藤原道綱母.蜻蛉日记[M].东京：小学馆.2000：95、104、113-114、123。黑体为笔者加，下文同。日语原文见附录3·15。

见兼家的影子,树润雨而盛,自己却容颜日衰,不觉备感凄凉。(3)则是町小路女人失宠后,"我"与兼家的关系一度升温,为兼家的雨日来访高兴,也为他的雨日深夜离去而失落。(4)发生在应和二年(962年),六月份持续下大雨,"我"在父亲处避忌,住处与兵部卿宫章明亲王相隔较近,兼家住在"我"这儿被大雨所困,与章明亲王间不断和歌赠答,并各用"连阴雨"(ながめ)作和歌一首。

天历年间的(1)(2)两例是道纲母在雨的情趣下诱发了对丈夫的情思,但是(1)处兼家对此有回应,(2)则引发了"我"的落寞,渲染了孤寂的氛围,当属于本论中的"哀怨雨"意象。(3)(4)发生于兼家同伴的场面,这一时期的描写,道纲母常用"一起"(もろともに)描述。宫崎庄平对此认为此词"一体感中,体现了作者在平稳的日常生活中的满足感"[①],尤其是(4)的叙事,介入贵族绅士间因为阴雨连绵的无聊而进行的风雅交流,透露出道纲母作为"天下权贵"(天下の品高き)之妻的荣耀。从上卷出现的有关"雨"的叙事中可见,"雨"仅仅是作为表示天气的自然物象,或者作为后文和歌吟咏的外在诱因,或者是故事描写的天气背景,既非为描述"雨"这一自然现象本身,也并不投射人物的主观情愫,尚不具备情感意象。

冈田博子认为,"最初的几年对道纲母来说,'自然风景'与自己的'命运'(身の上)并无关联"[②]。的确,上卷包含"雨"在内的自然描写谈不上自然观照,但笔者并不认为上卷的自然描写与道纲母的"命运"无关。作者道纲母因为是回忆书写,上卷的故事时间与作者的执笔时间相隔较远,而自然观照多是看着眼前的景色有感而发,所以上卷的自然观照较少。另

---

① 宫崎荘平.『蜻蛉日記における一体感と喪失感』―再び「もろともに」なる語に執して―[A]. 王朝日記の新研究[C]. 上村悦子編. 東京: 笠間書院. 1995.

② 岡田博子.蜻蛉日記の作品構成[M]. 東京: 新典社. 1994: 130.

外，平安时期男性冒雨造访是极具浪漫要素的情景，上卷的雨日兼家基本在身旁，满足"我"的内在情感期待，所以"经验自我"的道纲母在雨日没有过多的哀愁，也就对雨日没有过多的关注，作者后期写作时缺乏雨日思念的素材。但是，同样是对恋人期盼的雨境，因为"我"的期待落空，在中下卷发生了变容。

另外，"雨"用于客观物象的描述，不仅集中在上卷，还体现在文中的纪行部分，比如中卷天禄元年七月石山之行时5例、天禄二年六月鸣泷闭居时2例，以及下卷天延二年二月至五月藤原远度向养女求婚部分，多是故事发展对天气记录的自然需要，并未寄寓作者执笔时的情感体验。

### （二）雨泪同滴的"哀怨雨"

中卷有关"雨"的叙事初次出现于安和二年（969年）五月，兼家因为避忌闭居某山寺，在连绵的"五月雨"的某日，主动给道纲母送来和歌。虽然此时的雨日两人未能相见，但仍然见歌如面，可以得到抚慰。时隔一年后的天禄元年五月，兼家已经"三十余夜四十余日未来访"，一直懊恼于兼家长时间不来看望自己的道纲母，某天早上掀开格子向外望去，发现夜雨过后，树枝上挂着露珠，不禁想到一首和歌"夜降雨露次日消，夜盼朝愁无日绝"（夜のうちはまつにも露はかかり明くれば消ゆるものをこそ思へ）。利用日本恋歌中常出现的等待心上人来访的夜，与清晨和恋人的分别那个更痛苦的主题，却没有进行雨的朝夕之判，而是受雨的感染，哀叹自己与孤独朝夕相伴。此时的"雨境"，像极了上卷兼家与町小路女人合欢后天历十年（956年）六月的雨日，"我"同样是在连绵的雨日，孤独地期盼着兼家的到来，哀叹着自己的薄幸，独咏和歌。漫天的烟雨，本就容易引人遐思，感时伤怀，心生惆怅，何况平安时期心思细腻、敏感的贵族女性。漠漠烟雨织情愁，风雨隔断了情人的脚步，思念受到空间的阻隔，心

理上便萌生出孤苦与落寞。雨日的沉思也常成为日本和歌的主题，尤其是五月至六月的"长雨"（ながめ）时节，因为日语中连绵的"长雨"与表达沉思的"ながめ"同音，降雨的"降"（ふる）与时光流逝的"逝"（ふる）同音，一语双关。如有名的小野小町的和歌："雨中花色移，思间容颜衰"（花の色はうつりにけりないたづらにわが身世にふるながめせしまに）(《古今和歌集》春·下）。应和二年六月连阴雨，兼家与章明亲王和歌赠答时，也作和歌"恋人都为连雨愁，阻断脚步不能逢，吾亦不能逍遥游"（世とともにかつ見る人のこひぢをもほす世あらじと思ひこそやれ）。思念至极，便会雨泪同滴，在天禄元年十二月的雨（5）得到了淋漓尽致的体现：

> 今天中午开始渐渐沥沥地下雨，后来雨脚渐密，渐渐沥沥，清清寂寂已经不再奢想他是不是会来。（中略）有位熟悉我这些年经历与心情的侍女，对我说："想起来让人感叹啊！以前比这更大的风雨，都阻挡不了大人来看您的。"听到这话，不禁热泪滑过脸庞，不由浮现和歌：心中愁思沸，溢出化热泪。①

道纲母与兼家已经久未相见，道纲母在被遮断的"雨"的世界中，触景生情，回想起过去兼家的行为。"今日"的雨与"过去"的雨重合，在"今日"与"过去"的反复比较中凝视现在的自己，反衬现在的凄凉。听到同一府宅的妹妹处有人来访，借助侍女之词重复传达着人物道纲母的悔恨，开始在"雨"这一封闭的虚化空间内自省，曾经要求兼家风雨无阻来探访的"过去的我"是多么没有自知之明。情动之时泪自流，热泪滑过，并自咏和歌一首，吐露内心的思念与煎熬。雨泪同滴，同为水的"雨"与"泪"意象复叠，聚变为泪水。谈起泪水，平安时期包含物语在内的诸作

---

① 藤原道纲母.蜻蛉日记[M].东京：小学馆.2000：215。原文参照附录3·13。

品中的登场人物，不论男女，哭泣流泪的场面较多，女性日记文学先驱的《蜻蛉日记》也不例外。关于《蜻蛉日记》中的"泪"意象，已有学者论及，本论中暂不探讨。[1] "说起王朝贵族，从当时的物语可见，经常悲泣、流泪被视为风雅"[2]。此处的泪，并非故作风雅，而是"发乎中而见于外"的情感外露。这种雨泪俱下，文中还有多处体现。如天禄二年（971年）二月的（6）：

> 大约过了两天，雨下得很大，东风也正吹得猛，前几天种好的淡竹有一两颗被刮倒了，想着趁雨晴时设法扶起来，自咏：淡竹无力经雨摧，身处浮世将何为。今日是二十四日，雨缓缓地下着，宁静清新。傍晚，久违的收到他的书信，"害怕着你那生气恐怖的样子，时间流过"，未回信。二十五日，雨依然在下，清新寂寥，想到"欲入未名山"的和歌，又是泪流不止，独咏和歌：雨日浸愁思，泪若雨不止。[3]

短短的二月相继出现了三次有关雨日的叙事。天禄二年，兼家对近江的宠爱增加，道纲母度过了结婚以来第一次兼家未在场的元旦，之后为他频繁过而不入而苦恼，却已不见当初对町小路女人的强烈嫉妒情绪，只是一味地哀叹与忧伤。看到刚植好的淡竹受风雨激打而倒歪的情形，想到自己的命运也是如此凄惨。之后的二十四日，初次觉得春雨"闲适"（のどか），兼家意外托人送来书信，但是"我"未回信，未再奢望兼家的雨日到来，因此才有余裕欣赏春雨，觉得雨下得"宁静"（のどか），属于下文提

---

[1] 可参考：沢田正子. 蜻蛉日記の美意識 [M]. 东京：笠间书院. 1994；今関敏子. 仮名日記文学論—王朝女性たちの時空と自我・その表象 [M]. 东京：笠间书院. 2013 等。
[2] 阿部光子. 図説人物日本——王朝の恋び [M]. 东京：小学館. 1979：44。
[3] 藤原道綱母. 蜻蛉日記 [M]. 东京：小学館. 2000：220。原文参照附录3·16。

到的"宁静雨"意象模式。二十五日依然下雨，不觉思绪万千，泪如雨下，雨泪中凝聚着自己的孤独与哀思。雨声中汇聚了道纲母的泪水与哀愁，雨是天的泪，泪是哀的雨。

从表5中也可见，《蜻蛉日记》中二月份春雨出现的频率最高，而且集中在天禄二年至天禄三年，天延二年二月右马头求婚部分，如前文所述，主要是天气的自然描写。"于阳光普照下的春天诸物中，寄托不同于外界的心像是王朝女性的惯用写法"[①]。尽管描写春花并非为了描述其艳丽与烂漫，而在于寄托一种反衬的哀思，但是《蜻蛉日记》作者鲜少提到春花，仅仅有红梅，春天的意象用春雨替之。笔者认为，与明丽的春花相比，雨的空灵飘逸更容易引发道纲母的无常哀感，在被遮断的"雨"的静谧空间里思念丈夫、思索人生，更符合作者强调的"はかない"（虚渺）主题，也更有诗情。凄风冷雨为作者道纲母的生命悲凉提供了广阔的抒情空间。岁末年初，"我"总是容易陷入沉思，哀婉的黄莺啼鸣声、淅沥的雨境，都会触发"我"的哀思。鸣泷闭居试图找回即将在痛苦的婚姻生活中失去的"自我"，也是为了确认兼家对"我"感情深浅，却以失败告终，"我"这才意识到自己与兼家之间的隔阂已经很明显，逐渐试着放弃。

鸣泷结束修行下山后，七月再度前往初濑时的"雨"已经不再掺入主体感情，回到了天气描写的"自然雨"。八月的雨日，道纲母与兼家的立场已经逆转，因有物忌隐居深山的兼家，因为雨中孤独主动给道纲母写信戏谑性地埋怨道纲母，"是要让我体验'无人问津的痛苦'吗？连封信也不来"[②]。到了九月，自然物象本身成了道纲母的关注对象，日常生活的雨、霜、雪、远山的风景都令她心动。"九月末，天空引人遐思。昨日和今日，

---

① 沢田正子.蜻蛉日記の美意識[M].东京：笠間書院.1994：91.
② 藤原道綱母.蜻蛉日記[M].东京：小学館.2000：263.

风比以往更寒，阵雨时降，静寂清寒。眺望远山……"①道纲母努力放弃对兼家的执着开始聚焦身边的自然，尽管从后文的叙事中发现她其实并未一直做到，反映了"作者极力要达到谛念而努力的心理过程"②。同年十二月的"雨"再次触动"我"内心的思念，变成雨泪俱滴的"哀怨雨"，但是心境却已不同于相似雨境的（5）部分。

不久阴云密布，下起了雨。想着这样的雨日，他肯定会说去不了之类的，逐渐天色暗了下来。雨下得这么大，他不能来也是正常，但是以前他能风雨无阻。想到这些，不免感伤起来，泪水盈盈。忍不住写了首和歌"以前雨无阻，如今独悲泣"派侍从送了过去。信使大约快到那里时，听到窗外好像有人来。（兼家来访）③

虽然已经打算放弃了，但因为难以忍受这份思念，不同于（5）将孤苦纳入独咏和歌，而是主动给兼家写了和歌，和歌尚未送到，没想到兼家竟然雨中前来。但是叙事的笔调已经趋向温和，淡淡地叙述着"我"打算放弃时却又突然"闯入"的兼家，"雨"适时地滋润了道纲母与兼家间几近干涸的感情。道纲母在年末静静地看雪飘雪落中结束了中卷。

**（三）清新闲适的"宁静雨"**

下卷天禄三年（972年）年初，"我"的心态逐渐呈现平和，如作者本人所言"好像已经忘记所有的烦恼与痛苦，心情明快，给时任大夫的儿子装扮好，目送他赴朝廷拜贺……想着他今年无论做什么让我憎恨的事情，也不再叹息，所以内心平静"④。兼家的日益腾达与道纲母的衰老相对照，也

---

① 藤原道綱母.蜻蛉日記[M].东京：小学館.2000：264.
② 宫崎荘平.平安女流日記文学の研究[M].东京：笠間書院.1977：117.
③ 藤原道綱母.蜻蛉日記[M].东京：小学館.2000：266. 原文见附录3·17.
④ 藤原道綱母.蜻蛉日記[M].东京：小学館.2000：269.

加深了道纲母的谛念。当她放弃了向神佛寻救与兼家的依恋，便开始以冷静的眼光静观着周围的自然与人事，将视线转向了"家"中身边的自然与儿女身上。下面是天禄三年春天多处关于"雨"的叙事。

（7）天明之后，便是二月。雨宁静地下着。打开格子，却不见他如往日般匆忙，或许因为下雨，他不着急回去……今天这样目送他离去后，眺望窗外，雨正宁静闲适地下着，尽管院子有些荒芜，但是草儿开始萌绿。觉得清新有趣。

（8）十二日，雪随风舞。午时左右开始飘雨，静谧地下了一天，整个世界也浸润其中……十七日，雨正宁静地下着。

（9）闰二月一日，雨宁静地下着。之后转晴……八日，下雨了。晚上听到雨打石上苔藓的声音。八日，下雨了……十六日，雨丝（雨の脚）细密飘逸……今天二十七日，从昨日傍晚开始下雨，风吹残花。

（10）三月七日……中午开始宁静地下起雨来。[①]

从原文的例文可见，天禄三年春天的雨，频用"宁静"（のどか）、"静谧"（しづか）来描述。内野信子分析了文中雨下得"のどか"一词，认为体现了"道纲母对兼家不抱期待后，心境安宁的顶点"[②]。例（7）发生在道纲母内心已经学会放弃后，兼家却在"宁静"的雨日不经意地来访，第二日清晨也未如往日般地匆忙起身。目送兼家从容而归后，发现外面春雨闲适明润，窗前的春草萌绿，雨濯万木鲜。这里的雨一方面代表洗尽尘俗，另一方面代表感情的甘霖，滋润了彼时道纲母的内心。（8）（9）（10）中雪、风、雨、晴的天气变化本身成为叙述者道纲母关心的对象，天气的变化已

---

[①]（7）—（10）分别引自 藤原道綱母.蜻蛉日記［M］.东京：小学館.2000：273-274、276-277、289-292、293。原文见附录3·18。

[②] 内野信子.蜻蛉日記の表現論［M］.东京：おうふう.2010：124。

无关人事，类似于记录性日记中的天气记载。天禄二月养女的收养，也给只有一个儿子而感觉孤苦无依的道纲母带去了安全感，才有余裕去感受春天的安宁气息，笔墨开始触及鸡、雀的啼鸣，以及梅花。《蜻蛉日记》下卷的雨，不再拘泥于道纲母个人感情的得失，或宁静，或寂寥，只是已经无关对兼家的挂念。

这些包含雨景在内的自然描写生动细致，或许是作者写作时融合自己的心境对身边情境的即时记录。雨滴声声，从把兼家是否来访视为衡量对"我"感情浓度的标尺，痴情热盼兼家能风雨无阻来访，倒觉得雨日不来也正常的平淡，再到最后雨日已经无关兼家是否来访的宁静，雨境中可见作者道纲母过去经历事件时，或者执笔时的心境变化，最终呈现为"一部某个人的精神记录的事实故事"①。

## 小结

人作为直线时间流中的过客咀嚼着喜怒哀乐，逐渐老去直至离世。一方面虚幻的梦境包含着人的前世与今生，另一方面现世的雨境又为人物自我回忆与沉思提供了虚化的封闭空间，过去、现在与未来交叉。作者道纲母对梦境与雨境的不同叙事态度映射了人生不同时期的心境。故事中当道纲母与丈夫感情稳定时，她无意神佛，雨也只是为故事发展服务的客观"自然雨"；当她与丈夫的感情生有裂痕而无助苦闷时，雨就变成孕育凄凉与孤寂的"哀怨雨"，她只好希望自己的虔诚感动神佛，在梦中给自己谕示。当她数度外出参拜修行，斋戒向佛，都依然挽救不了自己与丈夫的感情危机，

---

① 渋谷孝. かげろふ日記における主題意識の様相［A］. 論叢王朝文学［C］. 上村悦子编. 东京：笠间书院. 1978：150。重点号为原作者加。

依然不能如愿多生子嗣时，对佛与灵梦的可靠性表示了怀疑，但是依然希望预示儿子道纲前途美好的吉梦能够梦想成真。当道纲母对丈夫产生了谛念后，丈夫兼家、虔诚的参拜、灵梦等的叙事逐渐从日记文本中消失，取而代之的是身边的自然、日益成人的儿子与养女，以及自己的人生感悟，"雨"就变成可以静心沉思的"宁静雨"。"道纲母在自然而降的'雨'中，从忧郁的沉思到获得'宁静'感,可见她的自我回归与解放"[1]。中卷天禄二年（971年）的鸣泷修行后，自然描写代替人事逐渐而增加，并不说明作者关心的重点偏离了与兼家，而是因为男主人公兼家离"我"的身影日渐远去，有关他的经验事实逐渐消失，只好将注意力转移到身边的自然与子女身上，努力营造内心宁静的情境，将孤独转移到日记的写作中。《蜻蛉日记》与写景比更侧重于诉情，但是自然观照却对后世的女性文学产生了深远影响。《源氏物语》在此基础上将景与情完美结合，寓情于景，借景抒情，景和人心，人随景化，营造了人与自然相合的诗性境界，最终发展演化为"物哀"的美学理念。

---

[1] 内野信子.蜻蛉日記の表現論［M］.东京：おうふう.2010：123.

# 结 语

　　日本平安朝时代形成与发展的日记文学，成为王朝文学的重要组成部分。《蜻蛉日记》被视为女性日记文学的嚆矢与代表作，而且"作为王朝女性文学的起点作品获得了很高的评价，给予其后的平安女性文学很大影响"[①]。包括《蜻蛉日记》在内的女性日记文学，在日本中世之前都没有成为真正的研究对象，到了近代其作品的文学性才逐渐被挖掘。纵观已经取得的研究成果，日本的实证性研究，以及在注重社会与历史背景下，对作者女性身份的社会历史研究，依然占据着研究方法的主流。近年来逐渐回归到对文本的研究，出现一些研究的新方法、新角度，研究逐渐细化与深化。《蜻蛉日记》的先行研究中，已有少量成果涉及文中的作者与人物的区别、第一人称叙事等叙事表征，但并未对现象背后的叙事理论做探讨，研究也不够系统性，无论深度还是广度都有极大的研究空间。中国学界对日本日记文学的研究目前尚属起步阶段，关于《蜻蛉日记》仅有十数篇学术论文公开发表，尚无研究性学术专著问世。本书通过对《蜻蛉日记》的文本细读，援用西方叙事学、比较文学、文体学、社会学等方面的理论，从叙事的文体特征、交流模式、时间特征、空间形态等方面探析了《蜻蛉日记》文本的叙事艺术，并兼与同时期其他日记文学作品、记录性日记、随笔文

---

① 沢田正子.蜻蛉日記の美意識[M].东京：笠间书院.1994：259。

学、物语文学等做了关联性比较。

在绪论部分首先考察了《蜻蛉日记》的作者与作品内容，其中对作品名中"かげろふ"一词的汉字标识与语义指向做了解析。虽然"かげろう"通常标记为汉字"蜻蛉"，但实取自然现象"阳炎"似有若无的虚幻意象，与序文主题相呼应，并非柔弱的蜻蛉、短命的蜉蝣、缥缈的游丝之意。然后对《蜻蛉日记》之后的女性日记文学发展做了梳理，并结合当时的社会历史语境，分析了平安时期女性日记文学形成与发展的外部因素。摄关政治下，贵族们对女性教育的重视，促使她们拥有着卓越的文学造诣与审美情趣。而一夫多妻与走婚制的男女关系中，女人总是处于不安的被动地位，在脱离政治的封闭空间内，感情上的悲欢离合，更容易成为引发女性作者们思考人生，省思自我存在的契机。另一方面，贵族女性们住在自己的娘家或者宫中自己的房间内，有着稳定的生活环境得以施展才华，可以借助文学形式表述自我。最后对《蜻蛉日记》的先行研究做了梳理与综述，进而提出了本研究的意义与思路。

第一章主要分析了《蜻蛉日记》如何从应用性日记发展为文学性日记，以及文本中和歌与散文分别承担的叙事功能。在此基础上结合当时的文学背景，探讨《蜻蛉日记》为何能成为假名书写的散文体日记文学先驱。日记文学是在之前应用性日记的基础上发展而来，古代日本的日记由男性用汉文或准汉文记录，本质上具有事实记录的实记性格，缺乏个性的思维和感情的表露。公家日记与私人日记等汉文体日记，随着汉文学的衰退与假名文字的出现，被假名日记逐渐代替。女性用假名记录的女房日记、赛歌日记，开始具备文学要素雏形，掺入记主个人思想，但作者创作伊始并未有文学创作的意图，文学性仍然较为稀薄，但为日记文学的形成奠定了基础。《土佐日记》作者纪贯之通过假托女性叙事，使用假名突破了性别与身份的限制，开启了通过假名书写日记抒发私人情感的先河，成为假名日文学的先声，在文学史上具有划时代意义。在逐日记事这一点上并没有脱离男性汉文日记的记录传统，但其中的自我观照异质于以往的应用性日记，诉说了作者纪贯之内心的空虚、悲伤，对女性日记文学的诞生开辟了道路。真正的女性作者藤原道纲母在《蜻蛉日记》中将《土佐日记》中出现的自我观照意识引向更加成熟之路，文学性更加浓厚。《蜻蛉日记》作者将生活中的和歌、信件、纪行等作为素材，既汲取了日记的真实性与时间性，又运用文学的手段将素材从内部衔接起来，营造了既尊重事实又超越事实的文学世界。《蜻蛉日记》中的和歌承载了作者的情感，增添了文学色彩，又被融入散文叙事中，被赋予了新的生命与意义。散文体则促成了叙事的完整性与连贯性，通过与韵文的联动合力生成了独特的文学表现形式，成为书写主体抒发私人情感的载体。《蜻蛉日记》作者选择一种新的文学体裁来自我表述，既有着外部的社会、文学语境，也有着作者的主体意识。应用性日记的流行、假名文字的出现、和歌盛行下培养起来的贵族审美情绪与文学素养、物语类散文文学的启发，都为《蜻蛉日记》的出现与日记文学的发展提供了文学土壤，但《蜻蛉日记》的诞生，更源于创作主体内在的那种对生命主体性与自我意义的探求。

　　第二章主要探讨了《蜻蛉日记》的叙事交流模式。叙事都涉及交流，文学作品的叙事交流，尽管由于书写属性不能直接发生，但与日常语言交际一样，同样涉及信息的传递与接受过程。首先对《蜻蛉日记》中的信息发出者做了界定，并解析了作者、叙述者、人物之间的位相，其次分析了《蜻蛉日记》中的"听者"，探索了叙事交流的情境。《蜻蛉日记》属于作者讲述自我故事的真实叙事，叙述者道纲母是真实作者在执笔写作时的分身，主体分化几乎消失，叙述者与作者合一，因此没有必要特地将叙述者道纲母与作者道纲母完全分开。但是又要意识到二者的微妙差异，叙述者道纲母并没有明确的形态，只是承担了作者讲故事的叙述功能。《蜻蛉日记》

尽管以"某个人"开篇，通常被认为是第三人称叙述，但笔者分析认为属于叙述者与人物重合的隐性第一人称叙述模式。第一人称叙述自我故事中，叙述者"我"，可以在叙述话语层面代替作者发声，讲述过去的故事与现在的情形，又借用故事层面人物"我"的视角进行聚焦，故事与话语有时难以区分。时间的距离使叙述者与人物承担了不同时期的真实作者"我"，出现叙述自我与经验自我的不同视角。经历故事时的经验自我以有限视角叙述当时的经历，体现了临场感，增加了真实性，成为主要视角。同时穿插叙述自我追忆往事时对过去事件、人物等的解释、评论等，两个"我"或重合或分离，不断对话，使得叙述呈现多重节奏。作品中的"我"不能完全等同于作者本人，而是作者有意选择、塑造的婚姻不幸的人物形象，也就是读者推断出的"隐含作者"形象，在本论中用"道纲母""藤原道纲母""我"来表示，以示与"作者藤原道纲母"的区分。历史存在的作者藤原道纲母、讲故事的叙述者道纲母，以及展示在文本中经历事件的"我"的行为，是同一个主体在不同层面上的表现，共同丰满了作者的形象。作者、叙述者、人物合一的第一人称叙述视角有利于作者更好地在文本中进行自我展示，讲述自我故事。平安时期的女性日记文学作者通过"写日记"来抒情解思，叙述者与受述者都是"我"，声音与耳朵的真正主体为作者道纲母本人，属于内心独白的叙事交流模式。叙事是作者面向自我用来治疗心灵创伤的良药，并非假借文学的名义将个人隐私公开化的哗众取宠。《蜻蛉日记》中和歌性技巧的多用、向读者倾诉的叙述表现、《紫式部日记》"书信部分"某位不知名的收信人、《赞岐典侍日记》的受述者朋友常陆殿，通常被认为是作者创作时预想到某位或某些真实读者的"读者意识"表现。笔者考察分析认为，这是源于"隐身听者"的存在，是作者为掩饰自我告白而采取的一种文学手段。作者预设的能够理解自己、与自己感情产生共鸣的"读者"，属于"隐含读者"，与"隐含作者"一样都是无形的，非实体的个人。生活中的真实读者如果符合作者的隐性读者形象,与作者的感情产生共鸣,那么会与作者叙述交流的对象合体,自觉化为受述者。作者试图通过"写日记"来表达自己所怀的悲叹之情,话语表面具有对他者倾诉与自说自话的双重性,但对他者的倾诉还是源于希望自我心情能得到释然与慰藉,归根到底还是属于自言自听的内心独白。《蜻蛉日记》作者本是为营造自我认知与对话的"场",呈现"我"不可与他人言说的私人情感,尽管结果上成为他人体悟生命的参照。

  第三章剖析了《蜻蛉日记》叙事中的时间问题。借用叙事学关于时间的叙事理论,从话语时间对故事时间的承袭与错位两个层面,和历史的线性时间、自然的循环时间、内在的心理时间三个维度,探索了《蜻蛉日记》作者如何在时间流中展现、拼接自己的人生经验与履历。《蜻蛉日记》自兼家求婚的正文部分起,基本依循着故事时间的自然时序,按照年月日的编年叙事推移事件进展,叙事时间具有线性的纵向延伸性。同时每年的叙事又以春始冬终,作者在春去秋来的四季流转中,诉说着人生过往中的人与事,感叹时光的一去不复返。昼夜更替、草木荣枯、四季流转的循环与不可逆转的线性时间并置与交错。不只《蜻蛉日记》,其他的女性日记文学中也有明确的月历或日历线性时间标识,这成为与《枕草子》等随笔文学的最大不同处。虽然《蜻蛉日记》的有些素材可能为作者的即时书写,但是作者将素材纳入文本内部整合创作时,距故事发生有长短不一的时距,总体属于回顾性叙事。但《蜻蛉日记》上中下三卷并非一次性回顾叙事,文本中外部的历史与自然时间都隐藏在作者叙述时的感情主线之下,叙述主体的心理时间支撑着话语时间的展开。因此叙事时间又出现插叙、倒叙、概述、减缓等细部的时间"变形",使叙事具有节奏感。心理与现实、回忆与现在交叉,使《蜻蛉日记》的叙事时间呈现多维性。女性日记文学遵循着事件的历史时间顺序,却又不受客观日历时间的束缚,不同于应用性日记的排日记事，重点不在某月某日的日历标记上，时间仅是叙事的媒介，不仅为故事发展提供时间背景，还起到了叙事连接的作用，将和歌、书信、纪行等零散的素材自然地过渡与衔接，使叙事内容更具有连贯性。

第四章则着眼于《蜻蛉日记》叙事中的空间问题，这在先行研究中较为薄弱。主要从作品中人物活动的家与寺的实体地点空间，以及雨意象、梦境的心理空间两个层面，从空间叙事的理论角度进一步展开对《蜻蛉日记》文本的解析，分析了空间形态的叙事功能。《蜻蛉日记》属于非虚构叙事，作品以作者道纲母的生活经历为情节建构，所以对文本空间问题的分析，离不开作者生存的实体空间与隐性空间。首先结合时代背景，分析了《蜻蛉日记》中体现平安京这一地域空间的光与影。花的唯美催生了灿烂的宫廷文学，透露着细腻、优雅与洗练之美。影的阴暗，又加深了生活的不安，让无力的女性对男人更加依恋。可是男人又可以同时拥有多名女子，只能在自己家里被动等待的女性更觉世事与恋情的无常，于是创作出的文学中笼罩着淡淡的哀悲。作者道纲母作为没有宫廷供职经历的家庭贵妇，"家"是她的安身立命之所。女方在家等待男方到访的走婚制与一夫多妻的婚姻状态下，夫妻间感情距离的远近与空间距离成正比。主人公道纲母从娘家开始与兼家的婚姻，当兼家对自己情浓意切时，搬至离兼家较近的府邸，相反感情出现隔阂时，便远离兼家的住处，最终在夫妻感情名存实亡的状态下搬至京郊广幡中川的父亲处，而兼家也从此不再前往。没有经济能力的她只能依仗自己的丈夫或者父亲，自始至终都没有属于自己真正的"家"，居无定所，婚姻的状态一直处于序文所言的"はかない"（虚渺）状态，这也是那个时代大部分女性的生存处境。当陷入与丈夫的感情危机而无助苦闷时，闭足于"家"中的道纲母，只有通过不断外出参诣神社、寺院来逃避"家"中的哀愁，在外部的自然观照中短暂地舒缓身心，在寺院与神社的神圣空间内静思人生。并试图寻求神灵相祐，希望自己的虔诚感动神佛，在灵梦中给自己谕示。道纲母的佛教与梦信仰具有现实性与功利性，所以当她数度外出参拜修行，斋戒向佛，都依然挽救不了自己与丈夫的感情危机，不能如愿多生子嗣时，便对佛与灵梦的可靠性表示了怀疑，但是依然希望预示儿子道纲前途美好的吉梦能够成真。对灵梦态度不同的背后是她深深的无奈与绝望。这种心境的变化也在自然物象中出现频率较多的"雨"意象中得到了淋漓尽致的体现。当兼家在场或者脱离日常空间的纪行部分，"雨"是为故事发展服务的客观"自然雨"；当思念兼家他却不在场时，变成孕育凄凉与孤寂的"哀怨雨"；当对兼家不再抱有希望，有余裕观照日常生活中的自然时，"雨"就变成可沉思的"宁静雨"，面对与兼家感情的不安与无奈，只有将孤独转移到日记的写作中。平安时期的其他女性日记文学中，也或多或少含有地理空间的叙事，但总体来说与时间要素相比，实体空间要素在女性日记文学中相对薄弱，时间与空间要素的均衡问题，可谓是区别日记文学与纪行文学（游记）的标尺。

  本书对《蜻蛉日记》的叙事研究涵盖了作品外部的社会文化语境、被经典叙事学排斥在外的作者与读者，文本内部的时态、语式、语态等问题。综上所述，《蜻蛉日记》作者藤原道纲母以自己与藤原兼家21年的婚姻生活为素材，将偶然的、分散的人生经历以散文融合和歌的语言形式表达出来，以时间连续的形态从内部统一起来，并对场景、时序等进行适当调度、对某些素材进行取舍整合、对细节氛围进行适当点染，具有应用性"日记"所不具备的主题性与连贯性。整个文本的上、中、下三卷的叙事，尽管内容不同但基本控制在道纲母与兼家感情状态处于虚渺（はかない）状态的主题意识之下。作为空间活动范围狭窄的贵族女性，作者藤原道纲母闭居在帷幔遮掩下的"家"中或者偶尔参拜的寺院空间内，回顾往事、关注自我、观照自然，采用作者、叙述者与人物重合的第一人称叙述，不同时期的"我"对话或重合，在文本的世界抒发着私人的情感与思悟。从《蜻蛉日记》兼与同时期其他女性文学作品的分析中可知，被称之为"日记文学"的系列作品，既具有日记的纪实性、时间性以及私人日记的私语性，又因为回忆视角、"隐含听者"的存在等体现出独特的文学性格，与时间要素相比地理空间要素较为薄弱。

　　由于资料及个人能力所限，本书还有诸多未完善之处，比如未能与同时代的其他女性日记文学、随笔文学、物语文学等作品的叙事特征作详尽比较。笔者拟将其作为下一步的研究课题，将日本平安时期、中世时期的诸日记文学作品作为一个宏观整体，拓展研究的深度与广度，以弥补本书的不足。

# 附　录

## 附录1 《蜻蛉日记》人物关系略图
### （文中出现的人物用黑体加深）

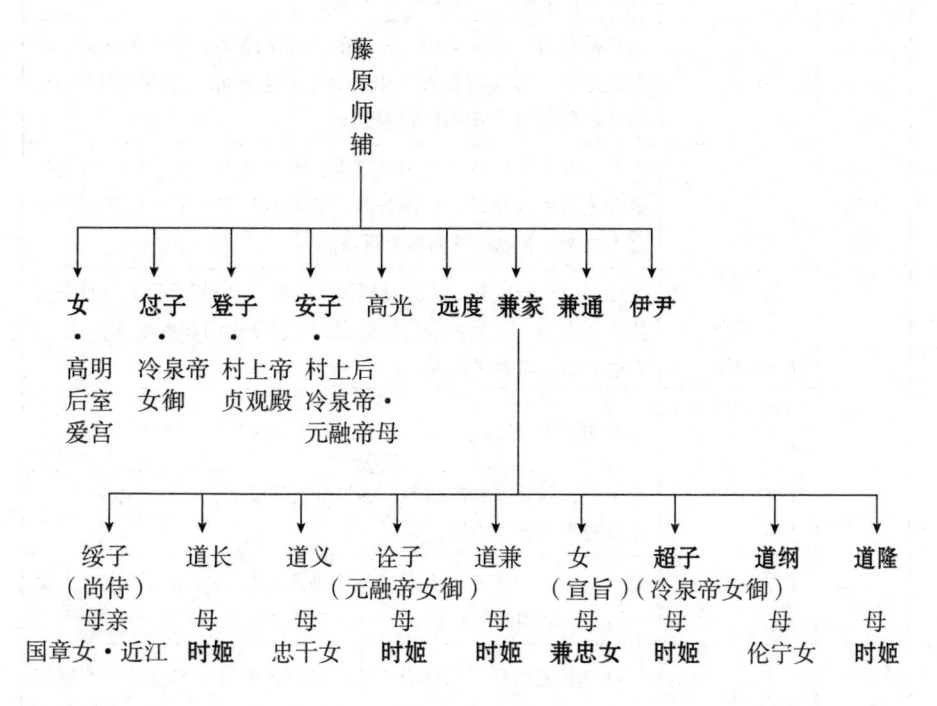

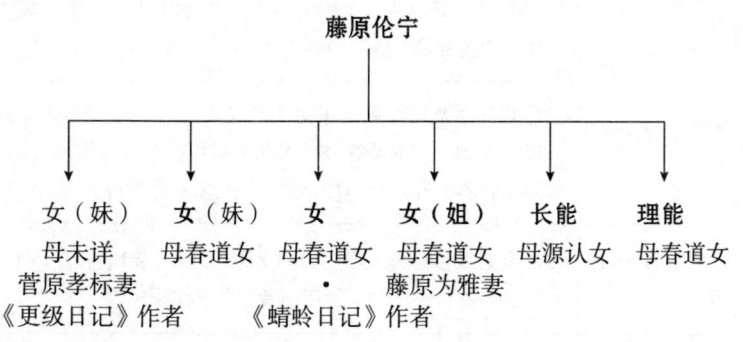

```
                              藤
                              原
                              师
                              辅
     ┌────┬────┬────┬────┬────┼────┬────┐
     女   怤子  登子  安子  高光  远度 兼家 兼通  伊尹
     ·    ·    ·    ·
     高明  冷泉帝 村上帝 村上后
     后室  女御   贞观殿 冷泉帝·
     爱宫              元融帝母
                                    │
  ┌────┬────┬────┬────┬────┬────┬────┬────┐
  绥子   道长  道义  诠子   道兼   女   超子   道纲  道隆
 （尚侍）      （元融帝女御）    （宣旨）（冷泉帝女御）
  母亲    母    母    母    母    母    母    母    母
  国章女·近江 时姬 忠干女 时姬 时姬 兼忠女 时姬 伦宁女 时姬


                        藤原伦宁
          ┌────┬────┬────┬────┬────┐
          女(妹) 女(妹) 女    女(姐)  长能   理能
          母未详 母春道女 母春道女 母春道女 母源认女 母春道女
          菅原孝标妻       ·     藤原为雅妻
         《更级日记》作者 《蜻蛉日记》作者
```

235

# 附录2 《蜻蛉日记》编年叙事表

| 卷数 | 年历 | 记录的主要事项 |
| --- | --- | --- |
| 上卷（15年间） | 天曆八年·954年 | 夏天，藤原兼家求婚；和歌赠答后，秋天与兼家结婚；十月父亲藤原伦宁赴任陆奥守；十二月兼家暂居横川，和歌赠答。 |
| | 天曆九年·955年 | 八月下旬，儿子藤原道纲出生；九月，发现兼家写给其他女人的和歌；十月后，町小路女人出现 |
| | 天曆十年·956年 | 三月桃花节兼家未来访，公然前往町小路女人处；四月姐姐随夫搬迁；五月与时姬和歌赠答；七月至年底，兼家时常不来，偶有和歌赠答，与道纲无聊度日。 |
| | 天德元年·957年 | 春天，兼家来取忘了的书；夏天，町小路女人生子；七月，拒绝兼家缝衣的请求；秋季与兼家的和歌赠答；十月以后町小路女人失宠，长歌赠答向兼家诉情。 |
| | 天德二年·957年至应和二年·962年 | 天德元年——应和二年五月间记事省略。（应和二年）五月兼家任兵部大辅，五至六月，与兼家、章明亲王的和歌赠答；七月，为避忌随兼家暂居山寺。 |
| | 应和三年·963年 | 与章明亲王交流。 |
| | 康保元年·964年 | 春至夏，与兼家和歌赠答，感叹命运的虚渺；七月，母亲去世，以及四十九天法事等。 |
| | 康保二年·965年 | 七月，母亲周年忌；九月，姐姐随夫远行，与姐姐离别；九至十二月，对姐姐的思慕。 |
| 上卷（15年间） | 康保三年·966年 | 三月，兼家生病，前往兼家府邸看望；四月，贺茂祭，与时姬和歌赠答，五至八月，因为兼家的各种沉思；九月，参拜稻荷神社、贺茂神社，感叹命运不幸。 |
| | 康保四年·967年 | 三月，与九条殿女御怤子交往；五至六月，村上天皇驾崩，与贞观殿女御（兼家妹妹登子）和歌赠答；七月，佐理夫妻出家，与其妻和歌赠答；十一月，搬迁至兼家府邸附近。 |
| | 安和元年·968年 | 三月至七月，与贞观殿女御的交游；九月，初濑参拜；十一月，大尝会准备；十二月，新年准备，跋文结束上卷。 |

续表

| 卷数 | 年历 | 记录的主要事项 |
|---|---|---|
| 中卷（3年间） | 安和二年·969年 | 一月一日，作新年祈愿的和歌（每月）"三十日三十夜来到我身边"、二日道纲母与时姬的侍从间起争执；三月三日准备了节日用品、十日左右兼家侍与道纲母侍女弓箭游戏比赛、二十五六日左右对西宫左大臣被流放表示同情；五月，与因为禁忌暂居山寺的兼家和歌赠答；闰五月，感觉身体不适；六月，给爱宫（前左大臣高明室）赠送长歌、搬回旧宅、兼家与道纲参拜御岳；八月，小一条左大臣举办五十贺，被拜托吟作屏风和歌；秋天至岁末，沉思中到了除夕。 |
| | 天禄元年·970年 | 三月宫里举行射技比赛，道纲参加且获好评；四月至六月，兼家三十余夜四十余日未来访；六月唐崎参拜、与登子和歌赠答、道纲欲放鹰随母出家；七月，听到有关兼家新情人近江的传闻、参诣石山；八月，五日兼家升任升任大将、十九日道纲元服；十一月，周围大尝会的忙乱；十二月兼家仅仅来了三次，沉思中迎来新年。 |
| | 天禄二年·971年 | 一月，元旦兼家与侍从们从门前过而不入、拒绝兼家的解释与缝衣请求；二月至三月各种睹物而思；三月末因禁忌搬至父亲家；四月与儿子开始斋戒；五月，斋戒结束回家、兼家再次过而不入；六月闭居鸣泷般若寺，兼家、姨母、妹妹、登子、道隆、父亲不同形式劝下山，最终被兼家强行带回家；七月，下山后兼家继续不经常看望、再度前往初濑；八月与暂居山寺的兼家书信往来；九月至岁末，各种愁思以及兼家是否来访的记录，在周围的驱鬼仪式中迎来新年。 |
| 下卷（3年间） | 天禄三年·972年 | 一月，一日道纲去朝廷拜贺、八日兼家来访、十四日兼家拜托缝制衣物、二十五日兼家升任权大纳言、三十日兼家来访；二月，天气的描述、十七日让僧人解梦、十九日迎接养女、二十五六日近江家失火、与兼家的往来；闰二月，天气与兼家来往的记录；三月，与友人参加祭典、参拜清水寺、邻家失火、兼家有无来访；四月，与别人参拜贺茂神社、道纲初次赠和歌于大和女；五月至七月，道纲与大和女的和歌赠答、兼家有无来往；八月，以为此月会死，结果平安度过；九月为避忌暂时搬至别处，兼家却来访；十月，家人劝参拜常去的山寺；十一月，太政大臣去世；十二月，兼家来访、喧闹中迎来新年。 |

续表

| 卷数 | 年历 | 记录的主要事项 |
|---|---|---|
| 下卷（3年间） | 天延元年·973年 | 一月，兼家二月来访与否的记录；二月，道纲与大和女的和歌赠答、见兼家后为自己的容颜苍老而羞愧、近江家失火；三月，道纲在冷泉院举办的小弓比赛上活跃；四月，道纲与大和女的和歌赠答、近处失火；五月，道纲与大和女的和歌赠答、兼家委托代作和歌；八月，兼家近一个月未来访于是迁居至广幡中川；九月，道纲与大和女的和歌赠答、兼家只是偶尔拜托缝补衣物；十一月，父亲那边有人生小孩、贺茂参拜。 |
| | 天延二年·974年 | 一月，与父亲处生子者和歌赠答、对兼家去年八月以来一直未造访的哀叹、道纲升为右马助；二月，梦境叙事、藤原远度向养女求婚；三至六月，远度求婚种种；七月，远度与养女的婚约解除；八月，道纲感染水痘病重；九月，道纲痊愈、道纲给大和女赠送和歌；十月，听闻近江生子、道纲母与兼家和歌赠答；十一月，道纲受邀在临时祭上献舞、贺茂祭上父亲与儿子被兼家厚待；十二月，道纲与八桥女和歌赠答、思虑中迎来了新年。 |

# 附录3 《蜻蛉日记》日语引文

| 序号 | 《蜻蛉日记》日语引文及所在页码（引自 藤原道綱母. 蜻蛉日記 新編日本古典文学全集. 木村正中、伊牟田経久校注. 東京：小学館. 2000） | 本书引用页码 |
|---|---|---|
| 3·1 | かくありし時過ぎて、世の中にいともものはかなく、とにもかくにもつかで、世に経る人ありけり。かたちとても人にも似ず、心魂もあるにもあらで、かうものの要にもあらであるも、ことわりと思ひつつ、ただ臥し起き明かし暮らすままに、世の中に多かる古物語のはしなどを見れば、世に多かるそらごとだにあり、人にもあらぬ身の上まで書き日記して、めづらしきさまにもありなむ、天下の人の品高きやと問はむためしにもせよかし、とおぼゆるも、過ぎにし年月ごろのこともおぼつかなかりければ、さてもありぬべきことなむ多かりける。（89頁） | 53 |

续表

| 序号 | 《蜻蛉日记》日语引文及所在页码<br>（引自 藤原道綱母. 蜻蛉日記 新編日本古典文学全集. 木村正中、伊牟田経久校注. 東京：小学館. 2000） | 本书引用页码 |
| --- | --- | --- |
| 3·2 | などいふまめ文、通ひ通ひて、いかなるあしたにかありけど、兼家 夕ぐれのながれくるまを待つほどに涙おほゐの川とこそなれ 返し、道綱母 思ふこと多ゐの川の夕ぐれは心にもあらずなかれこそすれ また、三日ばかりの朝に、兼家 しののめにおきける空は思ほえであやしく露と消えかへりつる 返し、道綱母<br>さだめなく消えかへりつる露よりもそらだのめするわれはなになり<br>（93-94頁） | 63 |
| 3·3 | 心やすらかであり経るに、月日はさながら、鬼やらひ来ぬるとあれば、あさましあさましと思ひ果つるもいみじきに、人は、童、大人ともいはず、「儺やらふ儺やらふ」と騒ぎののしるを、われのみのどかにて見聞けば、ことしも、ここちよげならむところのかぎりせまほしげなるわざにぞ見えける。雪なむいみじう降ると言ふなり。年の終はりには、なにごとにつけても、思ひ残さざりけむかし。<br>かくてまた明けぬれば、天禄三年といふめり。ことしも、憂きもつらきもともにここち晴れておぼえなどして、大夫装束かせて出だし立つ。おり走りてやがて拝するを見れば、いとどゆゆしうおぼえて涙ぐまし。（中略）今年は天下に憎き人ありとも、思ひ嘆かじなど、しめりて思へば、いと心やすし。（268-269頁） | 68-69 |
| 3·4 | さて、あへなかりしすきごとどものそれはそれとして、柏木の木高きわたりより、かく言はせむと思ふことありけり。例の人は、案内するより、もしはなま女などして、言はすることこそあれ、これは、親とおぼしき人に、たはぶれにもまめやかにもほのめかしに、便なきことと言ひつるをも知らず顔に、馬にはひ乗りたる人して、うちたたかす。誰など言はするには、おぼつかなからず騒いだれば、もてわづらひ、取り入れてもて騒ぐ。見れば、紙なども例のやうにもあらず、いたらぬところなしと聞きふるしたる手も、あらじとおぼゆるまで悪しければ、いとぞあやしき。ありける言は、（兼家）音にのみ聞けばかなしなほととぎすこと語らはむと思ふ心あり とばかりぞある。「いかに。返りごとはすべくやある」など、さだむるほどに、古代なる人ありて、「なほ」とかしこまりて書かすれば、（道綱母）語らはむ人なき里にほととぎすかひなかるべき声なふるしそ （90-91頁） | 94 |
| 3·5 | かく年月はつもれど、思ふやうにもあらぬ身をし嘆けば、声あらたまるもよろこぼしからず、なほ、ものはかなきを思へば、あるかなきかのこころちする、かげろふの日記といふべし。<br>（167頁） | 103 |

239

续表

| 序号 | 《蜻蛉日记》日语引文及所在页码<br>（引自 藤原道綱母.蜻蛉日記 新編日本古典文学全集.木村正中、伊牟田経久校注.東京：小学館.2000） | 本书引用页码 |
|---|---|---|
| 3·6 | かくはかなながら、年たちかへる朝にはなりにけり。年ごろあやしく、世の人のする言忌などもせぬとことなればや、かうはあらむとて、起きて、ゐざり出づるままに、「いづら、ここに」人々、「今年だにいかで言忌などして、世の中こころみむ」と言ふを聞きて、はらからとおぼしき人、まだ臥しながら、「もの聞こゆ。天地を袋に縫ひて」と誦するに、いとおかしくなりて、「さらに、身には、『三十日三十夜はわがもとに』と言はむ」と言へば、前なる人々笑ひて、「いと思ふやうなることにもはべるかな。おなじくはこれを書かせたまひて、殿にやは奉らせたまふぬ」と言ふに、（中略）とあれば、祝ひそしつと思ふ。（169—170頁） | 107-108 |
| 3·7 | かやうなるほどに、かのめでたきところには、子産みてしより、すさましげになりにたべかめれば、人憎かりし心思ひしやうは、命はあらせて、わが思ふやうに、おしかへしものを思はせばやと思ひしを、さやうになりにしはてては、産みののしりし子さへ死ぬるものか。（中略）わが思ふにはいますこしうちまさりて嘆くらむと思ふに、いまぞ胸はあきたる。（114頁） | 123 |
| 3·8 | かうなどしゐたるほどに、秋は暮れ、冬になりぬれば、なにごとにあらねど、こと騒がしきここちしてありふるうちに、十一月に、雪いと深くつもりて、いかなるにかありけむ、わりなく、身心憂く、人つらく、悲しくおぼゆる日あり。つくづくとながむるに、思ふやう、（道綱母）ふる雪につもる年をばよそへつつ消えむ期もなき身をぞ恨むる　など思ふほどに、つごもりの日、春のなかばにもなりにけり。（186-187頁） | 136-137 |
| 3·9 | さて、二十五日の夜、宵うち過ぎてののしる。火のことなりけり。いと近しなど、騒ぐを聞けば、憎しと思ふところなりけり。その五六日は例の物忌と聞くを、「御門の下よりなむ」とて、文あり。なにくれとこまかなり。いまはかかるもあやしと思ふ。七日は方塞がる。八日の日、未の時ばかりに、「おはしますおはします」とののしる。（中略）<br>閏二月のついたちの日、雨のどかなり。それより後、天暮れぬるを、あやしと思ふ思ふ、寝て聞けば、夜中ばかりに火の騒ぎするところあり。（中略）明けぬれば、「車など異様ならむ」とて、急ぎ帰られぬ。六七日、物忌と聞く。八日、雨降る。夜は石の上の苔苦しげに聞こえたり。十日、賀茂へ詣づ。（287-290頁） | 139 |

续表

| 序号 | 《蜻蛉日记》日语引文及所在页码<br>（引自 藤原道綱母. 蜻蛉日記 新編日本古典文学全集. 木村正中、伊牟田経久校注. 東京：小学館. 2000） | 本书引用页码 |
|---|---|---|
| 3·10 | かくてあるほどに、立ちながらものして、日々にとふめれど、ただいまはなにごこちもなきに、穢らひの心もとなきこと、おぼつかなきことなど、むつかしきまで書きつづけてあれど、ものおぼえざりしほどのことなればにや、おぼえず。里にも急がねど、心にしまかせねば、今日、みな出で立つ日になりぬ。来し時は、膝に臥したまへりし人を、いかでか安らかにと思ひつつ、わが身は汗になりつつ、さりともと思ふ心そひて、頼もしかりき。こたみはいと安らかにて、あさましきまでくつろかに乗られたるにも、道すがらいみじう悲し。（133頁） | 149 |
| 3·11 | この月ごろ思ひ立ちて、これかれにも言ひ合はすれば、「殿の通はせたまひし源宰相兼忠とか聞こえし人の御女の腹にこそ、女君いとうつくしげにて、ものしたまふなれ。おなじうは、それをやはさやうにも聞こえさせたまはぬ。いまは志賀の麓になむ、かのせうとの禅師の君といふにつきて、ものしたまふなる」など言ふ人ある時に、「そよや、さることありきかし。故陽成院の御後ぞかし。宰相なくなりてまだ服のうちに、例のさやうのこと聞き過ぐされぬ心にて、何くれとありしほどに、さありしことぞ。人はまづその心ばへにて、ことにいまめかしうもあらぬうちに、齡なども、あうよりにたべければ、女はさらむとも思はずやありけむ。されど、返りごとなどすめりしほどに、みづからふたたびばかりなどものして、いかでにかあらむ、単衣のかぎりなむ、取りてものしたりし。ことどもなどもありしかど、忘れにけり。（中略）させむかし」など言ひなりて、たよりを尋ねて聞けば、この人も知らぬ幼き人は、十二三のほどになりにけり。（279-281頁） | 151 |
| 3·12 | 正月ばかりに、二三日見えぬほどに、ものへ渡らむとて、「人来ば取らせよ」とて、書きおきたる、（道綱母）知られねば身をうぐひすのふりいでつつなきてこそゆけ野にも山にも　返りごとあり、（兼家）うぐひすのあだにてゆかむ山辺にもなく声聞かばたづぬばかりぞ　などいふうちに、なほもあらぬことありて、春、夏、なやみ暮らして、八月つごもりに、とかうものしつ。そのほどの心ばへはしつも、ねんごろなるやうなりけり。さて、九月ばかりになりて、出でにたるほどに、箱のあるを手まさぐりに開けて見れば、人のもとに遣らむとしける文あり。（99頁） | 155 |

附录

241

续表

| 序号 | 《蜻蛉日记》日语引文及所在页码<br>（引自 藤原道綱母. 蜻蛉日記 新編日本古典文学全集. 木村正中、伊牟田経久校注. 東京：小学館. 2000） | 本书引用页码 |
|---|---|---|
| 3·13 | 今日の昼つかたより、雨いといたうはらめきて、あはれにつれづれと降る。まして、もしやと思ふべきことも絶えにたり。いにしへを思へば、わがためにしもあらじ、心の本性にやありけむ、雨風にも障らぬものとならはしたりしものを、今日思ひ出づれば、昔も心のゆるやうにもなかりしかば、わが心のおほけなきにこそありけれ、あはれ、障らぬものと思しものを、それまして思ひかけられぬと、ながめ暮らさる。雨の脚おなじやうにて、火ともすほどにもなりぬ。足音すれば、「さにぞあなる。あはれ、をかしく来たるは」と、わきたぎる心をばかたはらにおきて、うち言へば、年ごろ見知りたる人、向かひえいて、「あはれ、これにまさりたる雨風にも、いにしへは、人の障りたまはざめりしものを」と言ふにつけてぞ、うちこぼるる涙のあつくてかかるに、おぼゆるやう、（道綱母）思ひせく胸のほむらはつれなくて涙をわかすものにざりける（215頁） | 165,<br>220 |
| 3·14 | 八月になりぬ。この世の中は、皰瘡おこりてののしる。二十日のほどに、このわたりにも来にたり。助ひふかたなく重くわづらふ。いかがはせむとて、言絶えたる人にも告ぐばかりあるに、わがここちはまいてせむかたしらず。さ言ひてやはとて、文して告げたれば、返りごといとあららかにてあり。さては、ことばにてぞ、いかにと言はせたる。さるまじき人にぞ来とぶらふめると見るここちぞ添ひて、ただならざりける。右馬頭も面なくしばしばとひたまふ。九月ついたちにおこたりぬ。八月二十日余日より降りそめにし雨、この月もやまず、降り暗がりて、この中川も大川もひとつにゆきあひぬべく見ゆれば、いまや流るとさへおぼゆ。世の中いとあはれなり。門の早稲田もいまだ刈り集めず、たまさかなる雨間には焼米ばかりぞわづかにしたる。皰瘡、世界にもさかりにて、この一条の太政の大殿の少將二人ながら、その月の十六日に亡くなりぬと言ひ騒ぐ。思ひやるもいみじきことかぎりなし。これを聞くも、おこたりにたる人ぞゆゆしき。（351-352頁） | 186 |
| 3·15 | （1）又、ほどて、見えおこたるほど、雨など降りたる日、「暮に来む」などやありけむ、（道綱母）柏木の森の下草くれごとになほたのめとやもるを見る見る　かへりごとは、みづから来てまぎらはしつ。（95頁） | 217 |
| | （2）六月になりぬ。ついたちかけて長雨いたうす。見出してひとりごとに、（道綱母）わが宿のなげきの下葉色ふかくうつろひにけりながめふるまに　などいふほどに七月になりぬ。（104頁） | |

续表

| 序号 | 《蜻蛉日記》日语引文及所在页码<br>（引自 藤原道綱母. 蜻蛉日記 新编日本古典文学全集. 木村正中、伊牟田経久校注. 東京：小学館. 2000） | 本书引用页码 |
|---|---|---|
| 3·15 | （3）また十月ばかりに、「それはしも、やんごとなきことあり」とて出でむとするに、時雨といふばかりにもあらず、あやにくにあるに、なほ出でむとす。あさましさにかくいはる。（道綱母）ことわりのをりとは見れば子夜更けてかくや時雨のふりは出づべき といふに、強いたる人あらむやは。（113-114頁） | 217 |
| | （4）六月ばかりかけて、雨いたうふりたるに、たれも降りこめられたるなるべし。（123頁） | |
| 3·16 | 二日ばかりありて、雨いたく降り、東風はげしく吹きて、一筋二筋うちかたぶきたれば、いかで直させむ、雨間もがな、と思ふままに、（道綱母）なびくかな思はぬかたに具竹のうき世のすのはかくこそありけれ<br>今日は二十四日、雨の脚いとのどかにて、あはれなり。夕づけて、いとめづらしき文あり。「いと恐ろしき気色に怖ぢてなむ、日ごろ経にける」などぞある。五日、なほ雨やまで、つれづれと、「思はぬ山に」とかやいふやうに、もののおぼゆるままに、尽きせぬものは涙なりけり。（道綱母）降る雨のあしとも落つる涙かなこまかにものを思ひくだけば。（220頁） | 221 |
| 3·17 | しばしありて、にはかにかい曇りて、雨になりぬ。たふるるかたならむかしと思ひ出でてばがむるに、暮れゆく気色なり。いといたく降れば、障らむにもことわりなれば、昔はとばかりおぼゆるに、涙のうかびて、あはれにもののおぼゆれば、念じがたくて、人出だし立つ。（道綱母）悲しくも思ひたゆるか石上さはらぬものとならひしものをと書きて、いまぞいくらむと思ふほどに、南面の、格子も上げぬ外に、人の気おぼゆ。（266頁） | 223 |
| 3·18 | （7）明くれば二月にもなりぬめり。雨いとのどかに降るなり。格子などあげつれど、例のやうに心あわたたしからぬは、雨のするなめり。（中略）今日、かうて見出だして、とばかりあれば、雨よいほどにのどやかに降りて、庭うち荒れたるさまにて、草はところどころ青みわたりにけり。あはれと見えたり。（274頁） | 224 |
| 3·18 | （8）十二日、雪、こち風にたぐひて、散りまがふ。午時許より雨になりて、しづかに降り暮らすにしたがひて（中略）十七日、雨のどやかに降るに。（276-277頁） | |
| | （9）閏二月のついたちの日、雨のどかなり。それより後、天晴れたり。（中略）八日、雨降る。夜は石の上の苔苦しげに聞えたり。（中略）十六日、雨の脚いと心細し。（中略）今日は二十七日、雨昨日の夕より降り、風残りの花を払ふ。（289-293頁） | 182 |
| | （10）この月、七日になりにけり。今日ぞ（中略）昼つかたより雨のどかにはじめたり。（293頁） | |

# 附录4 《蜻蛉日记》以外的日语文献引文

| 序号 | 日语引文所在文献及页码 | 本书引用页码 |
| --- | --- | --- |
| 4·1 | 日記作品個々を形づくることになったそれぞれの動因は、取り出してみれば、道綱母のものはかなき思い、和泉式部の悲嘆の情け、紫式部の憂愁、孝標女の悔恨の念、讃岐典侍の追慕の情けと、その経緯と性格を異にしている。またそれの表出の方途も個々それぞれに独自性を示している。（中略）おのおのの作品の根基となり動因ともなった作者の切なる思念が、それを表出せずにはいられない、やみがたい情動を内的契機として、作品形成の方向を辿っている点に共通した属性が成り立っているのである。<br>（宮崎荘平.平安女流日記文学の研究［M］.東京：笠間書院.1977.42-43頁） | 77 |
| 4·2 | そもそも作品の内に、歴史的実体としての作者「道綱母」の入り込む余地などはなく、そこに場を占めることの出来るのは、あくまでもその作者「道綱母」の書くという行為によって巧みに構造化され実体化された語る道綱母以外ではない。私達が、〈読み〉という主体的作業の中で遭遇するのは、だから、一人称形式をもってその作品内容を語ることで、自己を激しく押し出し誇示せずにはいない、語る「道綱母」以外ではなく、歴史的実体としての作者「道綱母」は、そうした自己の分身である語る「道綱母」の背後に隠れて、作品の外部の不可視のかなたへ、限りなく自らを押しやう遁走して行くのである。<br>（深沢徹.蜻蛉日記の研究史［A］.一冊の講座 蜻蛉日記［C］.東京：有精堂.1971.370頁） | 88-89 |
| 4·3 | 御文にえ書きつづけはべらぬことを、よきもあしきも、世にあること、身の上のうれへにても、残らず聞こえさせおかまほしうはべるぞかし。けしからぬ人を思ひ、聞こえさすとても、かかるべきことやははべる。されど、つれづれにおはしますらむ、またつれづれの心をご覧ぜよ。また、おぼさむことの、いとかううやくなしごとおほからずとも、書かせたまへ。見たまへむ。夢にても散りはべらば、いといみじからむ。耳も多くぞはべる。（紫式部.紫式部日記 新編日本古典文学全集［M］.東京：小学館.2001，第211頁） | 120 |

# 参考文献

## 一、中文文献（按作者姓氏汉语拼音）

### （一）论文（含译文）

1. Catherine O'Sullivan. 一种特殊的文件—日记在西方的发展历史及未来［J］. 吴开平、蔡娜编译，山西档案，2006 年第 3 期。

2. 陈燕.藤原道纲母之梦信仰再考［J］.日语学习与研究.2009 年第 5 期。

3. 陈燕.东亚语境中的日本平安朝女性日记文学研究［D］.北京外国语大学.2010 年。

4. 陈晓晖.叙事空间抑或空间叙事［J］.西北大学学报（哲学社会科学版）.2013 年第 3 期。

5. 程韶荣.中国日记研究百年［J］.文教资料.2000 年第 2 期。

6. 楚永娟.《蜻蛉日记》题考［A］.语言文化学刊第 2 号［C］.2015 年 5 月。

7. 楚永娟.中国古代日记在日本的变容—从日记到日记文学［J］.山东社会科学.2016 年第 2 期。

8. 楚永娟.《蜻蛉日记》的一人称叙述视角［J］.日本问题研究.2016 年第 5 期。

9. 楚永娟.日本古代日记文学文体的叙事特征［J］.外语学刊.2016 年第 6 期。

10. 楚永娟.空间维度下《蜻蛉日记》叙事艺术研究［C］.东亚评论.世界知识出版社.2019 年 7 月。

11. 楚永娟.记忆·叙事·自我—日本平安朝贵族女性的日记体叙事［J］.文艺

争鸣.2019年第8期。

12. 顾金煜.民族文化建构语境中的日本平安女性日记文学[D].苏州大学.2014年。

13. 久松潜一.日記文学の本質[J].刘忠惠译.齐齐哈尔社会科学.1992年第4期。

14. 龙迪勇.寻找失去的时间——试论叙事的本质[J].江西社会科学.2000年第9期。

15. 李绍伟.文体分类的原则与现代文体分类[J].贵州教育学院学报（社科版）.1991年第3期。

16. 李卫华.叙述的频率与时间的三维[J].文艺理论研究.2013年第3期。

17. 刘保庆.空间叙事：空间与叙事的历史逻辑关系[J].云南社会科学,2011年第3期。

18. 刘金举.论"私小说"与"平安女性日记文学"的发展流变——从国民国家的角度出发[J].暨南学报（哲学社会科学版）.2008年第6期。

19. 刘诗伟.文体思维与文体分类[J].衡阳师范学院学报.2007年第4期。

20. 铃木贞美.对日本文艺诸概念的反思与再认识——概念编制与评价史的视角[J].黄彩霞译.山东社会科学.2015年第7期。

21. 潘泽泉.空间化：一种新的叙事和理论转向[J].国外社会科学.2007年第4期。

22. 钱念孙.论日记与日记体文学[J].学术界.2002年第3期。

23. （法）热拉尔·普林斯."叙述接受者研究"概述[J].袁宪军译.外国文学报道.1987年第1期。

24. 孙佩霞.关于中日古典女性文学研究的省思——从紫式部文学谈起[J].日语学习与研究.2009年第3期。

25. 申丹.也谈"叙事"还是"叙述"[J].外国文学评论.2009年第3期。

26. 谭君强.叙述者与作者的合与分：从传统小说到现代小说[J].江西社科

学．2015 年第 4 期。

27. 田乃如．追叙·带叙·补叙［J］．鞍山师专学报．1989 年第 1 期。

28. 王汶成．文学话语的文体类型研究中的几个理论问题［J］．杭州师范大学学报（社会科学版）．2017 年第 6 期。

29. 王宗杰、孟庆枢．日本"女性日记文学"经典化试析—自产生至二战前［J］．重庆大学学报（社会科学版）．2009 年第 3 期。

30. 赵宪章．日记的私语言说与解构［J］．文艺理论研究．2005 年第 3 期。

31. 杨芳．《源氏物语》与《蜻蛉日记》之间关系探微［J］．日本问题研究．2010 年第 3 期。

32. 杨芳．《红楼梦》与《源氏物语》的时空叙事比较研究［D］．湖南师范大学．2013 年。

33. 袁芳．传统叙事模式的超越—论 20 世纪西方经典现代主义小说中时间模式的变革［J］．北京联合大学学报（人文社会科学版）．2014 年第 4 期。

34. 乐秀良、程绍荣．建立中国日记学的初步构想［J］．文教资料．1990 年第 5 期。

35. 赵毅衡．"叙事"还是"叙述"？——一个不能再"权宜"下去的术语混乱［J］．外国文学评论．2009 年第 2 期。

36. 张玲．日本平安朝日记文学中的第一人称叙事研究［D］．吉林大学．2008 年。

37. 张晓希．平安时代的女性日记文学［J］．天津外国语学院学报．2001 年第 3 期。

38. 张晓希．中国古代文学对日本日记与日记文学的影响［J］．天津外国语学院学报．2005 年第 3 期。

39. 张树萍、王翔敏．论沃尔夫冈·伊瑟尔的"接受美学"［J］．长春师范学院学报．2007 年第 6 期。

### （二）著述（含译作）

1. （法）保尔·利科．虚构叙事中时间的塑形［M］．王文融译．北京：三联书店出版社.2003年。

3.（法）菲利普·勒热纳.自传契约［M］.杨国政译.北京：北京大学出版社.
2013年。

5.（英）弗吉尼亚·伍尔夫.一间自己的屋子［M］.王还译.上海：上海人民
出版社.2008年。

6.（日）高桥昌明.千年古都京都［M］.高晓航译.上海：上海交通大学出版
社.2016年。

7.（美）华莱士·马丁.当代叙事学［M］.伍晓明译.北京：北京大学出版社.
2005年。

8.（法）亨利·柏格森.形而上学导言［M］.北京：商务印书馆.1963年。

9.（日）加藤周一.日本文化中的时间与空间［M］.彭曦译.南京：南京大学
出版社.2010年。

10.季羡林.比较文学与民间文学［M］.北京：北京大学出版社.1991年。

11.（美）杰拉德·普林斯.叙述学词典［M］.乔国强、李孝弟译.上海：上海
译文出版社.2011年。

12.（美）杰拉德·普林斯.叙事学 叙事的形式与功能［M］.徐强译.北京：中
国人民大学出版社.2013年。

13.龙迪勇.空间叙事学［M］.北京：生活·读书·新知三联书店.2015年。

14.刘德润、张文宏、王磊.日本古典文学［M］.北京：外语教学与研究出版
社.2003年。

15.刘象愚.从比较文学到比较文化［M］.上海：复旦大学出版社.2011年。

16.罗钢.叙事学导论［M］.昆明：云南人民出版社.1994年。

17.浦安迪.中国叙事学［M］.北京：北京大学出版社.1996年。

18.（日）清少纳言.枕草子［M］.周作人译.北京：中国对外翻译出版公司.
2000年。

19.（法）热拉尔·热内特.叙事话语 新叙事话语［M］.王文融译.北京：中国

社会科学出版社．1990年。

20. 申丹．叙述学与小说文体研究［M］．北京：北京大学出版社．2005年。

21. 申丹、王丽亚．西方叙事学：经典与后经典［M］．北京：北京大学出版．2010年。

22. （美）苏珊·S兰瑟．虚构的权威——女性作家与叙事声音［M］．黄必康译．北京：北京大学出版社．2005年，

23. 谭君强．叙事学导论——从经典叙事到后经典叙事学［M］．北京：高等教育出版社．2008年。

24. 童庆炳．文体与文体创造［M］．昆明：云南人民出版社．1994年。

25. （日）藤原道纲母、紫式部等．王朝女性日记［M］．林岚、郑民钦译．石家庄：河北教育出版社．2002年。

26. （美）韦恩·C·布斯．小说修辞学［M］．华明等译．北京：北京大学出版社．1987年。

27. （美）西摩·查特曼．故事与话语［M］．徐强译．北京：中国人民大学出版社．2013年。

28. 杨义．中国叙事学［M］．北京：人民出版社．1997年。

29. 徐岱．小说叙事学［M］．北京：商务印书馆．2010年。

30. 叶渭渠、唐月梅．日本古代文学史 古代卷［M］．北京：昆仑出版社．2004年。

31. 赵白生．传记文学理论［M］．北京：北京大学出版社．2005年。

32. 赵毅衡．当说者被说的时候——比较叙述学导论［M］．北京：中国人民大学出版社．1998年。

33. （美）詹姆斯·费伦．作为修辞的叙事：技巧、读者、伦理、意识形态［M］．陈永国译．北京：北京大学出版社．2003年。

34. 张鹤．虚构的真迹：书信体小说叙事特征的研究［M］．北京：人民文学出版社．2006年。

35. 张寅德 译/编选. 叙述学研究[M]. 北京：中国社会科学出版社. 1989 年。

36. 周建萍. 中日古典审美范畴比较研究[M]. 北京：中国社会科学出版社. 2015 年。

## 二、日文文献（按作者姓氏五十音图顺序）

### （一）论文

1. 秋山虔. 古代における日記文学の展開[J]. 国文学. 1965 年 12 月。

2. 秋山虔. 日記文学の作者—その文学と生活[J]. 国文学解釈と鑑賞. 1966 年 3 月。

3. 秋山虔. 蜻蛉日記と更級日記—女流日記文学の発生[J]. 国文学解釈と鑑賞. 1981 年 1 月。

4. 後藤祥子. 平安女歌人の結婚観—私家集を切り口に—[A]. 後藤祥子編. 平安文学の視角—女性—3[C]. 東京：勉誠社. 1995 年 10 月。

5. 安貞淑. 『更級日記』における四季と和歌[J]. 日本文学研究. 1996 年 1 月。

6. 伊藤博. 蜻蛉日記の執筆時点について[J]. 言語と文芸. 1967 年 11 月。

7. 伊藤博. 蜻蛉日記下巻の構成をめぐって[J]. 山形大学紀要第七巻第三号. 1972 年 1 月。

8. 伊藤博. 蜻蛉日記　自然とのであい[J]. 国文学解釈と教材の研究. 1981 年 1 月。

9. 池田亀鑑. 日記はどうして文学たりうるか[J]. 国文学解釈と鑑賞. 1954 年 1 月。

10. 石原昭平. 日記文学における時間—日次と月次をめぐって[J]. 日本文学. 1977 年 11 月。

11. 石原昭平. 日記文学における「語り」の問題—物語的発想による成り立ち—[J]. 日本文学. 1981 年 5 月。

12. 石原昭平．平安女流日記と仏教―『蜻蛉日記』『紫日記』『更級日記』と浄土教［A］．今成元昭編．仏教文学の構想［C］．東京：新典社．1996 年。

13. 伊藤守幸．錯綜する時間と距離の物語―『更級日記』の遠近法［A］．河添房江（他）編．想像する平安文学　巻 6［C］．東京：勉誠社．2001 年。

14. 犬養廉．平安朝の日記文学―蜻蛉日記における養女をめぐって―［J］．文学・語学．1968 年 9 月。

15. 今井卓爾．古代日記文学と読者［J］．文学・語学 13 号．1959 年 9 月。

16. 今井源衛．讃岐典侍日記―平安女流日記研究の問題点とその整理―［J］．国文学解釈と鑑賞．1961 年 2 月。

17. 今西祐一郎．『蜻蛉日記』序跋考［J］．文学．1978 年 10 月。

18. 上村悦子．蜻蛉日記の一研究―兼家の行状を中心に―［J］．日本女子大学紀要 第 4 号．1955 年 6 月。

19. 梅原猛．王朝女流日記の内面凝視［J］．国文学解釈と教材の研究．1969 年 5 月。

20. 岡一男．蜻蛉日記の成立と時代［J］．国文学．1957 年 10 月。

21. 川口久雄．かげろふ日記評釈（十）［J］．国文学解釈と教材の研究．1960 年 12 月。

22. 川嶋明子．蜻蛉日記における不幸の変容―成立を探る一つの手がかり―［J］．国語国文研究．1966 年 3 月。

23. 河添房江．蜻蛉日記、女歌の世界―王朝女性作家誕生の起源―［A］．後藤祥子（他）編．平安文学の視角―女性―3［C］．東京：勉誠社．1995 年 10 月。

24. 菊田茂男．家の女―蜻蛉日記［J］．国文学解釈と鑑賞．1975 年 12 月。

25. 菊田茂男．『更級日記』の精神的基底―物語的世界への同定と決別［A］．王朝物語研究会編．王朝女流日記の視界［C］．東京：新典社．1999 年。

26. 木村正中．女流日記文学の伝統と源氏物語―時間の内在化［J］．日本文学．

1965 年 6 月。

27. 木村正中．日記文学の本質と創作心理［A］．阿部秋生編．講座日本文学の争点　中古編［C］．東京：明治書院．1968 年。

28. 清水好子．日記文学の文体［J］．国文学解釈と鑑賞．1961 年 2 月。

29. クリステヴァ ツベタナ．一人称の文学形式：日本の日記文学とヨーロッパにおける自伝文学の伝統［J］．日本研究 9.1993 年 9 月。

30. 久松潜一．日記文學と女性［A］．藤村作編．日本文学聯講 第一期［C］．東京：中興館．1927 年。

31. 近藤一一．日記文学に於ける時間の問題—蜻蛉日記を中心に［J］．国語国文学．1962 年 5 月。

32. 鈴木貞美．「日記」および「日記文学」概念をめぐる覚書［J］．日本研究 44.2011 年 10 月。

33. 鈴木登美．「女流日記文学」の構築—ジャンル・ジエンダー・文学史記述—［J］．文学．1998 年 10 月。

34. 武山隆昭．『かげろふ日記』の「かげろふ」考［J］．椙山国文学．1984 年 3 月。

35. 中野幸一．日記文学—読者意識と享受層—［J］．文学・語学 52 号．1969 年 6 月。

36. 中野幸一．女流日記文学の完成—記録から文学へ［J］．国文学解釈と鑑賞．1997 年 5 月。

37. 西原和夫．蜻蛉日記注解　十三［J］．国文学解釈と鑑賞．1963（5）。

38. 深沢徹．『蜻蛉日記』下巻の変様—夢の＜記述＞とその＜解釈＞をめぐって—［J］．日本文学協会．日本文学 34.1985 年 9 月。

39. 藤本俊枝．蜻蛉日記の成立時期について［J］．平安文学研究．1956 年 11 月。

40. 平野仁啓．日本人の時間意識の展開—古代から中世へ—［J］．明治大学文

学部紀要．文芸研究 21 号．1969 年 10 月．

41. 増田繁夫．蜻蛉日記の作者の結婚形態―嫡妻・妾妻・北方［A］．上村悦子編．王朝日記の新研究［C］．東京：笠間書院．1995 年。

42. 宮崎荘平．悲嘆の表出とその形象化―王朝女流日記文学本質論再説［J］．国学院雑誌．2005 年 6 月。

43. 松原一義．蜻蛉日記の原初形態―「幸せの記」の想定［J］．国語と国文学．1976 年 8 月。

44. 松本寧至．更級日記：夢と信仰（蜻蛉日記と更級日記―王朝女流の生の軌跡）［J］．国文学解釈と教材の研究．1978 年 1 月。

45. 村井康彦．私日記の登場―男日記と女日記［J］．国語と国文学．1988 年 11 月。

46. 森田兼吉．日記文学と読者［J］．平安文学研究 26 輯．1961 年 6 月。

47. 吉田瑞恵．女へのとらわれ―女流日記文学という制度［A］．河添房江［他］編．想像する平安文学　巻 1［C］．東京：勉誠社．1999 年。

48. 吉田瑞恵．日記と日記文学の間―『蜻蛉日記』の誕生をめぐって―［J］．国語と国文学．2005 年 5 月。

## 期刊论文特集

1.『国文学解釈と鑑賞』1961 年 2 月号：平安女流日記文学。

2.『国文学解釈と鑑賞』1966 年 3 月号：宮廷女性の日記に滲む女の業。

3.『文学・語学』1968 年 9 月号：日記文学―事実と虚構。

4.『国文学解釈と教材の研究』1969 年 5 月号：王朝女流日記の詩と真実。

5.『国文学解釈と鑑賞』1985 年 7 月号：魅せられた日記文学―古代から近代まで。

6.『国文学解釈と鑑賞』1986 年 11 月号：王朝の女流文学者たち。

7.『文学』1991 年 7 月号：日記及び日記文学―歴史・「文学性」・性差―。

8.『国文学解釈と鑑賞』1992年12月号：物語日文学にみる信仰。

9.『国文学解釈と鑑賞』1997年5月号：女流日記文学への誘い。

10.『国文学解釈と鑑賞』2003年2月号：二十一世紀の古典文学――古代散文研究の軌跡と展望。

11.『国文学解釈と教材の研究』2005年4月号：平安時代の文学とその臨界――いま何をしようとしているか。

12.『日本文学』2012年1月号：文学にとって虚構とは何か。

### （二）日文著作（含论文集）

1. 秋元守英．仮名文章表現史の研究［M］．東京：思文閣．1996年。
2. 秋山虔．王朝女流文学の形成［M］．東京：塙書房．1967年。
3. 秋山虔．王朝女流文学の世界［M］．東京：東京大学出版会．1972年。
4. 秋山虔．日本文学全史　中古［M］．東京：學燈社．1978年。
5. 秋山虔、藤平春男編．中古の文学　日本文学史2［M］．東京：有斐閣．1983年。
6. 秋山虔．王朝の文学空間［M］．東京：東京大学出版会．1984年。
7. 秋山虔．王朝女流日記必携［M］．東京：学燈社．1986年。
8. 阿部秋生．平安日記文学［M］．東京：学燈社．1952年。
9. 阿部光子．図説人物日本――王朝の恋び［M］．東京：小学館．1979年。
10. 池田亀鑑．宮廷女流日記文学［M］．東京：至文堂．1927年。
11. 石井文夫（他）（校注・訳）．和泉式部日記　紫式部日記　更級日記　讃岐典侍日記［M］．東京：小学館．2001年。
12. 石坂妙子．平安朝日記文芸の研究［M］．東京：新典社．1997年。
13. 石坂妙子．平安期日記の史的世界［M］．東京：新典社．2010年。
14. 石原昭平（他）編．女流日記文学講座　巻1［C］．東京：勉誠社．1991年。
15. 石原昭平（他）編．女流日記文学講座　巻2［C］．東京：勉誠社．1990年。
16. 石原昭平（他）編．女流日記文学講座　巻3［C］．東京：勉誠社．1991年。

17. 石原昭平（他）編．女流日記文学講座 巻4［C］．東京：勉誠社．1991年。

18. 石原昭平（他）編．日記文学事典［M］．東京：勉誠社．1992年。

19. 石原昭平．平安日記文学の研究［M］．東京：勉誠社．1997年。

20. 石原昭平．日記文学新論［C］．東京：勉誠社．2004年。

21. 一冊の講座編集会．一冊の講座　蜻蛉日記［C］．東京：有精堂．1981年。

22. 伊藤博．蜻蛉日記研究序説［M］．東京：笠間書院．1976

23. 伊藤博．宮崎荘平．王朝女流日記文学［M］．東京：笠間書院．2001年。

24. 伊藤博．宮崎荘平．王朝女流文学の新展望［M］．東京：竹林舎．2003年。

25. 犬養廉注．蜻蛉日記　新潮日本古典集成［M］．東京：新潮社．1982年。

26. 今井卓爾．平安朝日記の研究［M］．東京：啓文社．1935年。

27. 今井卓爾．平安時代日記文学の研究［M］．東京：明治書院．1957年。

28. 今井卓爾博士古稀記念委員会編．物語・日記文学とその周辺［C］．東京：桜楓社．1980年。

29. 今西祐一郎（校注）．蜻蛉日記［M］．東京：岩波書店．2000年。

30. 今西裕一郎．蜻蛉日記覚書［M］．東京：岩波書店．2007年。

31. 今関敏子．中世女流日記文学論考［M］．東京：和泉書院．1987年。

32. 今関敏子．仮名日記文学論―王朝女性たちの時空と自我・その表象［M］．東京：笠間書院．2013年。

33. 妹尾好信．王朝和歌・日記文学試論［M］．東京：新典社．2003年。

34. 岩瀬法雲．源氏物語の仏教思想［M］．東京：笠間書院．1972年。

35. 大倉比呂氏．平安時代日記文学の特質と表現［M］．東京：新典社．2003年。

36. 岡一男．道綱母―蜻蛉日記芸術攷―［M］．東京：有精堂．1986年。

37. 岡田博子．蜻蛉日記の作品構成［M］．東京：新典社．1994年。

38. 上村悦子．論叢王朝文学［C］．東京：笠間書院．1978年。

39. 上村悦子．蜻蛉日記の研究［M］．東京：明治書院．1972年。

40. 上村悦子.蜻蛉日記解釈大成1［M］.東京：明治書院.1983年。

41. 上村悦子.王朝日記の新研究［C］.東京：笠間書院.1995年。

42. 内野信子.蜻蛉日記の表現論［M］.東京：おうふう.2010年。

43. 王朝物語研究会.王朝女流日記の視界［C］.東京：新典社.1999年。

44. 柿本奨.蜻蛉日記全注釈 上・下［M］.東京：角川書店.1973年。

45. 加藤周一.日本文学史序説［M］.東京：筑摩書房.1978年。

46. 加納重文.平安女流作家の心象［M］.東京：和泉書院.1987年。

47. 加奈重文.平安文学の環境 後宮・俗信・地理［M］.大阪：和泉書院.2008年。

48. 神田かをる.仮名文学の文章史的研究［M］.東京：和泉書院.1993年。

49. 川口久雄（校注）.蜻蛉日記（日本古典文学大系）［M］.東京：岩波書店.1957年。

50. 河東仁.日本の夢信仰—宗教学から見た日本精神史—［M］.東京：玉川大学出版部.2002年。

51. 川村裕子.蜻蛉日記の表現と和歌［M］.東京：笠間書院.1998年。

52. 菊地靖彦（他）校注・訳.土佐日記 蜻蛉日記.東京：小学館.2000年。

53. 喜多義勇.蜻蛉日記講義［M］.東京：至文堂.1950年。

54. 喜多義勇.全講蜻蛉日記［M］.東京：至文堂.1961年。

55. 木村正中.論集日記文学［C］.東京：笠間書院.1991年。

56. 木村正中.中古文学論集第二巻『蜻蛉日記』［C］.東京：おうふう.2002年。

57. 清水好子.日本古代史①原始・古代［M］.東京：東京大学出版会.1982年4月。

58. 倉本一宏.平安貴族の夢分析［M］.東京：吉川弘文館.2008年。

59. 工藤重矩.平安朝の結婚制度と文学［M］.東京：風間書房.1994年。

60. 小沢正夫（校注・訳）.古今和歌集［M］.東京：小学館.1994年。

61. 小谷野純一.平安日記の表象［M］.東京：笠間書院.2003 年。

62. 小西甚一.日本文藝史Ⅱ［M］.東京：講談社.1985 年。

63. 篠塚純子.蜻蛉日記の心と表現［M］.東京：勉誠社.1995 年。

64. 品川和子.蜻蛉日記の世界形成［M］.東京：武蔵野書院.1990 年。

65. 品川和子.王朝文学論考［M］.東京：武蔵野書院.2000 年。

66. 白井たつ子.蜻蛉日記の風姿［M］.東京：風間書院.1996 年。

67. 西郷信綱.古代人と夢［M］.東京：平凡社.1972 年。

68. 斎藤菜穂子.蜻蛉日記研究―作品形成と「書く」こと―［M］.東京：武蔵野書院.2011 年。

69. 鈴木一雄.王朝女流日記論考［M］.東京：至文堂.1993 年。

70. 鈴木泰.古典日本語の時間表現［M］.東京：笠間書院.1986 年。

71. 関口裕子.日本古代婚姻史の研究［M］.東京：塙書房.1993 年。

72. 孫佩霞.日中古典女性文学の比較研究［M］.東京：笠間書房.2010 年。

73. 高木市之助.日本文学の環境［M］.東京：河出書房.1938 年。

74. 高群逸枝.招婿婚の研究［M］.東京：講談社.1953 年。

75. 高群逸枝.日本婚姻史［M］.東京：至文堂.1963 年。

76. 塙保己一編.九条殿遺誡 群書類従第 27 輯［M］.東京：群書類従完成会.1960 年。

77. 沢田正子.蜻蛉日記の美意識［M］.東京：笠間書院.1994 年。

78. 竹西寛子、西村亨.蜻蛉日記と王朝日記：男と女、それぞれの"日記文学"［M］.東京：世界文化社.2006 年。

79. 武山隆昭.古典新釈シリーズ 7 かげろふ日記［M］.東京：中道館.1980 年。

80. 田中元.古代日本人の時間意識［M］.東京：吉川弘文館.1975 年。

81. 玉井幸助.日記文学概説［M］.東京：目黒書店.1982 年。

82. 玉井幸助.日記文学の研究［M］.東京：塙書房.1965 年。

83. 土居光知. 土居光知著作集 5・文学序説［M］. 東京：岩波書店. 1977 年。

84. 土方洋一. 日記の声域 平安朝の一人称言説［M］. 東京：右文書院. 2007 年。

85. 長戸千恵子. 蜻蛉日記の表現と構造［M］. 東京：風間書房. 2005 年。

86. 西村享. 王朝人の恋［M］. 東京：大修館. 2003 年。

87. 中古文学研究会. 日記文学　作品論の試み［C］. 東京：笠間書院. 1979 年。

88. 角田文衞. 王朝の映像－平安時代史の研究－［M］. 東京：東京堂. 1982 年。

89. 津田左右吉. 文学に現はれたる國民思想の研究 1［M］. 東京：岩波書店. 1951 年。

90. 津本信博. 日記文学の本質と方法［M］. 東京：風間書房. 2001 年。

91. 津本信博. 日記文学研究業書 第 2 巻［C］. 東京：クレス出版. 2006 年。

92. 永藤靖. 古代日本学と時間意識［M］. 東京：未来社. 1997 年。

93. 日本文学協会. 日記・随筆・記録（日本文学講座七）［C］. 東京：大修館書店. 1989 年。

94. 日本文学研究資料刊行会. 平安朝日記 1 土佐日記・蜻蛉日記［C］. 東京：有精堂. 1991 年。

95. 日記文学懇話会. 日記文学研究第 1 集［C］. 東京：新典社. 1993 年。

96. 日記文学研究会. 日記文学研究第 3 集［C］. 東京：新典社. 2009 年。

97. 野口元大. 王朝仮名文学論考［M］. 東京：風間書房. 2002 年。

98. 萩谷朴. 平安朝歌合大成　巻五［M］. 東京：同朋社. 1996 年。

99. 深沢徹編. かげろふ日記　回想と書くこと［C］. 東京：有精堂. 1987 年。

100. 服藤早苗. 平安朝女性のライフサイクル［M］. 東京：吉川弘文館. 1999 年。

101. 服藤早苗. 平安王朝社会のジェンダー［M］. 東京：倉書房. 2005 年。

102. 藤岡作太郎．国文学全史 平安朝篇［M］．秋山虔校注．東京：平凡社．1971年。

103. 古川哲史．夢―日本人の精神史［M］．東京：有精堂．1967年。

104. 平安文学論究会．講座平安文学論究 第六輯（日記・家集特集）［C］．東京：風間書房．1989年。

105. 増田繁夫．蜻蛉日記作者 右大将道綱母［M］．東京：新典社．1983年。

106. 堀内秀晃、秋山虔（校注）．竹取物語 伊勢物語［M］．東京：岩波書店．1997年。

107. 松園斉．日記の家［M］．東京：吉川弘文館．2000年。

108. 松村博司（校注）．大鏡［M］．東京：岩波書店．1960年。

109. 宮崎荘平．平安女流日記文学の研究［M］．東京：笠間書院．1977年。

110. 宮崎荘平．平安女流日記文学の研究 続編［M］．東京：笠間書院．1980年。

111. 宮崎荘平．王朝女流日記文学の形象［M］．東京：おうふう．2003年。

112. 宮崎荘平．女流日記文学論輯［C］．東京：新典社．2015年。

113. 森田兼吉．日記文学の成立と展開［M］．東京：笠間書院．1996年。

114. 森田兼吉．日記文学論叢［M］．東京：笠間書院．2006年。

115. 守屋省吾．蜻蛉日記形成論［M］．東京：笠間書院．1975年。

116. 守屋省吾．論集日記文学の地平［C］．東京：新典社．2000年。

117. 柳井滋（他）（校注）．源氏物語（五）［M］．東京：岩波書店．1997年。

118. 山中裕編．御堂関白記全注釈 長和元年［M］．京都：思文閣．2009年。

119. 山口博．王朝歌壇の研究 村上冷泉円融朝篇［M］．東京：桜楓社．1967年。

120. 吉野瑞恵．王朝文学の生成『源氏物語』の発想・「日記文学」の形態［M］．東京：笠間書院．2011年。

121. 和歌森太郎、山本藤枝．日本の女性史1［M］．東京：集英社．1967年。

122. 脇田晴子（他）編.日本女性史［M］.東京：吉川弘文館.1987年。

123. 渡辺実.平安朝文章史［M］.東京：東京大学出版会.1981年。

### 工具书类

1. 大野晋、佐竹昭广、前田金五郎編.岩波古語辞典［K］.東京：岩波書店.1974年。

2. 久潜松一.日本文学大辞典　第五巻［K］.東京：新潮社.1951年。

3. 日本古典文学大辞典編集委員会.日本古典文学大辞典　第四巻［K］.東京：岩波書店.1986年。

# 后　记

　　此书在文本细读的基础上对《蜻蛉日记》进行了叙事学角度研究，探寻了其日记体散文的独特叙事特征。《蜻蛉日记》中的回忆既是叙事手法，亦是叙事内容，作者在日记文学的书写中，回忆过去，省思现在，试图走出感情的创伤与精神的困顿。作者藤原道纲母在日记体叙事中不断凝视、探寻自我，最终逐渐走向成熟与完善。故书名命之为《回忆・自我・书写：〈蜻蛉日记〉叙事艺术研究》。

　　本、硕阶段一直于日语语言文学专业学习，对《蜻蛉日记》的认识，仅仅停留在日本文学史中的知识性介绍，并未留有太多印象。工作后第一次认真读整部日文版《蜻蛉日记》，被文本中哀怨的和歌寄情、流转的四季情趣、复杂的人情世界、淋漓的心理刻画、独体的日记体叙事所吸引，同时又对女主与丈夫间的哀怨情愁感同身受，因为自己也是感情方面比较感性、细腻之人。顺势阅读了日本平安朝的其他几部日记文学作品。但当时也仅是限于被感动，有共鸣，将其作为散发着缕缕清香的日本古典文学作品来欣赏。自己博士阶段于文学院学习了叙事学、文体学等理论后，发现《蜻蛉日记》等这种不同于记录性日记与虚构文学的"日记文学"，具有独特的叙事特征，萌发了研究之意。以此为契机，选取了日本日记文学的代表作品《蜻蛉日记》，经过不断研读、学习、探索、积累，形成部分章节成果，以学术论文的形式已分别发表于《山东社会科学》《日本问题研究》

《外语学刊》《文艺争鸣》《东亚学刊》等学术期刊，并凝练最终成果于此书中。

此书是在博士论文的基础上修改完成，书稿的出版得到了中国书籍出版社的大力帮助，在此深表谢意。而博士论文的完成有幸得到了诸多支持与帮助，现将博士论文的"致谢"部分全文照录于此，以再次表达感激之情。

阳春三月，寒冬逝去，万物复苏。苦读五载，论文搁笔，思绪万千。"两句三年得，一吟双泪流。"论文终将完成，既略感欣慰，又心中惴惴。回首五年光阴，忧欢苦乐即逝，油然感慨之余，更多是发自内心的感恩之情。

首先感谢我的导师李铭敬教授。先生治学严谨，学识渊博，有幸入先生门下学习，倍加珍惜，从中获益良多。李老师调离至中国人民大学后，仍不忘对我们这些山东大学在读博士悉心指导，亦师亦友，既为我们指点学业迷津，又对我们的生活与工作关心备至。李老师为加深门下弟子间的相互交流，每年课堂之外都会组织几次师门聚会，而且总是慷慨解囊，竭尽师长的拳拳心意，让我们深感家一般的温暖。为我的这篇论文，恩师颇费心血，从论文选题，到谋篇布局，都悉心指教。论文初稿完成后，恩师更是不辞辛劳，精心批改，甚至细至错别字与标点符号。感动之余为自己的不才而内疚，深感有负师恩。望着恩师华发渐生，心感惭愧，不知几根是因我而添。寸草之心，难报三春之晖。恩师的栽培之恩，没齿难忘。恩师严谨的治学态度、不倦的求知精神，都是我今后的榜样。

其次，要感谢张志庆教授和谭好哲教授。在两位教授的课堂上，学到了不少文学理论与研究方法，使西方文论欠缺的我获得了良好的学习机会，眼界大开，受益匪浅。另外，还要感谢傅礼军教授、刘林教授、程相占教授、金英淑教授等诸位老师，在论文开题报告与预答辩之际，不吝指教，为我提出很多宝贵建议，使论文思路更加清晰，理论更加深厚。

还要向我硕士时期的指导老师、吉林大学的宿久高教授表示由衷的感谢。宿老师博通中外，将我领进了学术科研的世界，并且在我毕业后依然关切着我的工作与学习。另外，还要感谢我硕士时期的于长敏教授、周异夫教授，以及本科时期山东大学的高文汉教授等恩师们，老师们的言传身教，让我喜欢上了日语、日本文学，并最终走上了科研的道路。

诚挚感谢所就职的烟台大学外国语学院的领导和同事对我的支持与鼓励。院领导为我提供半年的赴日机会，得以查阅大量的一手日语资料；并为我提供赴中国人民大学访学一年的机会，既保证了论文的写作时间，又得以受到导师的耳提面授。若无此一年半的良机，很难在此时完成这篇论文。院里的同事默默无闻地为我分担了许多教学工作，让我有更多的精力从事学业。另外，师门众友，所助良多。同门师姐谢明、师弟蒋云斗，同学高文静、刘淑君，室友齐心苑等诸位好友，以不同的方式向我伸出援助之手。

最后，要感谢一直在背后为我默默付出的家人。在我迷茫无助的时候，他们总是宽大无私地支持和鼓励着我，他们的爱一直温暖着我前进。

受惠于人太多，无法在此一一致谢。谨以片言，聊表谢忱。铭记诸恩，将感激之情化为今后继续求索的力量，勉力而为，不负所望。

此小书是我的第一本专著，既是多年求学之路的总结，也是未来学术生涯的起步。深知此书研究课题较为微观，理论建构尚有欠缺，论证存在不足与浅薄之处，恳请诸位专家、学者批评指正！